AF762547

बिना प्रयास

वजन घटाएँ

और

मधुमेह रोकें

डॉ. जगन्नाथ दीक्षित

सकाळ प्रकाशन

सकाळ प्रकाशन

Bina Prayas Vajan Ghataye aur Madhumeh Roke
First Published in Hindi by Sakal Media Pvt. Ltd.
© डॉ. जगन्नाथ दीक्षित
बिना प्रयास वजन घटाएँ और मधुमेह रोके

लेखक	:	डॉ. जगन्नाथ दीक्षित
प्रथम संस्करण	:	मार्च 2020
हिंदी रूपांतर	:	डॉ. भालचंद्र सुपेकर
अंतिम शुद्धिकरण	:	डॉ. रजनी रणपिसे
मुखपृष्ठ	:	मधुमिता शिंदे, पुणे
डिजाईन	:	संदीप घावरे
प्रकाशक	:	सकाळ मीडिया प्रा. लि. 595, बुधवार पेठ, पुणे - 411002

ISBN	:	978-93-89834-11-6
अधिक जानकारी के लिए	:	020-2440 5678 / 88888 49050 sakalprakashan@esakal.com

© All rights reserved.
No part of this publication may be reproduced or transmitted in any form or by any means, electronically or mechanically, including photocopying, recording, broadcasting, podcasting of any information storage or retrieval system without prior permission in writing form the writer or in accordance with the provisions of the Copy Right Act (1956) (as amended). Any person who does any unauthorised act in relation to this publication may be liable to criminal prosecution and civil claims for damages.

Disclaimer:
The views expressed in this book are those of the Authors and do not necessarily reflect the views of the Publishers.

भारतीयों के जीवन को समृद्ध बनाने हेतु स्वर्गीय डॉ. श्रीकांत जिचकार ने कई तरिकों से योगदान दिया है। 2004 तक वजन कैसे घटाएँ और सेहतमंद जीवन कैसे जिये इसके बारे में कई व्याख्यान देकर उन्हों ने लोगों को इस बारे में शिक्षित किया। भारत के लिए उचित तकनीक के इस्तेमाल द्वारा उन्हों ने वजन घटाने का सस्ता और प्रभावशाली तरीका इजाद किया। उन्हों ने नागपूर और पूना में फिटनेस का आंदोलन शुरू किया। मोटापा, मधुमेह और उच्च रक्तचाप जैसी खतरनाक बीमारियों के होने से में खून में बढे हुए इन्शुलीन की भूमिका को उन्हों ने सफलतापूर्वक ढूँढ निकाला। इस संकल्पना को लोगों के सामने स्पष्ट करना और इसी सूत्र को अपनाकर स्वस्थ जिंदगी गुजारने के लिए लोगों को राजी करना इसे उन्हों ने एक आंदोलन के तौर पर स्वीकार किया था। उपलब्धियाँ और बेजोड सफलता के साथ जब वे अपनी जिंदगी के सर्वोच्च पायदान पर थे उसी समय दुर्भाग्य से हमने उन्हें एक सडक दुर्घटना में खो दिया। यह भारत की जनता के लिए एक बहुत बडी हानी थी। उन्हों ने जिसकी नींव रखी थी उस स्वास्थ्य के आंदोलन को पुनर्जीवित करने के लिए और भारी मात्रा में प्रसारित करने के लिए उनकी श्रद्धेय स्मृती में इस किताब को अर्पित किया गया है।

पहले संस्करण की प्रस्तावना

डॉ. जिचकार ने फिटनेस आंदोलन की शुरुवात की क्योंकि उन्हें ये विश्वास था कि उन के अस्तित्व का उद्देश आत्मसाक्षात्कार था साथ ही सामाजिक भले का प्रसार और संरक्षण करना भी था। जब वे पूरे दिल से इस कार्य मे जुटे थे उस समय उनकी दुखद मौत की वजह से यह उद्देश्य पूरा नहीं हो पाया।

डॉ. श्रीकांत जिचकार द्वारा शुरू किए गए फिटनेस आंदोलन को पुनर्जीवित करने के लिए कष्ट उठानेवाले डॉ. दीक्षित को मे उनके प्रयासों के लिए धन्यवाद देना चाहती हूँ। डॉ. जिचकार समाज को आसान तरीकों द्वारा अपना स्वास्थ्य अच्छा रखने के लिए हमेशा मार्गदर्शन करते रहते थे। डॉ. जिचकार की तर्कशुद्ध और वैज्ञानिक विचार प्रक्रिया को सामने रखने के लिए डॉ. दीक्षित द्वारा किए गए प्रयास और उसके साथ ही जुडा समाज के प्रति लगाव और चिंता को इस किताब के रूप में व्यक्त करने का तरीका बेशक सराहनीय है। इस किताब में दी गई वैज्ञानिक जानकारी और तालिकाएँ सामान्य नागरिकों को निश्चित ही उपयुक्त साबित होगी और उन्हें एक सेहतमंद जीवन जीने में मददगार बनेगी।

हमारा आहार, ऊर्जा की जरूरत और अन्य पोषणद्रव्य, कसरत, इन्शुलीन और अन्य हार्मोन्स तथा वजन घटाने का आसान तरीका इन अध्यायों को शामिल करने की वजह से यह किताब परिपूर्ण बन गयी है। 'वजन घटाने के मेरे प्रयोग' और बारबार पूछे जानेवाले सवाल यह प्रकरण लोगों के जहन से गलत धारणाओं को हटाने में मदद करेंगे और स्वास्थ्य की दृष्टि से उन्हें सशक्त बनायेंगे। मुझे लगता है कि इस किताब में दिया गया संदेश पाठक आसानी से समझ पाएंगे और उस पर अपनी रोजमर्रा की जिंदगी में अमल करने की भी कोशिश करेंगे। डॉ. जिचकार के लिए यही सही मायने में श्रद्धांजली होगी।

में डॉ. जगन्नाथ दीक्षित को ढेर सारी शुभकामनाएँ देती हूँ।

राजश्री श्रीकांत जिचकार
नागपूर

शुभकामनाएँ

प्रिय डॉ. जगन्नाथजी,

नमस्कार

मेरे दोस्त डॉ. श्रीकांत जिचकार ने बहुत पहले 1999 में जिस की वकालत की थी, और जिसे लोग अपनी जिंदगी का तरीका बना दें ऐसा वे मानते थे उसी कार्बो-इन्शुलीन के सिद्धांत को डॉ. दीक्षित ने इस किताब में बहुत ही सहज और आसान रूप में फिर से उजागर किया है। सामान्य मानव को मोटापे जैसी सामान्य समस्या से जुझने के लिए मदद करना यही डॉ. जिचकार का दिल से आग्रह था।

यह बात मुझे किताब पढने के बाद ज्ञात हुई कि, डॉ. जिचकार को, डॉ. दीक्षित ने अपने एक दोस्त के मोबाईल फोन से सुना, वे इस किताब के पीछे की ऊर्जा हैं। डॉ. दीक्षित द्वारा वजन घटाने के लिए किए गए व्यक्तिगत प्रयोगों में इस कार्बो-इन्शुलीन संबंधों के सिद्धांत के बारे में उनका विश्वास दृढ किया।

डॉ. जिचकार जो कि मेरे दोस्त, तत्त्वचिंतक और मार्गदर्शक भी थे मेरे जीवन के एक ऐसे व्यक्ति थे जिनकी मैं अपने विश्वविद्यालय के दिनों से सराहना करता था और जिनके तत्त्व मैं अपने जीवन में भी अपनाता था। इस सिद्धांत का प्रयोग मैंने स्वयं पर भी किया है और उसके नतीजे भी पाये हैं, यह बताने की जरूरत नहीं। वजन घटाने के संबंध में डॉ. जिचकार द्वारा सामने रखे गए तथ्यों की यह किताब एक बहुत अच्छा संकलन है और मुझे विश्वास है कि यह वजन घटाने और सेहत अच्छी रखने के लिए लोगों की बडे पैमाने पर सहायता करेगी, ऐसा विश्वास है।

इस अत्यंत उपयुक्त किताब को लोगों तक पहुँचाने के लिए डॉ. दीक्षित द्वारा किए गए प्रयासों की मै सराहना करता हूँ। साथ ही इस किताब को मेरे दोस्त डॉ. श्रीकांत जिचकार को अर्पण करने के लिए भी मैं उनकी सराहना करता हूँ।

सेहतमंद, आरोग्यपूर्ण आंदोलन पर यह किताब लिखकर डॉ. जगन्नाथ दीक्षित द्वारा किए गए प्रामाणिक प्रयास स्पष्ट दिख रहे हैं। सही मायने में वे सराहनीय भी है।

डॉ. दीक्षित को मेरी ढेर सारी शुभकामनाएँ।

शुभकामनाओं के साथ,
श्री. अविनाश पांडे,
पूर्व सांसद, राज्यसभा, नई दिल्ली

इस किताब के बारे मे...

कुछ महिने पहले जब डॉ. दीक्षित ने मुझसे संपर्क किया, तब मुझे इसका अंदेशा नहीं था कि डॉ. श्रीकांत जिचकार द्वारा सामने रखे गए कार्बो-इन्शुलीन सिद्धांत पर इतने विस्तार से जानकारी देनेवाली इस तरह की कोई किताब वे लिखेंगे। मोटापा, जिसका की मुख्य स्त्रोत आधुनिक जीवनशैली है, वही हमारी आज की स्वास्थ्य संबंधी समस्याओं का प्रमुख कारण है। ये कई भारतीयों की जान ले रहा है। हालाँकि हम में से कई लोग इससे निपटने के इच्छुक हैं, हमें किसी ऐसे व्यक्ति की जरूरत है जो हमें वह करने के लिए प्रेरणा दें। और डॉ. दीक्षित ने इस किताब को लिखकर यकीनन यही किया है।

मैं यह कहुँगा कि, लोगों को आत्मसाक्षात्कार कराना और लोगों को अपना वजन घटाने के उद्दिष्ट को हासिल करने के लिए मदद करने की जिस ज्ञानदीप को डॉ. श्रीकांत जिचकार ने जलाया था उसी ज्ञानदीप को इस किताब को लिख कर डॉ. दीक्षित ने आगे बढाया है। डॉ. श्रीकांत जिचकार ने इस उद्दिष्ट को अपनाया और गहरा अनुसंधान कर मोटापे की समस्या से निजात पाने के लिए जीने के इस आसान तरीके को ढूँढ निकाला। इस सिद्धांत के प्रयोग उन्हों ने स्वयंपर ही नहीं बल्कि मेरे जैसे करीबी दोस्तों पर भी किए। डॉ. जिचकार सामान्य लोगों को आलोकित करने के लिए लोगों की सेवा के एकमात्र उद्देश्य से कई शहरों में जाकर इस विषय पर व्याख्यान देते रहे। पूरे देश भर में एक फिटनेस आंदोलन शुरू करने की उनकी तमन्ना थी।

कार्बो-इन्शुलीन सिद्धांत किसी जादू की तरह काम करता है। और कुछ भी हो इसके कोई भी विपरित परिणाम नहीं होते। मैं इस पर 1999 से अमल कर रहा हूँ और अब तो यह मेरी जीवनशैली ही बन चुकी है।

यह बहुत महत्त्वपूर्ण किताब है, मोटापे से निजात पाने का उपाय और औषधि दोनों ही इस एक किताब में है। तथ्यों को समेटकर उन्हें आम लोगों के लिए आसान ढंग से इस किताब के रूप में पेश करने के लिए मैं डॉ. जगन्नाथ दीक्षित का अभिनंदन करता हूँ। डॉ. दीक्षित ने, जो कि खुद ही एक चिकित्सा व्यवसायी हैं, डॉ. जिचकार का व्याख्यान ऑडिओ टेप द्वारा सुनकर प्रेरणा ली और इस सिद्धांत को स्वयं पर लागू कर आश्चर्यजनक नतीजे पाए। इस अनुभव के बारे में इस किताब के जरिए लिखने की प्रेरणा उन्हें मिली, जिस से सेहतमंद रहने की चाह रखनेवाले सभी जागरूक लोग रोजाना इस्तेमाल करेंगे इसका मुझे पूरा विश्वास है।

यह किताब एक और जरिया है जिसकेद्वारा हम डॉ. जिचकार को सम्मानित कर सकते हैं। ऐसी जीवनशैली से प्रभावित हैं ऐसे हम सभी लोगों की तरफ से... धन्यवाद, डॉ. दीक्षित, सचमुच आप ऐसी किताब लिखेंगे इस बारे में मुझे एक पल भर के लिए भी संदेह नही करना चाहिए था।

राजू अकोलकर

90963 99222, ई-मेल : rajuakolkar@gmail.com

मंतव्य

'इफर्टलेस वेटलॉस अँड डायबेटीस प्रिव्हेन्शन' इस किताब का सुधारित संस्करण पाठकों के हाथ में थमाते हुए मुझे बहुत खुशी हो रही है। कम समय में अपनी किताब बेस्टसैलर श्रेणी में दिखाई पडना किसी भी लेखक के लिए एक पुरस्कार की तरह होता है। इससे एक और बात अधोरेखांकित होती है कि, लोग वजन घटाना चाहते हैं और वे हमेशा उनके इस प्रयास में मददगार साबित हो ऐसे तरीकों की खोज में रहते है।

इस सुधारित संस्करण में सबसे महत्त्वपूर्ण बदलाव यह है कि इसका पुराना शीर्षक 'इफर्टलेस वेटलॉस' बदलकर 'इफर्टलेस वेटलॉस अँड डायबेटीस प्रिव्हेन्शन' रखा गया है। यह केवल शीर्षक में बदलाव नहीं है। पिछले चार से पाँच साल के हमारे संशोधन के द्वारा यह स्पष्ट हुआ है कि इस डाएट प्लान से मधुमेह की भी रोकथाम होती है। पूर्व मधुमेह की स्थिति मे रहनेवाले ज्यादातर लोग 3 से 6 महिनों में मधुमेह मुक्त स्थिति में पहुँच जाते हैं। बहुत उँचे स्तर की HbA1C और फास्टींग शुगरवाले लेकिन किसी अँटीडायबेटीक औषधि को ना लेनेवाले व्यक्ति को इस डाएट प्लान पर अमल करने से कोई भी दवाई लेने की जरूरत नही पडती। अब हमारे पास पर्याप्त सबूत हैं जिससे हम यह कह सकते हैं कि यह डाएट प्लान मधुमेह की रोकथाम करता है, इसीलिए यह बात नई किताब के शीर्षक में परिवर्तित होती है।

'मेरा संशोधन' इस प्रकरण में भिन्न चिकित्सा जर्नलों में प्रकाशित हमारे अनुसंधान परक लेखों का जिक्र मैंने किया है, जो हमारे डाएट प्लान के प्रभावशीलता के बारे मे जानकारी देते हैं, 'जैसे कि वजन और कमर के घेरे को घटाना', 'फास्टींग इन्शुलीन के स्तर को कम करना', 'पूर्व मधुमेह की स्थिति को बदलकर मधुमेह मुक्त स्थिति मे पहुँचना', और 'किसी भी दवाई के बिना मधुमेह की स्थिति को बदल कर मधुमेह मुक्त स्थिति में पहुँचना'। भिन्न अन्नपदार्थों की प्रतिक्रिया में इन्शुलीन के स्त्रवण के संबंध में हमारे स्वयंसेवकों द्वारा किए गए प्रयोगों का ब्योरा भी मैने दिया है। हमारे अप्रकाशित संशोधन की जानकारी जिस में हम इस निष्कर्षपर पहुँचे हैं कि यदि खाली पेट ब्लड शुगर और खाना खाने के बाद की ब्लड शुगर इसकी जगह पर यदि HbA1C को पूर्व मधुमेह स्थिति के निदान के लिए बुनियादी जाँच के रूप में इस्तेमाल किया जाये तो मधुमेह के और 30 प्रतिशत मरीज पाये जायेंगे। वैज्ञानिक दृष्टि रखनेवाले पाठकों के लिए यह पुस्तक सबूत के रूप में फायदेमंद प्रसिद्ध होगी और वे वजन कम करने के और निरोगी रहने का सीधा-सादा तरीका निश्चित रूप से अमल में लाएंगे इस बात का मुझे विश्वास है।

दो भोजनों के बीच में हम ऐसी चीजें खाने की सिफारिश करते हैं जिससे इन्शुलीन का स्त्रवण नहीं होता। इस संबंध में हमने जो प्रयोग किए हैं उनकी जानकारी

इस संस्करण में मैंने जोडी है। हाल ही में मैंने राज्य और राष्ट्रीय स्तर की परिषदों मे जो अनुसंधान पेपर प्रस्तुत किए हैं उनकी भी जानकारी मैंने दी है।

'मोटापा और मधुमेह से मुक्त विश्व' इस आंदोलन को मजबूती मिल रही है। हमने हमारा पहला व्हाट्सअप समूह जुलाई-अगस्त 2015 में बनाया। यह आँकडा अब 287 समूहों पर पहुँच गया है और इन में शामिल सदस्यों की कुल संख्या 70,000 तक पहुँच गयी है। महाराष्ट्र की भिन्न जगहों से इस आंदोलन के 100 से ज्यादा नायक है, जो कि जरूरतमंद लोगों तक पहुँचने के लिए कडी मेहनत करते हैं। अबतक पुरे महाराष्ट्र में मैं और मेरे इन नायकों द्वारा इस डाएट प्लान पर 300 से भी ज्यादा व्याख्यान किए हैं। इस सुधारित संस्करण में मैंने इस आंदोलन की प्रगति पर एक अध्याय जोडा है। इससे पाठकों को इस बात का पता चलेगा की वे इस आंदोलन में किस तरह से शामिल हो सकते हैं। भारत के हर एक स्थान तक इस आंदोलन को फैलाने के लिए, यह जरूरी है कि ज्यादा से ज्यादा लोग इसके साथ हाथ मिलाए और इस उद्देश के लिए कार्य करे। इसी उद्देश से मैंने हमारे आंदोलन के बारे में यह प्रकरण लिखा है।

हमारे समाज मे मोटापा एक बडी स्वास्थ्य समस्या है। आजकल के दिनों में तोंदवाले लोग दिखना आम बात हो गयी है। मोटापे से संबंधित बीमारियाँ, जैसे कि रक्तचाप, डायबेटीस मेलिटस, हृदयरोग, और स्ट्रोक्स (मस्तिष्क में रक्तस्राव) इनकी तादाद देश में बढ रही है। मोटापे के कारणों मे विकास की वजह से आयी संपन्नता, कम शारिरीक गतिविधियों द्वारा अंकित जीवनशैली, अस्वास्थ्यपूर्ण जीभ को ललचाते अन्नपदार्थ, और मोटापे के तरफ भयानक अनदेखी यह बातें समाहित है। इन सभी के नतीजतन मोटापे की समस्या में और भी बढोतरी होती है।

समाजिक स्वास्थ्य के विशेषज्ञ के नाते मैंने मोटापे के बारे मे बहुत अध्ययन किया। डॉ. श्रीकांत जिचकार ने स्वयं पर और उनके कई दोस्तों पर किए गए प्रयोगों द्वारा मोटापे में इन्शुलीन की भूमिका को स्पष्ट कर दिया। वे अनुसंधान की तरफ लगाव रखनेवाले विवेकवादी चिंतक थे। इस संकल्पना के बारे में आश्वस्त होने से पहले उन्हों ने कई अनुसंधान परक लेख और वैज्ञानिक लेख पढे। लोगों को मोटापा घटकर 100 साल की उम्र तक जीना संभव हो सके इस उद्देश को सामने रखकर उन्हों ने 1997 से 2004 के दरम्यान उन्हों ने नागपूर, पूना, नासिक और औरंगाबाद में व्याख्यान दिये। सेहतमंद जीवन के लिए और सेहतमंद वजन कायम रखने हेतु 'दिन में सिर्फ दो बार खाना' इस संकल्पना के वे प्रथम अन्वेषक थे। उनके व्याख्यान यू ट्यूब पर उपलब्ध हैं। फिटनेस आंदोलन से जुडे और डॉ. जिचकार के करीबी दोस्त रहे, राजू अकोलकर द्वारा यह व्याख्यान यू ट्यूब पर अपलोड किए गए हैं।

अपने फिटनेस आंदोलन को केवल महाराष्ट्र में ही नहीं बल्कि पूरे भारत में सुदूर फैलाने की दूरदृष्टि डॉ. जिचकार के पास थी। इस कार्य के लिए उन्हों ने काफी कष्ट

उठाए। एक बहुआयामी और चौमुखी प्रतिभावाला यह व्यक्तित्व उस समय देशभर के समाज में भिन्न क्षेत्रों में योगदान देने में व्यस्त था। उनके व्यस्त दिनक्रम के बावजूद उन्हों ने इस स्वास्थ्य आंदोलन के लिए बहुत समय दिया। उनका यह योगदान निश्चित ही सराहनीय है। उनके व्याख्यान में इस आंदोलन के बारे में एक किताब लिखने की इच्छा का जिक्र उन्हों ने किया था। उनकी आकस्मिक देहांत से यह कार्य अधूरा रह गया।

उनके व्याख्यानों में तर्कशुद्ध दृष्टि से रखे गए विचार और उनका समर्पण तथा प्रामाणिक प्रयास काफी प्रभावशाली है। मैं उनके व्याख्यान से मोहित हो गया। इसके फलस्वरूप मैंने स्वयं पर और सैकडों अन्य लोगों पर इसका प्रयोग किया। इसके उपयुक्त नतीजों को देखने के बाद मैं इस के बारे में आश्वस्त हो गया कि यह आसान तरीका इस देश के हर किसी इन्सान तक पहुँचाना चाहिये। इसी समय मैंने सेहतमंद जीवन जीने का सिद्धांत और प्रयोग के बारे में आसान शब्दों मे एक किताब लिखने की स्वर्गीय डॉ. जिचकार की इच्छा पूरी करने का संकल्प किया। फिर मैंने उनके व्याख्यानों का अध्ययन किया। आश्चर्य की बात यह थी कि कुछ वैज्ञानिक तथ्यों को छोड उनकी पूरी दलीलें और मुद्दे आज के जमाने में भी खरा उतरती है। मोटापे के कारण और उनकी जटिलता, आहार, पोषणद्रव्य, कसरत का महत्त्व, शरीर में स्थित हार्मोन्स और वजन घटाने का आसान तरीका इसके बारे में जानकारी देने की कोशिश मैंने इस किताब के जरिए की है।

दूसरों का वजन घटाना आजकल बहुत से ऐसे लोगों का धंधा बना है जो कि खुद वजन बढाने की प्रवृत्ति रखते हैं। 'पाँच हजार रुपयों में पाँच दिनों में एक किलो वजन घटाएँ', ऐसे विज्ञापन आम हो गए है। वजन घटाने का झूठा आश्वासन देकर इंटरनेट पर कई डाएट प्लान, पावडर, चाय, और उपकरण बिक रहे हैं। दुर्भाग्य से मोटे लोगों का वजन तो घट नहीं रहा है लेकिन उनकी संख्या आये दिन बढ रही है। मोटे लोगों को मूर्ख बनाने का यह गोरखधंधा तेजी से बढ रहा है। पैसे कमाने की वृत्ति रखनेवाले व्यापारी, ये इसकी एक वजह जरूर है लेकिन इसके साथ ही बिना कुछ किए ही जो वजन घटाना चाहते हैं, ऐसे मोटे लोगों का मनोविज्ञान भी उतनी ही इसकी महत्त्वपूर्ण वजह है।

वजन घटाने का जो तरिका इस किताब में दिया गया है वह वैज्ञानिक होते हुए भी सहज है। इसके लिए लोगों को पैसे खर्च करने नहीं पडेंगे या किसी अन्य पर निर्भर भी नहीं रहना पडेगा। सबसे ज्यादा महत्त्वपूर्ण बात यह है कि इसके लिए उन्हे कुछ विशेष प्रयास नहीं करने पडेंगे। कोई भी व्यक्ति वजन घटाने से संबंधित दी गयी सलाह के अनुसार बिना किसी समस्या के जीवन भर अमल कर सकता है। इस तरिके मे वजन घटाने की ही क्षमता नहीं है बल्कि इसके साथ यह उच्च रक्तचाप, मधुमेह, दिल का दौरा और स्ट्रोक जैसी बीमारियों की भी रोकथाम कर सकता है। केवल इस तरिके

को ईमानदारी और जोश के साथ लागू करने की जरूरत है। आप एक बार इसके प्रति समर्पण कर दें तो निश्चित रूप से आप वजन पर नियंत्रण कर पायेंगे।

संभवतः जो लोग कुछ हार्मोनल स्थिति की वजह से या आनुवांशिक बीमारी की वजह से मोटे बन जाते हैं शायद उन्हें इस वजन घटाने के सूत्र का 100% लाभ नहीं मिल पायेगा। लेकिन यह बात जानना भी मुनासिब होगा कि इन कारणों से मोटे बने लोगों की संख्या केवल 2 से 3% है। ज्यादातर मोटे लोगों में ज्यादा मात्रा में और अनुचित तरिके से अन्न का सेवन तथा शारिरीक कसरत की कमी यही उनके मोटापे की वजह होती है।

पिछले पाँच सालों के अध्ययन की बिनाह पर मैं मधुमेह के बारे में कुछ बाते जिम्मेवारी के साथ कह सकता हूँ। पहली बात तो यह है कि हमारे देश में मधुमेह का जल्दी निदान नहीं होता। दूसरी बात ये है कि मरिजों को जीवनशैली में बदलाव के लिए पर्याप्त समय और सहयोग दिये बिना ही गैरजरूरत की दवाईयों को उनके माथे मार दिया जाता है। स्वस्थ व्यक्ति इस किताब में दिये गए डाएट प्लान पर अमल करने से जरूर ही मधुमेह से बच सकता है। पूर्व मधुमेह की स्थिति में जो लोग है वे मधुमेह मुक्त स्थिति को 3 से 6 महिने मे पा सकते हैं। मधुमेह का नया नया निदान हुआ है ऐसे मरीज, जो कि उसके लिए कोई भी दवाई नहीं ले रहे वे मधुमेह मुक्त स्थिति को 6 से 9 महिनों मे पा सकते हैं। कई दवाईयाँ लेने के बाद भी जिनकी ब्लड शुगर को नियंत्रित नहीं किया जा सकता ऐसे मरीजों के दवाईयों के डोस और/या संख्या कम हो जाती है और उनकी ब्लड शुगर काफी अच्छे तरीके से नियंत्रण में आ जाती है।

इस किताब के पहले संस्करण के लिए प्रस्तावना लिखने के लिए मैं आदरणीय श्रीमती राजश्री श्रीकांत जिचकार जी का एहसानमंद हूँ। मैं आदरणीय श्री. अविनाश पांडे जी (पूर्व सांसद, राज्यसभा), जो कि स्वर्गीय डॉ. जिचकार के करीबी दोस्त उनका भी इस किताब के बारे मे कुछ शब्द लिखने के लिए शुक्रगुजार हूँ। मैं राजू अकोलकर जो कि डॉ. जिचकार के करीबी दोस्त थे और इस विषय पर एक किताब लिखने की कल्पना को साकार करने में जिनका महत्त्वपूर्ण योगदान है उनके प्रति भी आभार प्रकट करता हूँ। डॉ. जिचकार की गैरमौजूदगी में उस महान शख्सियत के व्हिडिओ यू ट्यूब पर अपलोड करने के लिए अकोलकर जी ने काफी कष्ट उठाये और जिस किसी को भी वजन घटाने के इस सूत्र पर अमल करने की इच्छा थी उस हरएक व्यक्ति को सहयोग देने में भी उनका अमूल्य योगदान है।

इस किताब को प्रकाशित करने के लिए मैं सकाळ प्रकाशन, पुणे के आशुतोष रामगीर और संपादक ऐश्वर्या कुमठेकर जी का आभारी हूँ। इस किताब के अनुवादक श्री. सुपेकर जी का मैं आभारी हूँ। इस किताब के हिंदी टाईपिंग के लिए संदीप घावरे जी का भी मैं आभारी हूँ।

मेरे उन मित्रों का जिक्र करना मेरा कर्तव्य बनता है जिन्हों ने मुझ पर विश्वास किया और अपने आपको इस वजन घटाने के प्रयोग में इस्तेमाल करने दिया। उनमे से कुछ ने पाठकों के लाभ के लिए उनके अनुभव इस किताब के माध्यम से उजागर करने की अनुमति भी दी। जिन्हों ने अपनी नीजि जानकारी इस किताब में छपवाने के लिए अनुमति दी उन सभी के प्रति मैं कृतज्ञता प्रकट करता हूँ।

यह किताब लिखते हुए मैने कई किताबों का संदर्भ लिया है, जिनमें से महत्त्वपूर्ण किताबों में, 'विल्यम्स टेक्स्टबुक ऑफ एन्डोक्रायनॉलॉजी', भारतीय सेना की 'रेड बुक', 'प्रिव्हेन्टीव अँड सोशल मेडिसीन' यह पार्क्स की टेक्स्टबुक, लोकविज्ञान संस्था 'एक्सरसाईज अँड डाएट फॉर हेल्थ' यह पुस्तिका, और नॅशनल इन्स्टिट्यूट ऑफ न्युट्रीशन, हैद्राबाद द्वारा प्रकाशित 'न्युट्रीटीव्ह व्हॅल्यूज ऑफ इंडियन फूड्स' ये शामिल हैं। मैं इन किताबों के माध्यम से सहयोग देने के लिए इनके लेखक, संपादक, प्रकाशकों प्रति आभार प्रकट करता हूँ। इसी तरह से मैंने इस किताब को लिखते समय पिछले कुछ दशकों में प्रकाशित सैंकडों अनुसंधान परक लेखों का भी संदर्भ लिया है। मैं उन सायन्टिफिक जर्नल्स के संशोधक तथा संपादकों का हमेशा ऋणी रहूँगा।

यह किताब अगर लोगों को उनका वजन घटाने में और मधुमेह बिना एक सेहतमंद जीवन जीने में मददगार साबित होगी तो मुझे संपूर्णता का सुकून मिलेगा। तभी मुझे यह सुकून मिलेगा कि, स्वर्गीय डॉ. जिचकार जी ने पहले ही जो प्रेरणादायी कार्य कर रखा है, उसके साथ थोडा सा इंसाफ करने में मैं सफल रहा ऐसा मैं मान पाऊँगा। इस किताब का लोकार्पण 14 सितंबर 2013 को, डॉ. श्रीकांत जिचकार की जयंती के दिन हुआ यह मेरे लिए गर्व और अभिमान की बात है।

इस आंदोलन में समर्पित भाव से जुटे हुए सभी नायकों के प्रति मैं कृतज्ञता प्रकट करता हूँ। आखिर में मैं अपनी पत्नी डॉ. अंजली, लडका ऋत्विक और लडकी श्रीया इनको इस सभी का श्रेय देता हूँ। समाज के लाभ के लिए मैं जिन भी गतिविधियों से जुडा हूँ उन सभी की ये जड है।

इस किताब के बारे में आपकी प्रतिक्रियाओं का मैं बडी बेसब्री से इंतजार कर रहा हूँ।

डॉ. जगन्नाथ दीक्षित,
एमबीबीएस, एमडी (पीएसएम), पीजीडीएचए,
पीजीडीएचआरएम, एफआयएससीडी, एफआयएपीएसएम,
एफआयपीएचए
79, कल्पतरू, मायानगर, सिडको-एन 2, औरंगाबाद - 431006
मो. 9922994777 । drjvdixit@gmail.com

क्रम सूची

1
वजन घटाने के मेरे प्रयोग

समाजिक स्वास्थ्य का एक अभ्यर्थी और बाद में बतौर एक शिक्षक स्वास्थ्य और बीमारियाँ इनके बीच के आपसी संबंधों का अध्ययन करने का अवसर मुझे प्राप्त हुआ। बीमारियों के लिए सूक्ष्मजीव जिम्मेवार होते हैं, यह अधूरा सच है। कोई भी बीमारी लगने के लिए तीन बातों में संतुलन अत्यावश्यक होता हैं। जिनमें मनुष्य, कोई अभिकर्ता (जैसे कि विषाणू, जीवाणू या किसी पोषक द्रव्य की कमी आदि) और पर्यावरण से जुडे घटक शामिल होते हैं। प्रतिबंधक और समाजिक औषधि, इस मेरे विषय के कारण यह ज्ञान मुझे मिला। इस विषय ने मेरे अंदर भिन्न बीमारियों की वजहों को समझने की जिज्ञासा को संजोया। औषधि में अनुसंधान के भिन्न तरीकों के अध्ययन के दौरान, मैं एक ऐसी दृष्टि को इजाद करने में सफल हो गया, जिससे परस्परविरोधी वैद्यक अनुसंधान की ओर निष्पक्षता से देखा जा सके। प्रयोगशीलता की ओर मेरा रुझान भी मेरे लिए काफी मददगार रहा।

जब मैं वैद्यकशास्त्र का छात्र था, तब मेरा वजन मात्र 50 किलोग्राम था। मेरी शादी के समय यह वजन 54 किलोग्राम था और शादी के बीस साल बाद वह 74 किलोग्राम तक पहुँचा। इतनी भारी मात्रा में वजन में बढोतरी के बाद भी मुझ पर 'मोटापे' का लेबल नहीं लग पाया। इसके लिए मेरी 170 सें.मी. उँचाई का धन्यवाद! मानव शरीर के वजन के प्रति मुझे छात्र जीवन से ही जिज्ञासा थी। उस समय हमारी सहकारिता भोजनालय में हर इतवार को दावत होती थी। चाहे जितना खाने का उसी दिन मौका मिलता था। 12 से 14 रोटियाँ और 30 मीठे जामून खाना उन दिनों आम बात थी। ताज्जुब की बात यह थी कि फिर भी वजन बढता नहीं था। इसके ठीक विपरित मेरे कुछ मित्र हमेशा कम खाते थे लेकिन फिर भी वे मोटापे का शिकार थे। कुछ छरहरे बदन के दोस्त इतना खाते थे कि किसी को ताज्जुब होता कि इतना ढेर सारा खाना ये कहाँ इकठ्ठा कर रखते होंगे। इन सभी बातों के बावजूद वजन चिंता

का या गहरे चिंतन का भी विषय कभी नहीं बन पाया। शायद वह उस समय ठीक ही था।

शादी के बाद वजन में बढोतरी एक सामान्य नियम है। वास्तव में वजन में बढोतरी सुखी शादीशुदा जीवन का एक मापदंड है। अपनी आजिविका, नौकरी और परिवारिक जीवन के लिए उग्र लड़ाई करते समय अनजाने में ही वजन बढ जाता है। आप सभी का यही सामान्य अनुभव होगा। विश्वविद्यालय में शिक्षा के समय से ही मैंने हमेशा अपने आपको किसी भी तरीके से फिट रखने का प्रयास किया है। चाहे वह टेबल टेनिस हो या बॅडमिंटन या फिर लॉन टेनिस या दौडना। इसीलिए मेरी फिटनेस मेरे लिए कोई अजूबा नहीं थी।

एक दिन मैं अपने कुछ पुराने पैंन्ट पहनकर देख रहा था। जो कि मैं हमारे नौकर को दे देनेवाला था। उस समय मुझे ताज्जुब हुआ कि वह पैंन्ट मेरे फुले पेट को अपने में समाने से इन्कार कर रही थी। और मुझे एहसास हुआ कि मैं 'वजनदार' बन चुका हूँ। मैं जब वजन करनेवाली मशीन पर खडा रहा तो उसने 74 का आँकडा दिखाया। इससे यह जाहीर हो गया कि मेरे 20 सालों के शादीशुदा जीवन में मेरा वजन हर साल एक किलोग्राम बढा है। यह बढता वजन बॅडमिंटन खेलते समय घुटनों के जोड में दर्द जैसे संकेत दे रहा था। लेकिन मैंने उसको सुविधापूर्वक नजरअंदाज कर दिया था। मैं हर साल मधुमेह और रक्तचाप से जुडी कुछ जाँच बिना चूके करता हूँ। मैं यह जाँच मेरे जन्मदिन से पहले कर लेता हूँ और जब 'सब कुछ ठीक' होने की पुष्टी हो जाती है तो मैं रक्तदान करता हूँ। पिछले 35 से भी ज्यादा सालों से मेरा यही नियम है। इस बार भी जाँच के परिणामों से यह स्पष्ट हुआ कि मुझे इसमें से कोई भी बीमारी नहीं हुई है।

वजन के बढने के एहसास ने मुझे अपने ही साथ कुछ प्रयोग करने के लिए प्रोत्साहित किया। मैंने वजन कम करने के कई तरीके अपनायें। उस में से पहला तरीका यह था कि सप्ताह में एक दिन पूरी तरह से उपवास रखना। हर सोमवार को मैं केवल पानी पिता था और किसी भी तरह का आहार नहीं लेता था। यह प्रयोग मैंने तीन से चार महिनों तक जारी रखा। आखिर में जब मैंने अपना वजन किया तो वह 75 किलोग्राम था! सहज ही मैंने यह प्रयोग बंद कर दिया। फिर मैंने जो बारबार उपवास रखते थे ऐसे अपने रिश्तेदार, चाचियाँ और पडोसियों का निरीक्षण करना शुरू किया। मुझे यह जानकर आश्चर्य हुआ कि उनमें से ज्यादातर लोग मोटापे का शिकार थे। आखिरकार मुझे इसका एहसास हुआ कि वजन कम करने हेतु उपवास का यह तरीका बिलकुल ही बेकार है।

फिर मैंने और एक तरीका अपनाया। इसमें मैं रात के खाने में केवल फल ही लेता था। यह तरीका मैंने करीब 2 महिने जारी रखा। इस तरीके का एक फायदा यह रहा कि

पेट अच्छी तरह से सफा हो जाता था और शरीर हल्का लगने लगा, लेकिन वजन बिलकुल कम नहीं हुआ। फिर मेरे एक दोस्त ने इंटरनेट पर लोकप्रिय डाएट प्लान के बारे में बताया। यह प्लान सात दिनों के लिए था। इसमें पहले दिन आप सभी सब्जियाँ, बिनपकी या पकी खा सकते थे। दूसरे दिन चार फल और सब्जियाँ, तिसरे दिन छह केले और आधा लीटर दूध, चौथे दिन 50 ग्राम पके चावल और आठ टमाटर, आखिरी दिन चावल और मांस और जश्न के लिए वाईन! मैंने यह प्रयोग पूर्णतः ईमानदारी के साथ किया और आश्चर्यजनक तरीके से मेरे वजन में चार किलो की कटौती हुई। मैं खुश हो गया। यह आहार प्लान बीच में कम से कम चार या पाँच दिनों का अवकाश रखते हुए कितनी भी बार दोहराने की सलाह दी गयी थी। इससे मैं खुश हुआ। कुछ कारणों से अगले 15 दिनों तक मैं इस आहार प्लान का दूसरा चक्र दोहरा न पाया। पंद्रह दिनों बाद इस आहार प्लान को फिरसे शुरू करने से पहले जब मैंने अपना वजन किया तो वह फिरसे 74 किलो हो गया था। संक्षेप में मैंने जितना वजन सात दिनों में घटाया था उतनाही वजन 15 दिनों में फिरसे बढा गया था। इसलिए मैंने इस प्रयोग को फिर से दोहराने से पहले अपने आप रोक दिया।

इसके बाद का प्रयोग खाने और उपवास का एक सुनिश्चित चक्र था। इस में पहले दिन चाहे जितने फल खाने की अनुमति थी। दूसरे दिन पूरी तरह से उपवास रखते हुए तिसरे दिन फल और सब्जियों के रस पिने थे। अपनी अपेक्षा जितना वजन घटाने तक इस आहार प्लान को जारी रखना था। पाँच या छह दिनों में मेरा पेट खराब हो गया। मुझे दस्त होने लगे और बदन में कमजोरी भी आ गयी। सबसे बुरा यह था कि मुझे फलों से नफरत होने लगी। हालाँकि फल मेरा सबसे चहिता आहार थे, इसलिए यह बडा ही दर्दनाक था। इसलिए मै फलों की इस दुनिया से बाहर आ गया और कुछ दिनों में मेरा जो 1 किलो वजन घटा था वह वापस लौट आया।

उसके बाद मैंने वजन घटाने के उपचार के लिए एक प्रसिद्ध आयुर्वेदिक डाक्टर से सलाह ली। उन्हों ने मेरा वजन किया और उन्हों ने मेरे शरीर में चरबी का प्रतिशत भी आँका। इससे यह स्पष्ट हुआ कि मेरा वजन जरूरत से ज्यादा था, मेरी तोंद (पॉट बेली) निकल आयी थी और मेरे शरीर में चरबी भी अधिक मात्रा में मौजूद थी। उस डाक्टर ने मेरा उपचार शुरू किया। उन्हों ने मुझे कोई बेस्वाद, गाढा तेल दिया। पहले दिन मुझे सुबह उठते ही 60 मिली तेल पी जाना था। उसके बाद इस तेल की मात्रा प्रतिदिन 15 मिली से बढायी जाती थी जो कि आखिरी दिन को 150 मिली तक पहुँचती थी। इस तेल ने मुझे बीमार कर दिया। इससे मेरी भूख भी कम हो गयी। रात में मुझे आधी या एक जवार की रोटी और हरे चने की दाल खाने को कहा गया। उस तेल को पीना मेरे लिए बहुत भयानक अनुभव था। कई बार मुझे लगा कि मैं भगवान से पूछ

रहा हूँ, हे भगवान... ये मेरे ही नसीब में क्यों? आखिर सात दिनों बाद मेरा वजन दो किलो घट गया। साफ साफ कहा जाये तो मेरा खाना पहले से 20 प्रतिशत पर आ गया था और मेरी भूख भी कम हो गयी थी। इसलिए इस तरह वजन का घटना स्पष्ट ही था। इस तरह सात दिनों के 'इन्टेन्सिव' उपचारों के बाद मेरे 'मैन्टेनन्स' उपचार शुरू किए गए। दोपहर और रात को एक जवार की रोटी और हरे चने की दाल खाना इस में शामिल था। इसके दरम्यान भूख लगने पर मुझे छाँछ और नाश्ते में जवार के फ्लेक्स खाने का विकल्प दिया गया था। यह मैंने एक माह तक जारी रखा। वजन घटाने के इस प्रयोग के दौरान मेरे रिश्तेदार और दोस्त मुझ से शिकायत करने लगे। दोस्तों की तरफ से दावत के लिए न्योते नहीं के बराबर हो गए। मेरे दोस्तों की नजर मे मैं एक कट्टर या सनकी आदमी बन गया। लेकिन इस बेस्वाद आहार ने मेरे जीवन का स्वाद भी चुरा लिया। दूसरे सभी लोगों को स्वादिष्ट भोजन खाते देखना और अपने भोजन का आनंद उठा रहा हूँ ऐसा नाटक करना सही मायने में प्रताडना ही थी। आखिरकार एक दिन मुझे साक्षात्कार हो ही गया! "क्या जीवन ऐसा हो सकता है... जवार की रोटी और कटोरी भर दाल खाना? मैं अपना जीवन इस तरह से कैसे गुजार सकता हूँ? आखिर मेरा गुनाह क्या है?" उसी समय मैं रसोई में गया और मैने पकोडे उठाये और पिछले एक महिने से भी ज्यादा समय से जिनके लिए मैं तरस रहा था, उन मेरी सभी प्यारी चीजों का लुत्फ उठाया। और इस प्रयोग का इस तरह से तार्किक अंत हो गया! और मैंने अपना घटाया हुआ 3 किलो वजन फिर से पा लिया।

इसके बाद दूरदर्शन और अन्य चैनलों पर दिखाये जानेवाले वजन घटाने की सौ प्रतिशत गारंटी देनेवाले विज्ञापनों की ओर मेरा रूझान बढने लगा। इसमें सोना बेल्ट, स्लीम चाय, कुछ आहार फार्मूले और कसरत कि मशीनें शामिल थी। इसकी भारी किमत की वजह से मैंने खुद को इन में से किसी भी तरीके को अपनाने से दूर ही रखा। मैं ऐसे कुछ लोगों से मिला जिन्हों ने ये सभी तरीके अपनाये थे और उनके नतीजों से निराश हो गए थे।

इसके बाद मैंने वजन घटाने के लिए कई होमियोपॅथिक औषधियों का इस्तेमाल किया। इससे मेरे वजन के बजाय केवल पैसों में कटौती हुई। मेरे मन में आयुर्वेद और होमियोपॅथी के प्रति वैद्यकशास्त्र की शाखाओं के तौर पर आदरभाव है साथ ही इन पॅथियों की प्रैक्टीस में ईमानदारी से जुटे डाक्टरों के लिए भी वैद्यकशास्त्र के लिखित तत्त्वों के अनुसार आदरभाव है। मैं केवल उन डाक्टरों के खिलाफ हूँ जो उनकी पॅथी के मूल तत्त्वों के प्रति आदरभाव नहीं रखते और जिन्हों ने वजन घटाने का शोषणकारी धंधा शुरू किया है।

कहानी को छोटा रखने के लिए, इतना ही कहा जा सकता है कि मेरे एक के बाद एक असफल प्रयोगों की वजह से मैं निराश हो रहा था। मेरे सभी प्रयास वजन घटाने

के लिए बेकार साबित हो रहे थे। मेरे मन में आशंका पैदा होने लगी कि, क्या सही मायने में वजन घटाना संभव है। फिर मेरी नजर एक लोकप्रिय किताब पर पडी। इस में हर तीन से चार घंटों के बाद कुछ खाने की शानदार सलाह दी गयी थी! मोटे लोगों के लिए, जिनके जीने का तरीका ही यह है, इस तरह की सलाह किसी वरदान से कम नहीं थी। मैंने इस आहार प्लान को अपनाया। विश्वविद्यालय में जाते समय मैं खाने के तीन डिब्बे साथ लेकर जाता था। उसमें से एक में फल रहते थे, दूसरे में चपाती और दाल और तिसरे में सब्जियाँ रहती थीं। इस प्रयोग की विशिष्टता ये थी की मैं हरदम खाने के बारे में ही, सही में ''अब आगे क्या खाना है?'' यही सोचता रहता था। मैं इसे दो हफ्तों तर जारी रख सका। इसके नतीजे अद्भुत थे। मेरा वजन आधा किलो बढ गया था! इसका सबसे बुरा हिस्सा यह भावना थी कि अपने जीवन का मकसद या तो खाना है या तो खाने के बारे में सोचना। जाहीर है मैने इस प्रयोग को अलविदा कह दिया।

महाराष्ट्र युनिवर्सिटी ऑफ हेल्थ सायन्सेस के फ्लायिंग स्क्वॉड का अध्यक्ष होने के नाते अपनी ड्युटी करने हेतु चिखली-खामगाव की यात्रा पर था। उस यात्रा के दौरान मैंने डॉ. श्रीकांत जिचकार जी का व्याख्यान सुना। मेरी एक दोस्त डॉ. शीतल अन्तापुरकर ने यह व्याख्यान मोबाईल में डाउनलोड कर रखा था। इस व्याख्यान से मैं बहुत ही प्रभावित हुआ। वास्तव में डॉ. जिचकार 2001 में औरंगाबाद आये थे और उन्हों ने इसी विषय पर व्याख्यान दिया था। दुर्भाग्य से मैंने उस समय उन्हें सुनने का अवसर खो दिया था। इस व्याख्यान में डॉ. जिचकार ने मोटापे के संबंध में इन्शुलीन और ग्लुकोजेन की भूमिका को समझाया था। डॉ. जिचकार प्रतिबंधक और समाजिक औषधि में एम.डी. की उपाधि प्राप्त कर चुके थे। मैंने मेरी स्नातकोत्तर पढाई इसी विषय में की थी। डॉ. जिचकार बहुत ही बुद्धिमान और संशोधक बुद्धि के इन्सान थे। अपने व्याख्यान में उन्हों ने प्रभावशाली तर्क के साथ इन्शुलीन-ग्लुकोजेन और स्वस्थ जीवन के आपसी संबंधों को स्पष्ट किया था। उनका अनुरोध भी उतना ही आकर्षक था। मैंने तुरंत अगले ही दिन से अपने साथ प्रयोग शुरू किया। इससे पहले भी महिने में मेरा वजन 3 किलो से घट गया। साढेतीन महिनों में वह आठ किलो से घट गया! इसके न तो कोई विपरित परिणाम थे और न हीं खाने पर किसी तरह की पाबंदी थी। सही मायने में यह आहार प्लान एक चमत्कार ही था। गौर करने जैसी बात है कि उस समय से आज तक मेरा वजन आधा किलो से भी नहीं बढा है। मेरे चिकित्सक शक्की मन ने एक सवाल उठाया, ''क्या मेरे वजन में यह कटौती मधुमेह की वजह से हो रही है और इसका श्रेय मैं डॉ. जिचकार के सिद्धांत को दे रहा हूँ?'' इस आशंका को दूर करने के लिए मैंने वैद्यकीय तथा लैबोरेटरी से जाँच की ताकि मैं पूरी तरह से स्वस्थ हूँ इसकी पुष्टी हो सके। इस परिकल्पना को दोबारा सिद्ध करने हेतु

मैंने उलटी प्रक्रिया को भी अपनाकर देखा। मैंने अपनी पुरानी जीवनपद्धति को लगभग महिनेभर के लिए अपनाया और मुझे 1 किलो बढे वजन की भेंट मिली। यह सिद्धांत सही में काम कर रहा है इस पर अब मुझे यकीन हो गया।

पिछले कई सालों से डॉ. जिचकार द्वारा हिमायत किया गया यह आहार प्लान मैंने अपनाया है। इससे मुझे बहुत सहायता मिली। मेरे कमर का नाप दो इंच से घट गया है। मेरा आंतरिक बल कायम है। किसी भी शिकायत के बिना मेरे रोजाना व्यायाम चल रहे हैं। जब मुझे खुद इस सिद्धांत पर यकीन हो गया तब मैं इस आहार प्लान को अपनाने के लिए दूसरों को प्रोत्साहित करने लगा। इस सलाह से हर एक व्यक्ति को लाभ ही हुआ है। इस आहार प्लान से लाभ उठाये हुए करीब 1200 व्यक्ति, जिनमें से करीब 150 डाक्टर हैं, इनकी जानकारी अब मेरे पास है। मेरी यह दृढ राय है कि यह संदेश इस देश के हर एक नागरिक तक पहुँचाया जाये क्यों कि हम में से हर एक के सिर पर मोटापा, उच्च रक्तचाप, मधुमेह, दिल का दौरा और स्ट्रोक जैसी समस्याओं का बहुत बडा खतरा मंडरा रहा है। यह स्वस्थ जीवन के लिए एक आंदोलन बन जाये। यह किताब यकीनन इसी उद्देश से लिखी गयी है। इससे पहले कि हम वजन घटाने के आसान तरीकों की ओर बढे, आओ हम मोटापे के कारण, वजन घटाने में आहार और कसरत की भूमिका और शरीर में पैदा होनेवाले भिन्न हार्मोन्स के कार्यों को समझने की कोशिश करें।

2
मोटापा

शरीर में अतिरिक्त चरबी के संचयन को सामान्य रूप से 'मोटापा' इस शब्द से परिभाषित किया जाता है। शरीर में चरबी विशिष्ट कोशिकाओं में संचयित की जाती है जिन्हें अडिपोसाईट्स या फॅट सेल्स कहा जाता है। यह फॅट सेल्स खाल के नीचे और पेट की झिल्ली में, जिसे मेसेन्टरी कहा जाता है, उसमें मौजूद रहते हैं और चरबी को संचयित करते हैं। इसके साथ ही शरीर के भिन्न अंगो के ईर्द-गिर्द इन्हीं फॅट सेल्स में भी चरबी का संचयन होता है। चरबी खून में और यकृत की कोशिकाओं में भी मौजूद रहती है। शरीर की कोशिकाएँ ऊर्जा पाने हेतु इस चरबी में से या तो ग्लुकोज या तो फॅटी ऐसिड्स का इस्तेमाल कर सकती है। इन फॅट सेलों की संख्या या आकार में या दोनों में बढोतरी से मोटापा पैदा होता है। मोटापे का निदान बॉडी मास इंडेक्स (बीएमआय) को नापकर किया जा सकता है। हालाँकि अतिरिक्त चरबी का जम जाना यही वजन बढने का सामान्य कारण है, कभी कभी असामान्य रूप से स्नायुओं का विकास या शरीर में द्रवों के अवधारण के कारण भी वजन बढ सकता है।

मोटापा खानपान संबंधी गलत आदतों से जुडी सब से प्रचलित स्वास्थ्य समस्या है। यह विकसित और विकसनशील राष्ट्र इन दोनों में ही समान रूप से पायी जानेवाली महत्त्वपूर्ण समस्या है। यह समस्या बच्चे और बडे दोनों में ही दिखाई पडती है। मोटापा कई बीमारियों के लिए खतरे की घंटी है। शारिरीक कसरत की कमी और खानपान संबंधी आदतों में बदलाव यह औद्योगिक राष्ट्रों में मोटापे की बढती समस्या के दो प्रमुख कारण हैं। अधिक वजन और मोटापा ये दोनों विश्व में मौत के कारणों में पाँचवे स्थान पर हैं। 1980 से 2015 तक इस समस्या में छह गुना बढोतरी हुई है। 2015 में विश्व के 64.5 करोड लोग अधिक वजनवाले थे। 2010 में पाँच साल से कम उम्र के 4 करोड बच्चे अधिक वजनवाले थे। पहले यह केवल उच्च आमदनीवाले देशों की समस्या मानी जाती थी। लेकिन अब यह गरीब देशों में भी दिखाई पड रही है।

विकसनशील राष्ट्रों में 3.5 करोड बच्चे अधिक वजनवाले हैं और विकसित राष्ट्रों में इनकी संख्या 80 लाख है। बचपन का मोटापा और वयस्कता का मोटापा तथा समयपूर्व मौतें और विकलांगता के बीच एक निश्चित संबंध है। मोटापा श्वसन के साथ जुडी समस्याएँ, अस्थिभंग, उच्च रक्तचाप और अवसाद में इजाफा करता है। ज्यादा वजन या मोटापे की वजह से विश्व में सालाना 28 लाख वयस्कों की मौत हो जाती है। विश्व में मोटापा या ज्यादा वजन होनेवाले लोगों में से आगे चलकर 44% मधुमेह, 23% दिल का दौरा, और 7 से 41% कैंसर के शिकार हो जाते है। विश्व में अल्पपोषण से होनेवाली मौतों की तुलना में अधिक वजन या मोटापे की वजह से ज्यादा मौतें होती हैं।

भारत में 2008 में गैर संचारी पुराने रोगों से संबंधित जोखिम तत्वों के बारे में एक सर्वेक्षण किया गया। आंध्रप्रदेश, केरल, मध्यप्रदेश, महाराष्ट्र, तमीलनाडू, उत्तराखंड और मिझोराम इन राज्यों में यह सर्वेक्षण किया गया। इसके द्वारा मिली जानकारी के अनुसार अधिक वजनवाले और मोटापे के शिकार लोगों की संख्या 15 से 24 इस आयु के लोगों को छोड़कर अन्य सभी वर्गों में बडी है। महिलाओं की तुलना में अधिक वजनवाले पुरुषों की संख्या अधिक है लेकिन मोटापे के संबंध में यही मात्रा उलटी है। गाँव की आबादी की तुलना में शहर की आबादी में इसका प्रचलन ज्यादा पाया गया। कम शिक्षित लोग तथा मेहनत के काम में जुटे लोगों में इसका प्रचलन कम पाया गया। 2015 के आँकडों के अनुसार, भारत में 20 साल और उससे ज्यादा उम्र के लोगों में 1.3% पुरुष और 2.5% महिलाएँ मोटापे की शिकार थीं। 98 लाख पुरुष और 2 करोड महिलाएँ मोटापे का शिकार थी। 1975 में मोटापे के लिहाज से विश्व में हमारी श्रेणी 19 वीं थी। 2015 में यही श्रेणी पुरुषों के संबंध में पाँचवी और महिलाओं के संबंध में तिसरी है!

मोटापा कई बीमारियों के लिए खतरे की घंटी है। इसमें से कुछ के नाम नीचे दिये गए है।

1. मस्तिष्क में रक्तस्त्राव
2. उच्च रक्तचाप
3. मधुमेह
4. खून में चरबी की मात्रा बढना
5. मोतियाबिंद
6. यकृत के रोग
7. पित्ताशय के रोग

8. गठिया
9. वातरोग
10. श्वसन संबंधी समस्याएँ
11. कुछ किस्म के कैंसर
12. माहवारी में अनियमितता, बांझपन

हालाँकि मोटापा कई रोगों के लिए खतरे की घंटी है, यह जोखिम शरीर में संचयित चरबी के फैलाव पर निर्भर होती है। शरीर में चरबी के फैलाव के अनुसार मोटापे का केंद्रीय मोटापा (सेंट्रल ओबेसिटी) और परिधीय मोटापा (पेरिफेरल ओबेसिटी) इन दो वर्गों में वर्गीकरण किया जाता है। इन्हें क्रम से सेब के आकार का मोटापा और पेर के आकार का मोटापा कहा जाता है। केंद्रीय मोटापे के लिए ही अँड्रॉईड ओबेसिटी और परिधीय मोटापे के लिए गायनॉईड ओबेसिटी यह शब्द भी इस्तेमाल किए जाते हैं। मोटापा और प्रौढ उम्र में मधुमेह की शुरुवात के बीच का आपसी रिश्ता हम कई दशकों से परिचित हैं। भिन्न उम्र तथा वजन के पुरुष और महिलाओं के संबंध में इन्शुलीन का प्रतिरोध और मोटापे के बीच आपसी संबंध भी जाहीर है। महामारी विज्ञान से संबंधित कई संशोधनों के द्वारा इस बात की पुष्टी हुई है कि इन्शुलीन का प्रतिरोध और मधुमेह का बढता प्रचलन का मोटापे के प्रचलन के साथ सीधे अनुपातिक संबंध है। शरीर की कोशिकाओं की इन्शुलीन की प्रति संवेदनशीलता शरीर में मौजूद चरबी के कुल प्रतिशत पर निर्भर होती है। केंद्रीय मोटापे का संबंध इन्शुलीन का प्रतिरोध, ग्लुकोज की बढी मात्रा, इन्शुलीन, कुल कोलेस्टेरॉल तथा ट्रायग्लिसराईड्स और उच्च घनतावाले लिपोप्रोटीन कोलेस्टेरॉल की घटे स्तर से होता है। इसीलिए जहाँतक बीमारियों के खतरे की बात है, मोटे होने की बजाय चरबी का शरीर में फैलाव ज्यादा महत्त्वपूर्ण चीज है। केंद्रीय मोटापा या तोंदीय मोटापे से ऐसे परिणाम नीचे दी हुए कारणों से मिलते होंगे।

1. खाल के नीचे के फॅट सेल की तुलना में पेट में मौजूद फॅट सेल में इन्शुलीन संग्राहक (ऐडरेनर्जिक रिसेप्टर्स) ज्यादा मात्रा में रहते हैं। और इसकी वजह से वे चयापचय (मेटाबोलिजम) की दृष्टि से ज्यादा सक्रीय रहते हैं।
2. पेट में मौजूद सेल में चरबी का पतन करने के इन्शुलीन के प्रभाव के रास्ते में ज्यादा रूकावटें होती हैं।
3. 11 - बिटा हायड्रॉक्सी स्टेरॉईड डिहायड्रोजेनेस टाईप 1 इस इन्झाईम की पेट के फॅट सेल में मौजूदगी की वजह से स्थानीय स्तर पर हार्मोन कॉर्टीसॉल के उत्पादन में बढोतरी हो जाती है।

मोटापे के कारण

मोटापे के कई कारण है। इनमें से कुछ नीचे दिये गए हैं -

1. **उम्र** – मोटापा किसी भी उम्र में हो सकता है लेकिन बढती उम्र के साथ मोटापे का प्रचलन बढ जाता है। जन्म के समय जिन बच्चों का वजन अधिक होता है, उनको वयस्क उम्र में मोटे होने की खतरा अधिक होता है। सभी मोटे लोगों में से एक-तिहाई लोग बचपन से ही मोटे होते हैं। मोटे शिशुओं में अन्य शिशुओं की तुलना में फॅट सेल्स ज्यादा मात्रा में होती हैं। ज्यादा संख्या में फॅट सेल की मौजूदगी से पनपे मोटापे (हायपरप्लास्टिक ओबेसिटी) का उपचार करना फॅट सेल में संचयित अतिरिक्त चरबी से पनपे मोटापे (हायपरट्रॉफिक ओबेसिटी) के उपचार की तुलना में ज्यादा कठिन होता है।
2. **लिंग** – अधिक वजन का प्रचलन महिलाओं की तुलना में पुरुषों में अधिक है लेकिन मोटापे का प्रचलन पुरुषों से महिलाओं मे अधिक पाया जाता है। पुरुषों का वजन उम्र के 29 से 35 सालों के बीच सबसे अधिक बढता है। महिलाओं के वजन में सबसे अधिक बढोतरी उनकी उम्र के 45 से 49 की उमर के दौरान, यानी रजोनिवृत्ति की स्थिति के बाद होती है। गर्भवती रहने पर हर एक बार महिला के वजन में 1 किलो की बढोतरी होती है। बल्की जैसा कि विकसनशील राष्ट्रों में देखा गया है, बारबार गर्भवती होने से वास्तव में वजन घटता है।
3. **आनुवंशिक तत्त्व** – जुडवा बच्चों पर किए अध्ययन द्वारा यह स्पष्ट हुआ है की आनुवंशिक तत्त्व मोटापे के लिए उत्तरदायी हैं। भिन्न पर्यावरणीय स्थितियों में रहनेवाले जुडवाओं का वजन एक जैसा रहता है, इस से मोटापे में आनुवंशिक तत्त्वों की भूमिका है यह बात स्पष्ट होती है। इसके अलावा चरबी के फैलाव के प्रतिरूप आनुवंशिक तत्त्वों पर 50 प्रतिशत तक निर्भर रहते हैं।
4. **शारिरीक कसरत की कमी** – नियमित रूप से शारिरीक मशक्कत तथा मेहनत के कार्य मोटापे के प्रतिरोध में मददगार साबित हो सकते हैं। किसी भी तरह की शारिरीक गतिविधियों की कमी हो ऐसे या बिना किसी हालचाल के टी.व्ही. देखने जैसे निष्क्रिय मनोरंजन की आसक्ति के रास्ते वजन बढना और मोटापे की ओर ले जाते हैं। जो लोग रोजाना कसरत करते हैं वे भी यदि कसरत करना छोड दे किंतु अपना आहार वैसा ही रखे तो मोटापे का शिकार बन सकते हैं। शारिरीक कसरत की कमी व्यक्ति को मोटापे का शिकार बनाती है और मोटापे के कारण व्यक्ति शारिरीक कसरत करने से दूर रहता है। यह एक दुष्चक्र है।

5. **समाजिक–आर्थिक स्तर** – समाजिक-आर्थिक स्तर और मोटापे के बीच उलटा अनुपातिक संबंध है। लेकिन, कुछ अमीर राष्ट्रों में निचले समाजिक-आर्थिक स्तर के लोगों में मोटापे का प्रचलन ज्यादा पाया जाता है।
6. **खाने की आदतें** – कोई भी व्यक्ति उसकी खाने की आदतें अपने बचपन में ही विकसित कर लेता है। दो खानों के बीच कुछ खाना, मीठा खाना, तले हुए या जंक फूड खाना ये ऐसी ही कुछ आदतें हैं। आहार में शामिल पोषक तत्त्व, खाने की बारी और आपके आहार द्वारा मिलनेवाली कैलरी यह तत्त्व मोटापे के लिए जिम्मेवार है। यदि कोई व्यक्ति अपनी जरूरत से ज्यादा कैलरी देनेवाला आहार लंबे समय तक लेता है तो उसके खून में चरबी की मात्रा बढ जाती है। यह चरबी फिर फॅट सेल में ट्रायग्लिसराईड्स के रूप में संचयित की जाती है। मीडिया में चलते आक्रमक और विवेकहीन विज्ञापन ऐसी चीजों की बढती खपत के लिए जिम्मेवार हैं जिनमें कैलरी तो ज्यादा है किंतु पोषण का मूल्य बहुत कम है। यदि 2000 कैलरी की जरूरत होनेवाले एक बच्चे को उसके आहार से रोजाना 100 कैलरी अतिरिक्त मिल जाती है, तो साल भर में उसका वजन 5 किलो से बढ जायेगा। शरीर में संचयित 1 किलो चरबी का मतलब है अतिरिक्त 7700 कैलरी।
7. **मनोवैज्ञानिक तत्त्व** – मोटापे के लिए कई मनोवैज्ञानिक तत्त्व भी जिम्मेवार हैं। बहुत ज्यादा खाना बचपन या वयस्कपन से अनुभव किए अवसाद, निराशा या अकेलेपन का नतीजा हो सकता है। बहुत ज्यादा मोटे लोग वे होते हैं जो अन्य लोगों के साथ घुलमिल नहीं जाते, अकेले रहते हैं और छुप छिपाकर खाते हैं।
8. **पारिवारिक रूझान** – मोटे लोगों के बच्चे मोटे होने की संभावना ज्यादा रहती है। यह पूरी तरह से आनुवंशिक तत्त्वों पर निर्भर नहीं है लेकिन यह खाना पकाने और खाने से संबंधित पारिवारिक तरीकों का भी नतीजा हो सकता है।
9. **हार्मोन्स** – थायरॉक्सिन और ग्रोथ हार्मोन जैसे हार्मोन्स की घटी हुई मात्रा के नतीजतन मोटापा हो सकता है।
10. **अल्कोहोल** – पुरुषों में अल्कोहोल की वजह से मोटापा होता है, यह चीज ज्ञात है।
11. **शिक्षा** – ज्यादातर विकसित राष्ट्रों में शिक्षा का मोटापे के साथ उलटा आनुपातिक संबंध है।
12. **धूम्रपान** – धूम्रपान करने से वजन घटता है यह संकेत देनेवाले कई विवरण पिछले 100 सालों से छप चुके हैं। वैज्ञानिक विवरण पिछले दस सालों से छप रहे हैं। भिन्न समाजों में जो लोग धूम्रपान करते हैं उनका वजन जिन्होंने धूम्रपान

छोड दिया है उनकी तुलना में कम पाया गया है। जिन लोगों ने जीवन में कभी भी धूम्रपान नहीं किया है, ऐसे लोगों का वजन इन दो वर्गों के बीच में पाया गया है।

13. **प्रतियोगिता** – कुछ वांशिक गुटों में मोटापा और उससे जुडी जटिलताएँ अन्य गुटों की तुलना में बहुत भारी मात्रा में पायी गयी हैं। आधुनिक जीवन शैली अपनाने के बाद इन लोगों में पाया जानेवाला विशिष्ट आनुवंशिक तत्त्वों का प्रभाव इसकी बुनियादी वजह हो सकती है।

14. **दवाईयाँ** – कॉर्टीकोस्टरॉईड हार्मोन, गर्भनिरोधक गोलियाँ और इन्शुलीन ये कुछ ऐसी दवाईयाँ हैं जिनकी वजह से वजन बढता है।

मोटापा कैसे गिना जाता है?

मोटापा और अधिक वजन को नापने के भिन्न तरीके उपलब्ध हैं। इनमें से सबसे सामान्य बॉडी मास इंडेक्स या बीएमआय है। यह नीचे दिये गए सूत्र द्वारा गिना जाता है।

$$\text{बीएमआय} = \frac{\text{किलोग्राम में वजन}}{(\text{मीटर में उँचाई})^2}$$

यदि किसी व्यक्ति का वजन 66 किलोग्राम है और उसकी उंचाई 1.7 मीटर है तो उसका बीएमआय 22.83 होगा। बीएमआय के साथ जुडे खतरों को पहचानने के लिए विश्व स्वास्थ्य संगठन द्वारा नीचे दिये अनुसार वर्गीकरण दिया है।

तालिका 1. बीएमआय और खतरा

वर्ग	बीएमआय	बीमारी का खतरा
कम वजन	18.50 से कम	कम
सामान्य श्रेणी	18.50 से 24.99	न्यूनतम
अधिक वजनवाली श्रेणीयाँ		
पूर्व मोटापा	25 से 29.99	ज्यादा
मोटापा श्रेणी 1	30 से 34.99	मध्यम
मोटापा श्रेणी 2	35 से 39.99	तीव्र
मोटापा श्रेणी 3	40 और ज्यादा	बहुत तीव्र

आशियाई लोगों में बीएमआय 23 से कम हो ऐसी सिफारिश की जाती है।

बीएमआय की एक मर्यादा यह है कि वह स्नायुओं के विकास से बढे वजन और चरबी के संचयन से बढे वजन के बीच फरक नहीं कर सकता। भिन्न वांशिक गुटों में

एक जैसी बीएमआय आँकडें रहनेवाले लोगों में चरबी का प्रतिशत अलगअलग पाया गया है। साथ ही 60-65 की उम्र तक शरीर में चरबी का प्रतिशत बढता जाता है। एक जैसे बीएमआय आँकडोंवालों में महिलाओं में पुरुषों की तुलना में ज्यादा फॅट पाये गए हैं।

मोटापे को आँकने का दूसरा तरीका ब्रोकाज इंडेक्स है। यह नीचे दिये गए सूत्र द्वारा दर्शाया जाता हैः

ब्रोका इंडेक्स = सेंटीमीटर में उँचाई - 100

यदि किसी व्यक्ति की उँचाई 160 सें.मी. है तो उसका अधिकतम वजन 60 किलो होना चाहिये।

खाल की मोटाई से भी मोटापा नापा जा सकता है।

जहाँ तक केंद्रीय मोटापे की बात है, कमर-नितंब का अनुपात एक महत्त्वपूर्ण नाप है। इसमें कमर का घेरा इलियाक क्रेस्ट (iliac crest - कमर की हड्डी या कुक्षी की हड्डी के उगम का स्थान) की उपरी सीमा के मध्यबिंदू पर और पसलियों की निचली सीमा पर नापा जाता है। पुरुषों में इसका 0.85 से ज्यादा और महिलाओं में 1 से ज्यादा अनुपात केंद्रीय मोटापा या पेट में ज्यादा मात्रा में चरबी के संचयन को दर्शाता है। महिलाओं में कमर का 88 सें.मी. या उससे अधिक का नाप और पुरुषों में 102 या उससे अधिक नाप चयापचयसंबंधी जटिलताओं के बढते खतरे को दर्शाता है।

मोटापे का नियंत्रण और प्रतिरोध

वजन के नियंत्रण का उद्देश बीएमआय को 18.50 और 24.99 के बीच में कायम रखना है। मोटापे के प्रतिरोध के प्रयास बचपन से ही शुरू कर देने चाहिये। वयस्कों में मोटापे का उपचार करना या उसका प्रबंधन करना बहुत कठिन है। वजन घटाना मोटापे के प्रतिरोध का प्रमुख केंद्र है। मोटापे के प्रतिरोध के लिए नीचे दिये गए तरीके अपनाये जा सकते हैं :

1. **आहार में बदलाव** – मोटापे के प्रतिरोध के लिए नीचे दिये मार्गदर्शक तत्त्व मददगार साबित हुए हैं।
   - कार्बोहाईड्रेट और फॅट की मात्रा को आहार से कम करना, जिससे बहुत ऊर्जा मिलती है।
   - आहार में तंतुमय पदार्थों का प्रतिशत बढाना।
   - कम कैलरी किंतु पर्याप्त पोषणद्रव्योंवाला आहार लेना। (सामान्य रूप से वजन घटानेवाले आहार से 1000 कैलरी मिलती है।)

- आहार में अन्नपदार्थों की मात्रा को कम करते समय उन्हे खानपान की आदतों से जोडने हेतु उचित ध्यान रखना चाहिये।

सबसे महत्त्वपूर्ण बात यह है कि आहार से इतनी ऊर्जा न प्राप्त हो जिसका शरीर इस्तेमाल न कर सके। इसके लिए वजन घटाने की मंशा रखनेवाले व्यक्ति के व्यवहार परिवर्तन की जरूरत है साथ ही उन्हें वजन घटाने के लिए स्फूर्ति मिले ऐसे प्रयास करने की भी जरूरत है। दुर्भाग्य से केवल आहार से जुडी सलाह ज्यादातर मोटे लोगों में वजन घटाने में असफल होती है।

2. **शारिरीक कसरतों में बढावा** - वजन घटाने में शारिरीक कसरत का महत्त्वपूर्ण योगदान है। रोजाना शारिरीक कसरत तथा व्यायाम से ऊर्जा की खपत होती है।
3. अन्य उपाय - भूख घटानेवाली दवाईयाँ कभी कभार मोटापे के इलाज के लिए इस्तेमाल की जाती है, जिसमें बहुत कम सफलता मिलती है। गॅस्ट्रीक बायपास, गॅस्ट्रोप्लास्टी या जॉ वायरींग (जिससे व्यक्ति सघन आहार न ले सके) इनका भी इस्तेमाल किया जाता है। इन सभी में बहुत कम सफलता मिली है।

एक बात हमेशा कही जा सकती है कि मोटापे का प्रतिरोध करना उसका इलाज करने से कभी भी बेहतर होगा।

तालिका 2. पुरुष और स्त्रियों के लिए बीएमआय चार्ट

बीएमआय

उँचाई (सें.मी.)	16	17	18.5	20	23.0	25	30	40
140	31.4	33.3	36.2	39.2	45.1	49.0	58.8	78.4
142	32.3	34.3	37.3	40.3	46.4	50.4	60.5	80.7
144	33.2	35.3	38.4	41.5	47.7	51.8	62.2	82.9
146	34.1	36.2	39.4	42.6	49.0	53.3	63.9	85.3
148	35.0	37.2	40.5	43.8	50.4	54.8	65.7	87.6
150	36.0	38.2	41.6	45.0	51.8	56.3	67.5	90.0
152	37.0	39.3	42.7	46.2	53.1	57.8	69.3	92.4
154	37.9	40.3	43.9	47.4	54.5	59.3	71.1	94.9
156	38.9	41.4	45.0	48.7	56.0	60.8	73.0	97.3
158	39.9	42.4	46.2	49.9	57.4	62.4	74.9	99.9

उँचाई (सें.मी.)	**16**	**17**	**18.5**	**20**	**23.0**	**25**	**30**	**40**
160	41.0	43.5	47.4	51.2	58.9	64.0	76.8	102.4
162	42.0	44.6	48.3	52.5	60.3	65.6	78.7	105.0
164	43.0	45.7	49.8	53.8	61.9	67.2	80.7	107.6
166	44.1	46.8	51.0	55.1	63.4	68.9	82.7	110.2
168	45.2	48.0	52.2	56.4	64.9	70.6	84.7	112.9
170	46.2	49.1	53.5	57.8	66.5	72.3	86.7	115.6
172	47.3	50.3	54.7	59.2	68.0	74.0	88.8	118.3
174	48.4	51.5	56.0	60.6	69.6	75.7	90.8	121.1
176	49.6	52.7	57.3	62.0	71.2	77.4	92.9	123.9
178	50.7	53.9	58.6	63.4	72.9	79.2	95.0	126.7
180	51.9	55.1	59.9	64.8	74.5	81.0	97.2	129.6
182	53.0	56.3	61.3	66.2	76.2	82.8	99.4	132.5
184	54.2	57.6	62.6	67.7	77.9	84.6	101.6	135.4
186	55.5	58.8	64.0	69.2	79.6	86.5	103.8	138.4
188	56.6	60.1	65.4	70.7	81.3	88.4	106.0	141.4
190	57.8	61.4	66.8	72.2	83.0	90.3	108.3	144.4

158 सें.मी. उँचाईवाले व्यक्ति का वजन 39.9 किलो है और उसका बीएमआय 16 है। 168 सें.मी. उँचाईवाले व्यक्ति का वजन 64.9 किलो है और उसका बीएमआय 23 है।

3
हमारा आहार

हमारे शरीर के लिए जरूरी ऊर्जा और पोषणद्रव्य हम अपने आहार से पाते हैं। यदि हम ज्यादा ऊर्जा पाते हैं, तो वह चरबी के रूप में फॅट सेल्स में संचियत की जाती है। अन्नपदार्थों से हमें वृद्धि और विकास के लिए आवश्यक भिन्न 50 पोषणद्रव्य मिलते हैं। यह जैविक और गैरजैविक कंपाऊंड्स होते हैं। हर पोषणद्रव्य का मानव शरीर में विशिष्ट कार्य होता है।

मानव शरीर पाँच घटकों से बना होता है, जिनमें प्रोटीन, चरबी, कार्बोहाईड्रेट्स, पानी और खनिज शामिल होते हैं। 65 किलो वजनवाले किसी व्यक्ति के शरीर में इनका अनुपात नीचे दी गयी तालिकानुसार होता है।

तालिका 1. मानवी शरीर के घटक

घटक	वजन (किलोग्राम)	प्रतिशत
प्रोटीन	11	17.0
चरबी	09	13.8
कार्बोहाईड्रेट्स	01	1.5
पानी	40	61.6
खनिज	04	6.1

इनमें से ज्यादातर घटक शरीर की व्यवस्था के लिए जरूरी होते हैं और कुछ भंडार के तौर पर काम करते हैं। 9 किलो चरबी में से करीब 1 किलो चरबी परम आवश्यक होता है। बची हुई 8 किलो चरबी संकट की स्थिति में ऊर्जा की आपूर्ति करने के लिए उपयुक्त होती है। मोटे लोगों में चरबी का प्रतिशत लगभग 70% जितना ज्यादा भी हो सकता है।

हालाँकि, ज्यादातर प्रोटीन्स शरीर के लिए बहुत जरूरी होते हैं, फिर भी अन्न ना मिलने की स्थिति में से 2 किलो का इस्तेमाल शरीर के लिए ऊर्जा पाने हेतु किया जाता

है। प्रोटीन्स के ऐसे इस्तेमाल का शरीर पर कोई भी गंभीर असर नहीं पडता। भूखमरी की स्थिति में शरीर में स्थित प्रोटीन्स और फॅट्स के इस्तेमाल से कार्बोहाईड्रेट्स का निर्माण किया जाता है। शरीर से 10% पानी और एक-तिहाई खनिज खोने से कोई भी विपरित परिणाम नहीं होते।

70 किलो वजनवाले किसी व्यक्ति में ऊर्जा के स्त्रोत नीचे दी गयी तालिका के अनुसार रहते हैं।

तालिका 2. शरीर में ऊर्जा के स्त्रोत

स्त्रोत		वजन (ग्राम)	ऊर्जा (कैलरी)
ट्रायग्लिसराईड्स	एडिपोस कोशिका में	13,000	1,20,000
ग्लायकोजेन	यकृत में	100	400
ट्रायग्लिसराईड्स	यकृत में	50	450
ग्लायकोजेन	स्नायुओं में	500	2,000
ट्रायग्लिसराईड्स	स्नायुओं में	300	2,700
ग्लुकोज	खून में	15	60
ट्रायग्लिसराईड्स		4	35
मुक्त फैटी एसिड्स		0.5	5

एक दुबले आदमी की 60 दिन भूखे रहने के बाद, उसके शरीर से 35% वजन गँवाने से मौत हो जाती है। एक मोटा आदमी करीब एक साल तक बिना किसी विपरित परिणाम के चिकित्सकीय उपवास रख सकता है। प्रकाशित आँकडों के अनुसार, 207 किलो वजनवाले एक आदमी को 382 दिनों तक तरल पदार्थ दिये गए। ये पदार्थ ऊर्जारहित किंतु विटामिन और खनिजों से युक्त थे। इस समय के दौरान उसका वजन 126 किलो से घट गया!

उपर दी गयी तालिका मानव शरीर को प्रकृति द्वारा प्रदान की गयी महान शक्ति को दर्शाती है। इस बात पर गौर करना चाहिये कि मानव शरीर से 5 से 8% पानी गँवाने से (जैसा की दस्त और उल्टी की स्थिति में होता है) हमारा वजन 2 से 3 किलो घट जाता है। वजन घटाने के लिए चलाये जानेवाले व्यावसायिक तरिकों में इसी सूत्र का फायदा उठाया जाता है। दो दिन उपवास रखने से आप एक या डेढ किलो वजन घटा सकते हैं। लेकिन यह तरीके ज्यादा देर तक फायदेमंद नहीं रहते। जैसे ही व्यक्ति अपनी खाने की पुरानी आदतों को अपना लेता हैं वैसे ही उसका वजन सामान्य स्तर पर लौट आता है।

चलिए, आहार में शामिल भिन्न घटकों के बारे में जानकारी लें।

1. कार्बोहाईड्रेट्स – कार्बोहाईड्रेट्स कार्बन, हायड्रोजन और ऑक्सिजन के द्वारा निर्मित जैविक घटक है। ऊर्जा प्रदान करना यही उनका प्रमुख कार्य है। मस्तिष्क और खून की लाल कोशिकाएँ ऊर्जा के स्रोत के लिए पूरी तरह कार्बोहाईड्रेट्स पर निर्भर होती हैं। अगर कुछ मिनटों के लिए ग्लुकोज ना मिल पाये तो मस्तिष्क की कोशिकाएँ हमेशा के लिए क्षतिग्रस्त हो जाती हैं। स्टार्च, शुगर और सेल्युलोज यह हमारे आहार में कार्बोहाईड्रेट्स के तीन महत्त्वपूर्ण स्रोत हैं। स्टार्च की आहार में प्रचुरता होती है और वह अनाज और जड और गाँठों में मौजूद रहता है। शुगर में ग्लुकोज, फ्रुक्टोज और गॅलेक्टोज जैसे मोनोसॅकराईड्स होते हैं तथा सुक्रोज, लॅक्टोज और माल्टोज जैसे डायसॅकराईड्स मौजूद होते हैं। कार्बोहाईड्रेट्स में सेल्युलोज यह हजम ना होनेवाला तत्त्व होता है, जिसे फायबर या स्थूल खाद्य कहा जाता है। इससे कम ऊर्जा मिलती है। कार्बोहाईड्रेट्स के अन्य स्रोतों में अमायलेज, ग्लायकोजेन, अल्कोहोल, लॅक्टिक ऐसिड, पायरूविक ऐसिड, पेक्टीन, डेक्ट्रीन और सेल्युलोज शामिल हैं।

गेहूँ, चावल, जवार जैसे अनाज और हरे चने, बंगाली चने, काले चने जैसी भिन्न दालें, भिन्न फल, सब्जियाँ, जड और गाँठें, शहद, चीनी और गुड जैसे हमारे आहार में शामिल चीजों में कार्बोहाईड्रेट्स भारी मात्रा में होते हैं। इस्तेमाल के बाद कार्बोहाईड्रेट्स पाचनक्रिया के दौरान भिन्न एन्झाईम्स के साथ रसायनिक क्रिया द्वारा मोनोसॅकराईड्स में तबदील हो जाते हैं। कार्बोहाईड्रेट्स के पाचन के बाद पैदा होनेवाले अंतिम तत्त्व ग्लुकोज (80%), फ्रुक्टोज (10%) और गॅलेक्टोज (10%) इस तरह होते हैं। पाठक इस बात की पर गौर करें कि हम चपाती, रोटी, चावल, मीठा या फलों का रस ही क्यों न खायें, यह सभी चीजें आखिर में ऊपर जिक्र किए गए शुगर के तत्त्वों मे तबदील हो जाती हैं।

एक ग्राम कार्बोहाईड्रेट्स के द्वारा हमें 4 किलो कैलरी ऊर्जा प्राप्त होती है। कार्बोहाईड्रेट्स चरबी के ऑक्सिडेशन के लिए उपयुक्त होते हैं वैसे ही कुछ अमिनो ऐसिड्स के संश्लेषण के लिए भी जरूरी होती हैं।

ग्लायसेमिक इंडेक्स – यदि कोई व्यक्ति 50 ग्राम ग्लुकोज शरीर में ले लेता है तो उसके खून में ग्लुकोज की सांद्रता बढ जाती है। ढाई घंटे के समयावकाश में ग्लुकोज की मात्राओं को रखते हुए एक आलेख बनाया जाता है। अन्य खाद्यपदार्थों को खाने के बाद भी ऐसा ही आलेख बनाया जाता है। इन दोनों आलेखों की तुलना करने के बाद हमें उस विशिष्ट खाद्यपदार्थ का ग्लायसेमिक इंडेक्स प्राप्त होता है। नेट ग्लुकोज का ग्लायसेमिक इंडेक्स 100% मानकर उस अनुपात में यह व्यक्त किया जाता है। कुछ खाद्यपदार्थ और उनके ग्लायसेमिक इंडेक्स नीचे दिये गए हैं।

तालिका 3. भिन्न खाद्यपदार्थों के ग्लायसेमिक इंडेक्स

श्रेणी	ग्लायसेमिक इंडेक्स	खाद्यपदार्थ
निम्न	55% और कम	ज्यादातर फल, सब्जियाँ (आलू, तरबूज और मीठा मक्का छोडकर), फलियाँ, साबूत अनाज, सोयाबीन, दाले, मूँगफली, दूध
मध्यम	55 और 69	चीनी, बासमती चावल, ब्राऊन राईस
उच्च	70 और ज्यादा	कॉर्नफ्लेक्स, पके हुए आलू, चॉकलेट, मिठाई, ब्रेड, बाजरा, पराठा.

उच्च ग्लायसेमिक इंडेक्सवाले खाद्यपदार्थों के सेवन से खून में ग्लुकोज की सांद्रता तेजी से बढती है। इस तरह ग्लुकोज की बढी मात्रा की प्रतिक्रिया वश शरीर भारी मात्रा में इन्शुलीन को स्रावित करता है। यह मधुमेह के मरीजों के लिए काफी खतरनाक साबित हो सकता है। सामान्य स्वस्थ व्यक्तियों को भी इन्शुलीन का इस तरह का भारी स्रवण टालना चाहिये। निचले स्तर के ग्लायसेमिक इंडेक्सवाले खाद्यपदार्थों के सेवन द्वारा यह संभव हो सकता है।

खाद्यपदार्थों के पाचन के बाद निर्मित ग्लुकोज की शरीर की सभी कोशिकाओं को ऊर्जा के लिए आपूर्ति की जाती है। उसके बाद बचे हुए ग्लुकोज का यकृत और स्नायुओं में ग्लायकोजेने के रूप मे संचयन किया जाता है। जब हम उपवास रखते हैं उस दौरान यही ग्लायकोजेन ग्लुकोज में परिवर्तित होता है और हमें ऊर्जा प्रदान करता है। यकृत में स्थित ग्लायकोजेन यकृत की सूक्ष्मतम जीव तथा अन्य विषैली चीजों द्वारा निर्मित विषैले द्रवों से सुरक्षा करता है। दिल और अन्य स्नायुओं के सिकुडने के लिए कार्बोहाईड्रेट्स में से ऊर्जा मिलती है। अतिरिक्त ग्लुकोज का रूपांतरण चरबी में होता है।

प्रकृति में पेड हरे पत्तों के द्वारा कार्बोहाईड्रेड्स का संश्लेषण करते हैं। सूरज की रोशनी की मौजूदगी में पेड पानी और कार्बन डायऑक्साईड से पत्तों में मौजूद क्लोरोफिल की सहायता से कार्बोहाईड्रेट्स का निर्माण करते हैं। इस प्रक्रिया को प्रकाश संश्लेषण कहा जाता है। पशु स्वयं के भोजन का निर्माण नहीं कर सकते। वे भोजन के लिए प्रत्यक्ष या अप्रत्यक्ष रूप से पेडों पर निर्भर होते हैं। जो कार्बोहाईड्रेट्स हम लेते हैं उनमें पाचनयोग्य स्टार्च और पाचन न होनेवाले सेल्युलोज शामिल होते हैं। यह पाचन न होनेवाले घटक या फायबर अच्छी सेहत के लिए जरूरी होते हैं। यदि हमारे आहार में फायबर की कमी हो तो बद्धकोष्ठ होने का और कभी कभी तो आँत का कैंसर होने का भी खतरा बढ जाता है।

2. प्रोटीन्स – हमारे आहार का सबसे महत्त्वपूर्ण तत्त्व प्रोटीन्स है। प्रोटीन्स हमारे शरीर की दीवारों में ईंटों के जैसे हैं। घर को ईंटों के बिना आकार भी नहीं मिलता और आधार भी। प्रोटीन्स कार्बन, हायड्रोजन और ऑक्सिजन से बनते हैं। इसके अलावा उनमें सल्फर और फॉस्फरस भी होता है। प्रोटीन्स इस बात में अनूठे है कि उनमें नायट्रोजन रहता है, जो 16% रहता है। शरीर की हर एक कोशिका में प्रोटीन्स रहते हैं। प्रोटीन्स मानव शरीर की वृद्धि और विकास के लिए जरूरी होते हैं साथही शरीर के घिस-पिस को दुरुस्त करने के लिए भी जरूरी होते हैं। शरीर में निर्मित भिन्न एन्झाईम्स और हार्मोन्स प्रोटीन्स के ही बने होते हैं।

प्रोटीन्स का मूल घटक अमिनो ऐसिड्स ही है। अमिनो ऐसिड्स एक दूसरे से जुडकर नया प्रोटीन बनता है। कुछ प्रोटीन्स में अमिनो ऐसिड्स के साथ ही कार्बोहाईड्रेट्स या फैट्स भी होते हैं। अमिनो ऐसिड्स कई प्रकार के होते है। इनमें से लायसिन, ट्रिप्टोफिन, फिनाईल अलनाईन, मिथियोनाईन, ल्युसाईन, आयसो-ल्युसाईन, व्हेलाईन और हिस्टीडाईन इनका संश्लेषण मानव शरीर में नहीं होता है। इसिलिए शरीर की उचित वृद्धि के लिए इन प्रोटीन्स की आहार से आपूर्ति होना जरूरी है। अच्छी गुणवत्ता के प्रोटीन्स की आहार में कमी हो तो व्यक्ति कुपोषण का शिकार बन जाता है। प्रोटीन्स की कमी व्यक्ति की रोगप्रतिरोधक शक्ति घटाता है और ऐसा व्यक्ति संक्रमण तथा संक्रामक रोगों की गिरफ्त में जल्दी आ जाता है। उपर दिये गए सभी अमिनो ऐसिड्स शामिल हो ऐसे प्रोटीन्स को उच्च गुणवत्तावाले प्रोटीन्स की श्रेणी में रखा जाता है। ऐसे प्रोटीन्स का उदाहरण दूध, मांस, मछली और अंडे है।

प्रोटीन के हर एक ग्राम से हमें 4 किलो कैलरी जितनी ऊर्जा मिलती है। पेडों से प्राप्त प्रोटीन्स अच्छी गुणवत्ता के नहीं रहते। गेहूँ, चावल और जवार जैसे अनाज में लायसीन की कमी होती है। हरे चने, बंगाली चने और लाल चनों में मिथियोनीन कम मात्रा में रहता है। इन प्रोटीन्स को 'संपूर्ण' बनाने के लिए हमें आहार में अनाज और दालों का मिश्रण शामिल करना चाहिये। इसीलिए पोषणद्रव्य की दृष्टि से, चावल या थालीपीठ से खिचडी ज्यादा कारगर है और चपाती से धपाटे (रोटी सदृश खाद्यपदार्थ) ज्यादा उपयोगी हैं।

3. फैट्स – यह आहार का महत्त्वपूर्ण घटक है। वे कार्बन, हायड्रोजन और ऑक्सिजन से बनते हैं। ये पानी में घुलते नहीं है। तेल और घी ये फैट्स के दो रूप है। सामान्य तपमान पर तेल द्रव स्थिति में रहता है तो घी ठोस रूप में रहता है।

फैट्स और लिपीड मानव शरीर की वृद्धि के लिए जरूरी तत्त्व है। एक ग्राम फैट से हमें 9 किलो कैलरी ऊर्जा मिलती है। प्रोटीन्स या कार्बोहाईड्रेट्स के द्वारा इतनी ऊर्जा

पाने के लिए हमे उनकी दुगुनी मात्रा का सेवन करना पडेगा। फैट्स में घुलनेवाले व्हिटामिन्स, जैसे कि व्हिटामिन ए, डी, ई, के को सोखने के लिए भी फैट्स जरूरी होते है। फैट्स खाद्यपदार्थों को सुहाना और स्वादिष्ट बनाते हैं। साथ ही वें मस्तिष्क में स्थित संतुष्टता के केंद्र को उद्दिपीत करते हैं जिससे संतुष्टता की अनुभूति होती है। मस्तिष्क के मूल ढाँचे में, फैट्स अविभाज्य घटक है। अतिरिक्त फैट्स और कार्बोहाईड्रेट्स को शरीर में फैट्स के रूप में संचयित किया जाता है। संकट के समय में शरीर को ऊर्जा प्रदान करने के लिए इसका इस्तेमाल किया जाता है। दिल और गुर्दे जैसे शरीर के महत्त्वपूर्ण अंगों के ईर्दगिर्द लिपटे आवरणों में फैट्स मौजूद रहते हैं। ये आवरण रोधक की तरह कार्य करते है और इन अंगों को झटकों से सुरक्षित रखते हैं।

फैटी ऐसिड्स और ग्लिसरॉल ये फैट्स के दो प्रमुख घटक हैं। फैटी ऐसिड्स दो तरह के होते हैं - संतृप्त और असंतृप्त। सेहतमंद जीवन के लिए असंतृप्त फैट्स का आहार में उपयोग करना चाहिये। वनस्पति या डालडा घी का इस्तेमाल करने से कुसुम, सूरजमुखी, मूँगफली या सोयाबीन के तेल का इस्तेमाल करना बेहतर है। तेल, घी, सुअर की चर्बी इनके साथ ही गेहूँ, चावल, दालों में भी फैट होते हैं। आहार में फैट्स निष्क्रीय ट्रायग्लिसराईड्स के रूप में होते हैं। इसके हर एक रेणू में ग्लिसरॉल फैटी ऐसिड्स के तीन अणुओं से जुडा होता है। आहार में शामिल अन्य फैट्स में फॉस्फोलिपीड्स, कोलेस्टेरॉल और कोलेस्टेरॉल इस्टर समाहित होते हैं। फैट्स के पाचन के बाद हमें मुक्त फैटी ऐसिड्स और दो तरह के मोनो ग्लिसराईड्स प्राप्त होते हैं।

हमारे शरीर को जितनी ऊर्जा की जरूरत होती है, उसमें से करीब 25 से 30% ऊर्जा फैट्स के द्वारा मिलनी चाहिये। अगर यह अनुपात बढ जाता है तो प्राकृतिक रूप से अतिरिक्त ऊर्जा शरीर में फैट्स के रूप मे संचयित की जाती है और व्यक्ति मोटा हो जाता है। मोटापे की वजह से व्यक्ति की कार्यक्षमता कम होती है। उस में उत्साह की कमी हो जाती है और वह आलस से भर जाता है। मोटापे के साथ धूम्रपान और मद्यपान जैसी बुरी आदतों से उच्च रक्तचाप और मधुमेह का खतरा बढ जाता है। खून में बढे हुए कोलेस्टेरॉल का स्तर धमनियों की अंदरुनी खुरदरी दीवारों पर खून के जमने को सुगम बना देता है। बढती उम्र के साथ धमनियों का लचीलापन भी कम हो जाता है। इसके परिणाम स्वरूप धमनियों में ब्लॉकेज बनते हैं जिससे भिन्न अंगों में खून की आपूर्ति कम हो जाती है। जब ऐसे ब्लॉकेजेस दिल को खून पहुँचानेवाली धमनियों में बन जाते हैं तब उस व्यक्ति को दिल का दौरा पडता है। भारी मात्रा में फैट्स का सेवन उच्च रक्तचाप की बीमारी को आमंत्रण देता है और अंत में मस्तिष्क में रक्त स्त्रवण होता है। इससे यह बात स्पष्ट है कि फैट आपको बाहर से थुलथुला बना देते है किंतु अंदर से आपको बहुत कमजोर बना देते हैं।

हमने संतृप्त और असंतृप्त फैटी ऐसिड्स का जिक्र किया। असंतृप्त फैटी ऐसिड्स में मोनो और पॉली असंतृप्त फैटी ऐसिड्स होते हैं जिन्हें मुफा (MUFA) या पुफा (PUFA) कहा जाता है। ओमेगा-3 और ओमेगा-6 यह पुफा के प्रकार हैं। अच्छी सेहत के लिए नीचे दिये गए तेलों का 1:1 मिश्रण इस्तेमाल करने की सिफारिश की जाती है।

अ) मूँगफली/तिल/राईस ब्रान/कपास के बीज + सरसों
मूँगफली/तिल/राईस ब्रान/कपास के बीज + सोयाबीन
पामोलीन + सोयाबीन

ब) सूरजमुखी/कुसुम + पामोलीन/ऑलिव्ह तेल
सूरजमुखी/कुसुम + मूँगफली/तिल/राईस ब्रान/कपास के बीज

4. खनिज – मानव को 50 भिन्न खनिजों की जरूरत होती है। वृद्धि और विकास, घिस-पिस के बाद शरीर का रखरखाव और महत्त्वपूर्ण शारिरीक क्रियाओं के नियंत्रण के लिए इनकी आवश्यकता होती है। भारी मात्रा में जरूरत होती है ऐसे खनिजों में कैल्शियम, फॉस्फरस, सोडियम और पोटॅशियम शामिल है। बहुत कम मात्रा में जिनकी जरूरत होती है, ऐसे खनिजों में लोह, आयोडिन, फ्लोरीन, झिंक, कॉपर, कोबाल्ट, क्रोमियम, मँगेनीज, मॉलिब्डेनम, सेलेनियम, निकेल, टीन, सिलीकॉन और व्हेनेडियम समाहित हैं। इन में से केवल कैल्शियम, फॉस्फरस, सोडियम, लोह, फ्लोरीन और आयोडीन इन्हीं खनिजों का मानवी रोगों के साथ कोई संबंध स्पष्ट हो सका है। मानव के संबंध में भिन्न सूक्ष्म घटक और बहुत ही कम मात्रा में जरूरी खनिजों की रोजाना जरूरत के अंदाजे को ठीक से आँकना नामुमकीन है। इसीलिए इन खनिजों का आहार की सप्लीमेंट्स के रूप में सेवन करना टालना चाहिये क्योंकि उनका अतिरिक्त मात्रा में सेवन बहुत गंभीर विपरित परिणामों के रूप में उभर सकता है।

5. पानी – मानव शरीर में करीब 60% पानी है। शिशुओं में यह करीब 70% होता है। शरीर में से 10% पानी का निकल जाना मौत को बुलावा दे सकता है। पानी की यह कमी दस्त या उल्टी की वजह से हो सकती है। कोई व्यक्ति अन्न के बिना, केवल पानी का सेवन कर 8 सप्ताह तक जिंदा रह सकता है। लेकिन यदि वह पानी नहीं पीता है तो 8 दिनों के भीतर उसकि मौत हो जायेगी। संभवतः इसी वजह से संस्कृत में पानी को 'जीवन', यानी जिंदगी कहा जाता है।

हमारा आहार हमारा स्वास्थ्य या अस्वास्थ्य तय करता है। यदि हमारा आहार अच्छा है तो हम सेहतमंद रह सकते हैं। ऐसे आहार को संतुलित आहार कहते हैं।

संतुलित आहार में आहार के सभी घटक जैसे की कार्बोहाईड्रेट्स, फैट्स, प्रोटीन्स, विटामिन्स और खनिज पर्याप्त मात्रा में मौजूद रहते हैं और उस में संकट की स्थिति के लिए कुछ प्रावधान भी होता है। व्यक्ति को अपने शरीर के लिए जरूरी ऊर्जा में से 55 से 60% ऊर्जा कार्बोहाईड्रेट्स से, 25 से 30% ऊर्जा फैट्स से और शेष ऊर्जा प्रोटीन्स के माध्यम से प्राप्त करनी चाहिये। व्यक्ति का वजन, उम्र, लिंग, व्यवसाय, पसंद और नापसंद साथ ही आर्थिक स्थिति के अनुसार संतुलित आहार में बदलाव संभव है। यह समझ लेना महत्त्वपूर्ण है कि, महंगे खाद्यपदार्थ ज्यादा पोषणकारी होते हैं यह सामान्य विश्वास वैज्ञानिक रूप से सही नहीं है। मूँगफली और काजू इन दोनों के पोषणमूल्यों में बिल्कुल भी अंतर नहीं है। भिन्न अन्नपदार्थों के प्रति पसंद या नापसंद को बचपन से ही बिल्कुल बढावा नहीं देना चाहिये क्योंकि बाद में उन्हें बदलना बहुत कठिन हो जाता है। इससे सभी जरुरती पोषणद्रवों को आहार में सम्मिलित करने में इससे सुगमता प्राप्त होगी। यदि हम संतुलित आहार के सिद्धांत को अमल में लाते है तो हम सेहतमंद जीवन जी सकते हैं।

4
ऊर्जा और पोषण की जरूरत

शरीर को उसकी क्रियाओं के लिए आवश्यक ऊर्जा भोजन से मिलती है। हम किसी भी इंधन को जलाते हैं तो आग जलती है। लेकिन शरीर में इस तरह की कोई भी आग नहीं होती। शरीर में सौम्य रसायनिक जलन की प्रक्रिया चलती है। इस प्रक्रिया को कोई देख नहीं सकता लेकिन इससे ऊर्जा पैदा होती है। असल में किसी इंधन क जलाने से पैदा होनेवाली ऊर्जा से भी ज्यादा ऊर्जा इस प्रक्रिया से पैदा होती है। ऑक्सिडेशन की रसायनिक प्रक्रिया द्वारा ग्लुकोज का विघटन कर शरीर की गतिविधियों के लिए जरूरी ऊर्जा पैदा की जाती है। इस ऊर्जा को फिर जब चाहे तब उपयोग में लाया जाता है। ऊर्जा के निर्माण के लिए ग्लुकोज सब से जरूरी और महत्त्वपूर्ण शुगर है। दूध में लॅक्टोज यह शुगर समायी होती है तो फलों में फ्रुक्टोज रहती है। हमारे शरीर मे इनका रुपांतरण ग्लुकोज में किया जाता है। मस्तिष्क, पेट, गुर्दे, यकृत जैसे अंग और खून की कोशिकाएँ उनके लिए ऊर्जा पाने के लिए खास कर ग्लुकोज का ही इस्तेमाल करते हैं। कार्बोहाईड्रेट्स का रूपांतरण पाचन की क्रिया से आखिर में ग्लुकोज में ही होता है।

भोजन में शामिल भिन्न घटक भिन्न अनुपात में ऊर्जा प्रदान करते हैं। एक ग्राम कार्बोहाईड्रेट्स और प्रोटीन्स से हमें 4 किलो कैलरी ऊर्जा मिलती है जब कि एक ग्राम फैट से हमें 9 किलो कैलरी ऊर्जा मिलती है। भिन्न क्रिया और गतिविधियों के लिए शरीर को ऊर्जा की जरूरत होती है। हम अगर सोते भी हो तब भी साँस की गति, दिल का सिकुडना और फैलना, रक्तसंचार, गुर्दों में मूत्र का निर्माण इसके साथ ही भिन्न ग्रंथियों द्वारा हार्मोन्स का स्त्रवण जैसी गतिविधियाँ चलती ही रहती है। इन गतिविधियों के लिए कुछ ऊर्जा की जरूरत होती है। इसे बेसल मेटाबोलिक रेट या बीएमआर के नाम से जाना जाता है। यह रेट शरीर के पृष्ठभाग का क्षेत्र, उम्र, लिंग, वजन, स्नायू, वातावरण, पोषण, नींद, ताप, मेहनती कार्य, मानसिक ताण और तनाव तथा थायरॉक्झिन और एड्रेनलीन जैसे हार्मोन्स आदि घटकों पर निर्भर रहता है। शरीर के

तपमान में हर 1 डिग्री फैरनहाईट की बढोतरी से बीएमआर 7 प्रतिशत से बढ जाता है। नींद की अवस्था में यह 10 प्रतिशत से कम हो जाता है। शरीर को रोजाना की गतिविधियाँ जैसे बैठना, खडे रहना, कपडे बदलना, नहाना और भोजन लेना जैसी गतिविधियों के लिए भी शरीर को ऊर्जा की जरूरत होती है। हमारी आजिविका के लिए पैसे कमाने हेतु हम जिस भी व्यवसाय में हैं उससे जुडी गतिविधियाँ करने के लिए सबसे ज्यादा ऊर्जा की जरूरत पडती है। कुछ लोग ऐसे व्यवसाय से जुडे रहते हैं, जो गतिहीन कार्य की श्रेणी में आते हैं, जैसे कि कम्प्युटर ऑपरेटर, शिक्षक और एक्सिक्युटीव्ह। अन्य लोगों को मध्यम कार्य करना पडता है, जैसे कि कुम्हार। खदानों में मजदूर के लिहाज से काम करनेवाले या पत्थर तोडनेवाले लोगों को कडी शारिरीक मेहनत करनी पडती है। व्यक्ति ऊर्जा की लागत उसके काम के प्रारूप पर निर्भर रहती है। गर्भवती महिला, स्तनदा माता और बीमारी जैसी स्थिति में ऊर्जा की जरूरत भिन्न होती है।

तालिका 1. भारतीय पुरुष और महिलाओं में ऊर्जा की जरूरत

	काम का प्रारूप	**ऊर्जा की जरूरत (किलो कैलरी)**	**ऊर्जा की जरूरत (किलो कैलरी/ किलो में शरीर का वजन)**
पुरुष (60 किलो)	गतिहीन	2320	38.66
	मध्यम	2730	45.5
	तीव्र/भारी	3490	58.16
महिला (55 किलो)	गतिहीन	1900	34.54
	मध्यम	2230	40.54
	तीव्र/भारी	2850	51.81
गर्भवती महिला		+350	
स्तनदा माता (0 से 6 माह का शिशू)		+600	
स्तनदा माता (7 से 12 माह का शिशू)		+520	

चालीस साल की उम्र के बाद ऊर्जा की जरूरत साठ साल की उम्र तक हर दस सालों में 5 प्रतिशत से कम होती जाती है। उसके बाद हर दस सालों में यह 10 प्रतिशत से कम हो जाती है।

तालिका 2. भारतीय पुरुष और महिलाओं में पोषण की जरूरत

पोषण (ग्राम)	वयस्क पुरुष			वयस्क महिला		
	गतिहीन	मध्यम	भारी	गतिहीन	मध्यम	भारी
अनाज	460	520	670	410	440	575
दालें	40	50	60	40	45	50
हरी पत्तेदार सब्जियाँ	40	40	40	100	100	50
अन्य सब्जियाँ	60	60	70	80	40	100
जड और गाँठें	50	60	80	50	50	60
दूध	150	200	250	100	150	200
तेल और घी	40	45	65	20	25	40
चीनी और गुड	30	35	55	20	20	40

तालिका 3. भारतीय पुरुष और महिलाओं में रोजाना पोषण की जरूरत

पोषण (ग्राम)	वयस्क पुरुष			वयस्क महिला		
	गतिहीन	मध्यम	भारी	गतिहीन	मध्यम	भारी
अ-रेटीनॉल	600	600	600	600	600	600
बिटा कॅरोटीन (मायक्रोग्राम)	4800	4800	4800	4800	4800	4800
थायमिन (मिग्रा)	1.2	1.4	1.7	1.0	1.1	1.4
रिबोफ्लाविन (मिग्रा)	1.4	1.6	2.1	1.1	1.3	1.7
नियासीन (मिग्रा)	16	18	21	12	14	16
विटामिन बी (मिग्रा)	2.0	2.0	2.0	2.0	2.0	2.0
विटामिन सी (मिग्रा)	40	40	40	40	40	40
फोलेट (मिग्रा)	200	200	200	200	200	200
सायनोकोबालामिन (मायक्रोग्राम)	1	1	1	1	1	1
विटामिन डी (आययु)	400	400	400	400	400	400
विटामिन इ (टोकोफेरॉल के रूप में - मिलीग्राम)	8-10	8-10	8-10	8-10	8-10	8-10
विटामिन के (मिग्रा/ किलोग्राम में शरीर का वजन)	0.03	0.03	0.03	0.03	0.03	0.03

तालिका 4. कुछ पदार्थों के पोषण मूल्य (प्रति 100 ग्राम के लिए)

पदार्थ	प्रोटीन (ग्राम)	फैट्स (ग्राम)	फायबर (ग्राम)	कार्बोहाईड्रेट्स (ग्राम)	ऊर्जा (किलो कैलरी)	लोह (मिलीग्राम)
गेहूँ का आटा	12.1	1.7	1.9	69.4	341	4.9
पॉलिश्ड चावल	6.8	1.5	0.2	78.2	345	0.7
अधपके चावल	6.4	0.4	0.2	79	346	1.0
बाजरा	11.6	5	1.2	67.5	361	8
सुखा मक्का	11.1	3.6	2.7	66.2	342	2.3
बेंगाली चना	17.1	3	3.9	60.9	360	4.6
सोयाबीन	43.2	19.5	3.7	20.9	432	10.4
राजमा	22.9	1.3	4.8	60.6	346	5.1
तुअर दाल	22.3	1.7	1.5	57.6	335	2.7
फलियाँ	1.7	0.1	1.8	4.5	26	0.61
पालक	2	0.7	0.6	2.9	26	1.14
टमाटर	0.9	0.2	0.8	3.6	20	0.64
गाजर	0.9	0.2	1.2	10.6	48	1.03
प्याज	1.2	0.1	0.6	11.1	50	0.6
आलू	1.6	0.1	0.4	22.6	97	0.48
मूँगफली	25.3	40.1	3.1	26.1	567	2.5
अमरूद	0.9	0.3	5.2	11.2	51	0.27
आँवला	0.5	0.1	3.4	13.7	58	1.2
संत्रा	0.7	0.2	0.3	10.0	48	0.32
केला	1.2	0.3	0.4	27.2	116	0.36
नींबू	1.5	1	1.3	10.9	59	0.3
हरे अंगुर	0.5	0.3	2.9	16.5	71	0.52
नीले अंगुर	0.6	0.4	2.8	13.1	58	0.5
पपीता	0.6	0.1	0.8	7.2	32	0.5
अंडे	13.3	13.3	-	-	173	2.1
मछली-हिलसा	21.8	19.4	-	2.9	273	2.1
चिकन	25.9	0.6	-	-	109	-
गाय का दूध	3.2	4.1	-	4.4	67	0.2
भैंस का दूध	4.3	6.5	-	5	117	0.2
घी	-	100	-	-	9900	-
बटर	-	81	-	-	729	-
वनस्पति तेल	-	100	-	-	900	-
चीज	24.1	25.1	-	6.3	348	2.1
दही	3.1	4	-	3	60	0.2

तालिका 5. चाय, कॉफी और कोको के पोषणमूल्य
(प्रति 150 मिली के लिए)

	कॉफी	चाय	कोकोआ
प्रोटीन्स (ग्राम)	1.8	0.9	7.2
फैट्स (ग्राम)	2.2	1.1	8.8
कार्बोहाईड्रेट्स (ग्राम)	17.8	16.4	26.2
ऊर्जा (किलो कैलरी)	98.0	79.0	213.0

तालिका 6. दूध का पोषणमूल्य (प्रति 100 ग्राम के लिए)

	भैंस का दूध	गाय का दूध	माता का दूध
फैट्स (ग्राम)	6.5	4.1	3.4
प्रोटीन्स (ग्राम)	4.3	3.2	1.1
मिल्क शुगर (ग्राम)	5.1	4.4	7.4
कॅल्शियम (मिलीग्राम)	210.0	120.0	28.0
लोह (मिलीग्राम)	0.2	0.2	0.0
विटामिन सी (मिलीग्राम)	1.0	2.0	3.0
खनिज (ग्राम)	0.8	0.8	0.1
पानी (ग्राम)	81.0	87.0	88.0
ऊर्जा (किलो कैलरी)	117.0	67.0	65.0

तालिका 7. सामान्य फलों के पोषणमूल्य
(खानेलायक हिस्से से प्रति 100 ग्राम के लिए)

ताजा फल	ऊर्जा (किलो कैलरी)	कॅल्शियम (ग्राम)	लोह (मिलीग्राम)	कॅरोटीन (मायक्रोग्राम)	विटामिन सी (मिलीग्राम)
केला	104	10	0.5	124	7
अंगुर	71	20	1.5	0	1
अमरूद	51	10	0.27	0	212
आम	74	14	1.3	2210	16
संत्रा	48	26	0.32	2240	68
पपीता	32	17	0.5	2740	57
सीताफल	104	17	4.31	0	37
आँवला	58	50	1.2	9	600

ताजा फल	ऊर्जा (किलो कैलरी)	कॅल्शियम (ग्राम)	लोह (मिलीग्राम)	कॅरोटीन (मायक्रोग्राम)	विटामिन सी (मिलीग्राम)
ड्रायफ्रुट्स					
मूँगफली	567	90	2.5	37	0
खजूर	317	120	7.3	44	3
बादाम	655	230	5.09	0	0
काजू	596	50	5.81	0	0

तालिका 8. भिन्न प्रकार की दालों के पोषणमूल्य
(प्रति 100 ग्राम के लिए)

	ऊर्जा (किलो कैलरी)	प्रोटीन्स (ग्राम)	फैट्स (ग्राम)	कॅल्शियम (ग्राम)	लोह (मिलीग्राम)
बंगाली चना	360	17.1	5.3	202	4.6
काला चना	347	24	1.4	154	3.8
हरा चना	335	22.3	1.7	73	2.7
सोयाबीन	432	43.2	19.5	240	10.4
लाल चना	348	24.5	1.2	75	3.9
मटार	315	19.7	1.1	75	7.75
चने की दाल	321	22	0.5	287	6.77

तालिका 9. भिन्न अनाजों के पोषणमूल्य (प्रति 100 ग्राम के लिए)

	प्रोटीन्स (ग्राम)	फैट्स (ग्राम)	कार्बोहाईड्रेट्स (ग्राम)	खनिज (ग्राम)	ऊर्जा (किलो कैलरी)
गेहूँ	11.81	1.5	71.2	1.5	346
चावल	6.8	0.5	78.2	0.6	345
मक्का	11.1	3.6	66.2	1.5	342
जवार	10.4	1.9	72.6	1.6	349
बाजरा	11.6	5	67.5	2.3	361
रागी	7.3	1.3	72	2.7	328

तालिका 10. महत्त्वपूर्ण विटामिन्स और उनके स्रोत

विटामिन्स	स्रोत
ए	फिश लीवर ऑईल, छाँछ, चीज, अंडे, गाजर, पालक, हरी पत्तेदार सब्जियाँ, सहजन की फली, आम, पपीता, संत्रा
डी	फिश लीवर ऑईल, छाँछ, अंडे, मछली की चर्बी
इ	वनस्पति तेल, अंडे की जर्दी, छाँछ
के	गाढे हरे रंगवाली सब्जियाँ, गाय का दूध
थायमीन	साबूत गेहू, चावल, बंगाली चना, बादाम, मूँगफली
रिबोफ्लावीन	बकरे का यकृत, गाय का दूध, अंडे, मांस, दालें, अनाज, हरी सब्जियाँ
नियासीन	बकरे का यकृत, गुर्दा, माँस, मछली, फली, मूँगफली
पायरीडॉक्सीन	दूध, मांस, अंडे, मछली, साबूत अनाज, फली, सब्जियाँ
पॅन्टोथेनिक ऐसिड	सभी अन्नपदार्थ
फोलेट	मांस, दूध तथा दूध के उत्पाद, अंडे, फल, अनाज, हरी पत्तेदार सब्जियाँ
सायनोकोबालामाईन	मांस, मछली, अंडे, दूध और चीज
सी	आँवला, अमरूद, संत्रा, केला, बंगाली चना, पालक

तालिका 11. रोजाना की गतिविधियों में ऊर्जा की खपत (60 किलो वजनवाले पुरुष के लिए हर घंटे किलो कैलरी में।)

गतिविधि	ऊर्जा
सोना	57
बैठना	86
खडे रहना	132
टायपिंग करना	108
बाजार जाना	204
मछली पकडना	222
टीव्ही देखना	86
झाडू या पोछा लगाना	210
बगीचे में काम करना	300
साईकिल चलाना (हर घंटे 15 कि.मी.)	360
चलना (हर घंटे 4 कि.मी.)	160
दौडना (हर घंटे 12 कि.मी.)	750
दौडना (हर घंटे 6 कि.मी.)	353
नाचना	372

तालिका 12. सामान्य खाद्यपदार्थों द्वारा मिलनेवाली ऊर्जा (किलो कैलरी)

अन्नपदार्थ		ऊर्जा	अन्नपदार्थ		ऊर्जा
10 बादाम	-	85	दही पुरी (5)	-	220
चावल (1 कटोरी)	-	170	दस काजू	-	95
दहीवडा (2)	-	180	पुरी	-	100
गिला नारियल (1/4)	-	130	वडा (2)	-	140
श्रीखंड (1/2 कटोरी)	-	380	50 मूँगफली	-	90
मसाला डोसा	-	200	आईस्क्रीम (आधा कप)	-	200
सेब	-	65	कचोरी	-	190
लस्सी (200 मिली)	-	110	30 अंगुर	-	70
आलूवडा	-	100	नींबू शरबत (200 मिली)	-	60
केला	-	90	समोसा	-	200
ठंडा पेय (200 मिली)	-	150	अमरूद	-	50
व्हेज पफ	-	170	टमाटर	-	10
आम	-	180	पिझ्झा (चीज टोमॅटो)	-	200
पकोडे (8)	-	280	चिकू	-	80
ऊबला हुआ अंडा	-	90	प्याज	-	25
तरबुजा (1 टुकडा)	-	15	आमलेट	-	160
मूली	-	10	बीट	-	30
दाल (1/2 कप)	-	100	खीरा	-	15
गाजर	-	20	सांबार (1 कटोरी)	-	110
पराठा	-	150	फुलका	-	80

तालिका 13. भारतीय पुरुष और महिलाओं में रोजाना खनिजों की जरूरत

पोषण (ग्राम)	वयस्क पुरुष			वयस्क महिला		
	गतिहीन	मध्यम	भारी	गतिहीन	मध्यम	भारी
कैल्शियम (मिलीग्राम)	600	600	600	600	600	600
लोह (मिलीग्राम)	17	17	17	21	21	21
झिंक (मिलीग्राम)	12	12	12	10	10	10
मॅग्नेशियम (मिलीग्राम)	340	340	340	310	310	310
सोडियम (मिलीग्राम)	5	5	5	5	5	5
पोटॅशियम (मिलीग्राम)	5	5	5	5	5	5
आयोडिन (मायक्रोग्राम)	150	150	150	150	150	150
कॉपर (मिलीग्राम)	2	2	2	2	2	2

तालिका 14. शारिरीक गतिविधियों के आधार पर भिन्न व्यवसायों का वर्गीकरण

गतिहीन कार्य	शिक्षक, दर्जी, नाईं, धर्मगुरू, एक्झिक्युटीव, चपरासी, सेवामुक्त व्यक्ति, चप्पल बनानेवाला, गृहिणी, नौकरानी, आया, डाक्टर, लिपिक, दूकानदार, प्रबंधक, सुनार
मध्यम गतिविधीवाला कार्य	कुम्हार, थैली बनानेवाला, सुतार, मिस्त्री, इलेक्ट्रीशियन, फिटर, टर्नर, ड्राईवर, वेल्डर, कुली, साईट सुपरवायजर, पोस्टमन
भारी मेहनतवाला कार्य	पत्थर तोडनेवाला, लोहार, खदान मजदूर, लकडी काटनेवाला, खेती मजदूर, सैनिक

अबतक पाठकों को भारतीय पुरुष और महिलाओं के ऊर्जा और पोषण की जरूरत के बारे में निश्चित कल्पना मिल चुकी होगी। साथ ही इस जरूरत को कैसे पूरा करना है, इसका भी अंदेशा हो गया होगा। उचित अनुपात में कार्बोहाईड्रेट्स, प्रोटीन्स और फैट्स की मात्रा आहार में शामिल की जाये तो हमें अपेक्षित मात्रा मे ऊर्जा भी प्राप्त होगी और सेहतमंद रहने के लिए सही मात्रा में विटामिन्स और खनिज भी मिलेंगे।

5
व्यायाम

यदि हम हमारे शरीर की जरूरत से ज्यादा खा लेते हैं और व्यायाम नहीं करते तो हम मोटे बन जाते हैं। भिन्न प्रकार की कसरतें और उनका हमारे स्वास्थ्य के संबंध में महत्त्व इस बारे में आईये, इस प्रकरण में कुछ समझ लेते हैं।

व्यायाम एक अनैसर्गिक गतिविधि है! क्या आपने इन्सान के बिना किसी भी पशु को कभी व्यायाम करते देखा है? कमसे कम मैंने तो किसी हिरन को वजन के लिए व्यायाम करते या किसी बैल को दौडते नहीं देखा है। मुझे विश्वास है जिन्हें व्यायाम पसंद नहीं है ऐसे कुछ पाठकों को यह बात पसंद आयी होगी। अब आप मुझे बताईये कि क्या किसी ने इन पशुओं को पेप्सी या ठंडा पेय पीते या फिर पिझ्झा या मैगी खाते हुए देखा है? पिछले सैंकडों सालों से अन्य पशुओं की जीवनशैली में कोई बदलाव नहीं आया है। पिछले कुछ दशकों ने इन्सानों ने अपने जीवनशैली में कुछ उग्र बदलाव लाये है। पचास साल पहले लडकों या लडकियों को स्कूल जाने के लिए पाँच से छह कि.मी. चलना पडता था। स्कूल में या तो पैदल या साईकिल चलाते हुए जाना यह आम बात थी। सार्वजनिक परिवहन व्यवस्था प्राथमिक स्थिति में होने की वजह से, लोगों को रोजाना के कार्यों के लिए बहुत चलना पडता था। यह दृश्य कुछ सालों में बदल गया है। हर एक घर में अब स्कूटर या मोटार साईकिल है। मध्यमवर्ग के परिवारों के पास चार पहिया वाहन है।

जब मैं चिकित्सा विश्वविद्यालय में पढता था तब सौ में सिर्फ दो छात्रों के पास स्कूटर थी। बाकी सब छात्र विश्वविद्यालय में या तो पैदल आते थे या तो साईकिल से आते थे। अब हर छात्र के पास या तो स्कूटर है या तो मोटार साईकिल। उन दिनों बाहर का कुछ खाना ना के बराबर था। आज हमें हर गली या मोहल्ले में मैगी, पिझ्झा, पकोडा, आलू वडा, डोसा, पाव वडा, दाबेली जैसा मसालेदार खाना परोसनेवाले होटल या छोटी दुकानें दिखाई पडते हैं। इस सभी का कुल नतीजा यह है कि लोगों की

शारिरीक गतिविधियाँ कम हो गयी हैं और खाने की मात्रा बढ गयी हैं। इसके सिवा लोग ज्यादा तेलयुक्त, मसालेदार, ऊर्जा की भरमारवाला और जिस में कुछ पोषणमूल्य नहीं है ऐसे अन्नपदार्थ जैसे कि, जंक फूड का सेवन कर रहे हैं। आसपास एक नजर घुमाये तो आपको मोटे और भारी तोंदवाले लोग हर जगह सहज ही दिखाई पडेंगे। हमने स्वीकारी हुई इस अनैसर्गिक जीवनशैली की वजह से इन्सानों के लिए व्यायाम जैसी अनैसर्गिक क्रिया को नैसर्गिक बनाना ही पडेगा।

हालाँकि व्यायाम अनैसर्गिक होकर भी इस जमाने के इन्सानों के लिए नैसर्गिक है यह सच्चाई है लेकिन व्यायाम अपने से हमारा वजन नहीं घटा सकती इसे समझने के लिए कुछ समय और प्रयासों की जरूरत पडती है। मुझे यह समझने मे पाँच महिने लगे। मैंने 2010 मे अर्धमैरेथॉन के लिए नाम दर्ज किया था। जनवरी 2011 मे मुझे 21 किलोमीटर दौडना था। इसके लिए मैने 1 अगस्त 2010 से मेहनत शुरुआत कर दी। 1 अगस्त से 31 दिसंबर तक मैं रोजाना 6 और 16 कि.मी. के बीच में कुछ अंतर दौडता था। उस 150 दिनों के समयावकाश में मैं करीब 900 कि.मी. दौडा हूँ। लेकिन ताज्जुब की बात यह है कि मेरा वजन एक पौंड से भी कम नहीं हुआ। मोटापे के बारे में अध्ययन करते समय मुझे व्यायाम के फायदों के बारे में पता चला। व्यायाम हमारे लिए कई मामलों में उपयोगी है यह सच है लेकिन सिर्फ व्यायाम करने से वजन नहीं घटता। अन्न के सेवन से प्राप्त हुई ऊर्जा और व्यायाम के द्वारा खर्च की गयी ऊर्जा इन में व्यस्त अनुपात इसकी वजह है। आईये इसे उदाहरण से समझे। एक व्यक्ति एक प्लेट पोहा या उपमा पाँच से सात मिनटों मे खा लेता है। लेकिन उससे मिली हुई 270 कैलरी ऊर्जा को खर्च करने के लिए उस व्यक्ति को एक घंटा टेबलटेनिस खेलना पडेगा या एक घंटा चलना पडेगा। एक आईस्क्रीम आपको 480 कैलरी देगी जिसको खर्च करने के लिए आपको एक घंटा शटल बॅडमिंटन खेलना पडेगा। आपको इसका एहसास हो जायेगा कि वजन घटाने के लिए आहार में बदलाव व्यायाम से भी ज्यादा महत्त्व रखता है।

अच्छी सेहत के लिए व्यायाम जरूरी है। आज के जमाने मे आधुनिकीकरण की वजह से, शारिरीक काम की जरूरत कम हो गयी है। भिन्न मशीनों के इस्तेमाल से हम में से कई लोगों के रोजाना के जीवन मे शारिरीक काम कम हो गया है। हालाँकि कुछ लोग शारिरीक काम में जुटे हैं, वे बारबार उसी चाल को दोहरा रहे है। प्राकृतिक रूप से उनके पूरे शरीर के लिए उन्हें संपूर्ण व्यायाम नहीं मिल पाती। व्यायाम काम से अलग है, यह बात हमें हमेशा ध्यान में रखनी चाहिये। किसी पत्थर तोडनेवाले को भी उसका हृदय और फेफडों को मजबूत बनाने के लिए कुछ व्यायाम करनी पडेगी।

व्यायाम की जरूरत, कब, कैसे और कितना व्यायाम करना चाहिये इसके बारे में दुर्भाग्य से बहुत ज्यादा उलझन और गडबड है। हमारे समाज मे, पारंपरिक कसरतें जैसे कि, योगासन, सूर्य नमस्कार, दौडना, तैरना, डीप्स और चलना ये काफी लोकप्रिय हैं। कुछ लोग अंधेपन से इनमें से किसी व्यायाम को अमल में लाते है और दूसरों को भी सभी रोगों के 'दवा' के रूप में उसकी सिफारिश करते है। दूसरी तरफ शहर और मेट्रो शहरों में कुकुरमुत्ते की तरह कई स्वास्थ्य क्लब और जिम्नॅशियम्स उग आये हैं, जहाँ हर व्यक्ति को व्यक्तिगत दिनक्रम दिया जाता है और महँगी मशीनें और उपकरणों द्वारा उसका अभ्यास करने के लिए कहा जाता है। ऐसे क्लबों की सदस्यता महँगी होती है और आम इन्सान की पहुँच के बाहर होती है। सच्ची समस्या तब शुरू होती है जब आप जिम छोड देते हैं। आप अपनी व्यायाम के लिए पूरी तरह से मशीनें और प्रशिक्षक पर निर्भर होते हैं, इसलिए आप अपने आप ही व्यायाम छोड देते हैं। इसीलिए हमे ऐसे व्यायाम का चुनाव करना चाहिये जिसके लिए पैसे की जरूरत नहीं पडेगी या वह सस्ता हो, उसके लिए किसी के साथ की जरूरत नहीं हो और जिसे किसी भी समय किसी भी जगह करना संभव हो। इसके लिए हमें व्यायाम के बारे में वैज्ञानिक जानकारी होनी चाहिये।

तांत्रिक दृष्टि से व्यायाम तीन तरह के होती है, जिसमें नीचे दिये किस्म शामिल है।

1. मजबूती के लिए व्यायाम - डिप्स, उठक-बैठक, और वेट लिफ्टींग यह इस तरह के व्यायाम के कुछ उदाहरण है। उत्तानपादासन, मयुरासन और नौकासन जैसे कुछ योगासन भी इस तरह के है। इन कसरतों में स्नायुओं की मजबूती और टिकाव बढता है, स्नायुओं पर वजन पडने से उनमें खिचाव आता है।

यह आसन और वेट लिफ्टींग को मजबूती के स्थिर व्यायाम कहा जाता है। इन व्यायामों में वजन तौल कर भी स्नायू स्थिर रहते हैं। इस में स्नायुओं के फायबर की लंबाई उतनी ही रहती है लेकिन उनमे सिकुडन पैदा होती है। स्नायुओं मे स्थित खून की कोशिकाओं के कसने की वजह से रक्त का संचार कम होता है और उससे दर्द होता है। इसीलिए ऐसे व्यायाम लंबे समय तक जारी नहीं रखे जा सकते। साथ ही ऐसे व्यायामों के दौरान रक्तचाप अस्थायी रूप से बढ जाता है इसलिए उच्च रक्तचाप तथा दिल की बीमारी होनेवाले लोगों को ऐसे गतिविधियों को शुरू करने से पहले उनके डाक्टर से सलाह मशवरा करना चाहिये। जिन में वजन ढोते हुए शरीर के व्यायाम किए जाते हैं उसे कायनेटीक स्ट्रेंथ एक्सरसायजेस कहा जाता है। इन में डीप्स, उठक-बैठक, हाथों में वजन उठाकर हाथ-पैरों को हिलाना आदि शामिल है। दौडना, तैरना और साईकिल चलाना यह भी इसी तरह के व्यायाम के उदाहरण हैं। ऐसे व्यायामों द्वारा

हृदय और फेफडों को भी फिटनेस प्रशिक्षण मिल जाता है। पहाडी पर चढते समय, या कुछ अंतर वजनदार सामान ढोते समय या लंबे समय जॉगिंग करते समय इस कायनेटीक स्ट्रेंथ का इस्तेमाल होता है। यदि इन व्यायामों को रोजाना किया जाता है तो इससे स्नायुओं की मजबूती बढती है। मैरेथॉन के लिए मैने जो तैयारी की, उससे मेरे पैर के स्नायुओं की मजबूती जरूर ही बढ गयी। रोजाना की गतिविधियों में ऐसी ताकत या मजबूती जरूरी नहीं होती।

यह अचल और कायनेटीक स्ट्रेंथ व्यायाम स्नायुओं की कोशिकाओं की संख्या और चौडाई में इजाफा करती है। सोते समय भी, स्नायू की कोशिकाएँ, शरीर की अन्य कोशिकाओं की तुलना में ज्यादा ऊर्जा की खपत करती है। इसीलिए वे चरबी घटाने के मामले में 24 घंटे उपयोगी साबित होती है। एक महत्त्वपूर्ण बात यह है कि व्यायाम के दौरान स्नायुओं को खींचा जाता है उसी तरह से हड्डियों को भी खींचा जाता है। चालीस साल की उम्र के बाद हड्डियों में कॅल्शियम की सांद्रता घटती जाती है जिससे हड्डियाँ भुरभुरी और कमजोर हो जाती है। इसी वजह से कहीं गिरने से या चोट से यह हड्डियाँ टूट जाती हैं। व्यायाम करने से हड्डियाँ मजबूत बन जाती है और उनके टूटने की संभावना बडे पैमाने पर कम हो जाती है।

2. हृदय और फेफडों के लिए व्यायाम – नाचना, रस्सी कुदना, तेज चलना, तैरना, दौडना और साईकिल चलाना इन व्यायामों के दौरान हृदय और फेफडों मे तनाव आता है। जिसके परिणामस्वरूप साँस की और हृदय की गति बढ जाती है। इन व्यायामों की वजह से, हृदय से जुडी सूक्ष्म नसों के जाल को लाभ पहुँचता है और हृदय के स्नायुओं की ताकत में इजाफा होता है। एअरोबिक्स से भी इसी तरह का लाभ होता है। जहाँ तक संभव है, ऐसे व्यायाम कठोर पृष्ठभूमि, जैसे की टाईल्स पर ना करें। इससे नितंब, घुटने तथा टखने के जोड और अन्य गठिया को क्षति पहुँच सकती है। स्नायुओं को मजबूत करने के व्यायाम तथा हृदय और फेफडों के व्यायाम मे भारी मात्रा मे ऊर्जा की खपत होती है। इसीलिए शरीर मे मौजूद चरबी घटाने के लिए इस तरह के व्यायाम उपयोगी रहते हैं।

3. लचीलेपन के लिए व्यायाम – स्कूलों मे शारिरीक प्रशिक्षण के लिए एक अवधि रहता है, जिसे सामान्य रूप से पी.टी. के नाम से जाना जाता है। कई छात्र इस प्रशिक्षण से ऊब जाते हैं लेकिन हमारे शरीर को जीवन भर लचीला रखने के लिए ये बहुत कारगर होते हैं। इसके सिवाय धनुरासन, हलासन जैसे योगासन भी लचीलेपन में इजाफा करते हैं। जन्म के समय हमारा शरीर किसी रबर जितना लचीला होता है, जो कि बाद में सख्त बनता जाता है। कई वयस्क लोग जमीन पर बैठ नहीं सकते और कमोड के बिना शौच भी नहीं कर सकते। यदि हम लचीलेपन के लिए व्यायाम नहीं

करते तो हमारा शरीर सख्त बन जाता है और हम रीढ और जोडों की बीमारियों के शिकार बन सकते हैं।

व्यायाम का समय, प्रकार, आवृत्ति और कालावधि इसके बारे में लोगों के जहन में कई अंधविश्वास है। ज्यादातर लोगों को ऐसा लगता है कि सुबह के समय में व्यायाम करना बेहतर है। जिसके परिणाम स्वरूप हमारे कुछ दोस्त (करीब 50 से 60%) जो बिस्तर से 9 या 10 बजे उठते है वे व्यायाम नहीं करते। वास्तव में, हम दिन भर मे किसी भी समय व्यायाम कर सकते है, वह कारगर होता है। इन्हें दिनभर में चार से पाँच बार करना चाहिये। व्यायाम की तीव्रता उसके कालावधि पर निर्भर रहती है।

उस व्यायाम के मेटाबोलिक इक्विव्हॅलेंट्स (MET) के द्वारा इस तीव्रता को नाँपने का एक तरिका है। इसमें 1 MET का मतलब वह व्यायाम जिस में किसी व्यक्ति के शारिरीक वजन के हर किलोग्राम में से 1 किलो कैलरी ऊर्जा की खपत हो। इसका मतलब यह है कि 1 MET के व्यायाम में 80 किलो वजन का कोई व्यक्ति हर घंटे 80 किलो कैलरी ऊर्जा की खपत करेगा। यह शरीर के विश्राम की स्थिति से मेल खाता है।

इस स्थिति में शरीर को शारिरीक वजन के प्रतिकिलो के लिए 3.5 मिली ऑक्सिजन की जरूरत पडती है। जैसे जैसे MET की कीमत बढती जाती है, व्यायाम और ज्यादा तणावपूर्ण बन जाते हैं। व्यायाम की तीव्रता और उनके MET निम्नलिखित तालिका में दिये गए हैं।

तालिका 1. व्यायाम की तीव्रता और उससे संबंधित MET

व्यायाम की तीव्रता	MET	
	पुरुष	महिला
विश्राम	1	1
बहुत कम तीव्रता	1 से 1.5	1 से 1.2
हल्के व्यायाम	1.6 से 3.9	1.3 से 2.7
कम मध्यम	4 से 5.9	2.8 से 4.3
उच्च मध्यम	6 से 7.9	4.4 से 5.9
अति उच्च मध्यम	8 से 9.9	6 से 7.5
अत्यन्त भारी	10 से ज्यादा	7.6 से ज्यादा

2 MET वाले व्यायाम में 80 किलो वजन का वही व्यक्ति 80 × 2 यानी 160 किलो कैलरी ऊर्जा की हर घंटे खपत करेगा। 9 MET वाले अति उच्च मध्यम व्यायाम में वही व्यक्ति 80 × 9 यानी 720 किलो कैलरी ऊर्जा की हर घंटे खपत करेगा।

तालिका 2. व्यायाम और उनकी MET कीमत नीचे की तालिका में दी गयी है।

व्यायाम	MET
चलना (प्रतिघंटा 4.8 कि.मी.)	3
बॅडमिंटन खेलना	3 से 6
चलना (प्रतिघंटा 5.4 कि.मी.)	3.6
बॅडमिंटन का मुकाबला	7 से 9
चलना (प्रतिघंटा 6 कि.मी.)	4.3
नाचना	3 से 7
तेज चलना (प्रतिघंटा 6.4 कि.मी.)	4.6
एअरोबिक नाच	6 से 9
तेज चलना (प्रतिघंटा 7 कि.मी.)	6
दौडना (प्रतिघंटा 8 कि.मी.)	8.7
रोलर स्केट्स	5 से 8
दौडना (प्रतिघंटा 9.6 कि.मी.)	10
स्क्वाश खेलना	8 से 10
दौडना (प्रतिघंटा 12 कि.मी.)	12.5
स्क्वाश का मुकाबला	11 से 12
साईकिल चलाना (प्रतिघंटा 16 कि.मी.)	7
लॉन टेनिस खेलना	6 से 8
तैरना (प्रतिमिनट 20 मीटर)	6
लॉन टेनिस का मुकाबला	9 से 10
तैरना (प्रतिमिनट 40 मीटर)	12
व्हॉलीबॉल खेलना	3 से 6
बास्केटबॉल खेलना	3 से 9
बास्केटबॉल का मुकाबला	7 से 12
वेट लिफ्टींग	8 से 9

किसी व्यायाम के दौरान दिल की धडकन के विशिष्ट स्तर (हार्ट रेट) के आधार पर भी व्यायाम की तीव्रता तय की जाती है। हर व्यक्ति का एक अधिकतम अनुज्ञेय हार्ट रेट होता है, इसे उस व्यक्ति की उम्र के अंक को 220 इस अंक में से घटा कर पाया जाता है। उदाहरण के तौर पर 40 साल के व्यक्ति के लिए अधिकतम अनुज्ञेय हार्ट रेट 220 - 40 = 180 होता है। व्यायाम के दौरान अधिकतम अनुज्ञेय हार्ट रेट का

बढे हुए हार्ट रेट से अनुपात, उसकी तीव्रता को तय करने के लिए इस्तेमाल किया जाता है। नीचे दी गयी तालिका में व्यायाम की तीव्रता MET और उससे संबंधित हार्ट रेट दिया गया है।

तालिका 3. MET और अधिकतम अनुज्ञेय हार्ट रेट का प्रतिशत

MET	हार्ट रेट का अधिकतम अनुज्ञेय हार्ट रेट से प्रतिशत
4 से 5.9	70 से 80 %
6 से 7.9	81 से 90 %
8 से 9.9	91 से 95 %

व्यायाम का समयावधि उसकी तीव्रता पर निर्भर होता है। कम मध्यम व्यायाम 60 मिनटतक करना चाहिये, उच्च मध्यम व्यायाम 40 से 45 मिनटतक करना चाहिये, अति उच्च मध्यम और भारी व्यायाम 20 से 30 मिनटतक करने चाहिये और अत्यंत भारी व्यायाम 10 से 15 मिनटतक करने चाहिये। हफ्ते में चार से पाँच दिनोंतक व्यायाम करने चाहिये। यदि आप इन्हें रोजाना करते हैं तो वह और भी बेहतर है। हररोज एक ही तरह के व्यायाम ना करें, उन में विविधता होनी चाहिये। लेकिन उस में इस तीन तरह के व्यायामों का सर्वोत्तम मिश्रण होना चाहिये - एक मजबूती के लिए, एक हृदय और फेफडों के लिए और एक शरीर के लचीलेपन के लिए। चलना, साईकिल चलाना, तैरना, योगासन, वेट लिफ्टींग, दौडना, रस्सी कुदना, बॅडमिंटन या टेबलटेनिस खेलना जैसे व्यायामों की लंबी फेरिस्त मे से खुद की रूचि के अनुसार चुनाव किया जा सकता है।

यह सच है कि सिर्फ व्यायाम से वजन में कटौती नहीं हो सकती लेकिन व्यायाम का प्रत्यक्ष या अप्रत्यक्ष परिणाम सेहतमंद रहने में मददगार साबित होता है। व्यायाम के लाभकारक परिणाम निम्नानुसार हैं :

- वजन को नियंत्रण में रखने में सहायता मिलती है।
- यह हार्मोन्स, इन्शुलीन की क्रिया को सहयोग देता है। व्यायाम की वजह से शरीर की कोशिकाएँ इन्शुलीन के प्रति संवेदनशील बन जाती है। इन्शुलीन रेसिस्टन्स टालने की वजह से इन्शुलीन रेसिस्टन्स सिंड्रोम से तथा प्रौढता के साथ जुडे मधुमेह से भी बचा जा सकता है। दिल के दौरे की संभावना को प्रतिरोध में भी यह मददगार साबित होता है।
- व्यायाम शरीर में फैट सेल्स को ऊर्जा के लिए जला देता है। जिससे शरीर में अतिरिक्त फैट के नतीजतन होनेवाली हायपरलिपीडेमिया, दिल का दौरा और मधुमेह जैसी बीमारियों से भी सुरक्षा मिलती है।

- नियमित रूप से व्यायाम की वजह से उच्च घनतावाले लिपोप्रोटीन कोलेस्टेरॉल की मात्रा खून में बढ जाती है जो सेहत के लिए फायदेमंद है साथ ही वह सेहत के लिए हानिकारक ट्रायग्लिसराईड्स, कम घनतावाले लिपोप्रोटीन कोलेस्टेरॉल और कुल कोलेस्टेरॉल की मात्रा में कटौती करती है।
- नियमित व्यायाम से रक्तचाप में कटौती हो जाती है, जिससे उच्च रक्तचाप के मरीजों को लाभ मिलता है।
- नियमित व्यायाम से हृदय को खून की आपूर्ति करनेवाली सूक्ष्म कोशिकाओं के जाल में इजाफा होता है जिसके नतीजतन दिल के दौरे की संभावना कम हो जाती है।
- नियमित व्यायाम से खुशहाली की भावना पैदा होती है और सबकुछ नियंत्रण में है ऐसा एहसास होता है। इससे थकान और तनाव कम होकर आंतरिक विश्वास बढ जाता है।
- व्यायाम की वजह से स्नायुओं की मजबूती और शरीर का लचीलापन बढ जाता है। इससे जरासा गिरने से या घाव से पैदा होनेवाली जटिलता से सुरक्षा मिलती है।
- नियमित व्यायाम हड्डियों का संघर्षण टलता है और हड्डियों को भुरभुरा बनने से सुरक्षा मिलती है।
- व्यायाम से गुदा, प्रोस्टेट ग्रंथी और स्तन के कैंसर से भी सुरक्षा मिलती है।
- पीठ का दर्द और जोडों के दर्द से भी व्यायाम की वजह से निजात मिल जाती है।

ऊपर दिये गए विवरण के द्वारा व्यायाम के क्या क्या लाभ हैं, यह पाठकों को भलीभाँति समझ में आ चुका होगा। हालाँकि बहुत तरह के व्यायाम उपलब्ध हैं, मुझे लगता है कि चलना एक सर्वोत्तम व्यायाम है। इसके साथ योगासन और वेटलिफ्टींग का जोड दिया जा सकता है। हर व्यक्ति को व्यायाम के माध्यम से 2500 किलो कैलरी जितनी ऊर्जा की खपत करनी चाहिये। इसे हासिल करने के लिए 65 किलो वजन के व्यक्ति को हफ्ते में 35 कि.मी. चलना चाहिये। सात दिनों के हिसाब से प्रतिदिन पाँच कि.मी. या सप्ताह में पाँच दिनों के हिसाब से प्रतिदिन 7 कि.मी. चलना चाहिये। मेरे खयाल में तेज चलना, दौडने के मुकाबले बेहतर है क्योंकि दौडने में घाव के ज्यादा संभावना है। ज्यादातर प्रौढ लोग जिनकी हड्डियाँ भुरभुरी और कमजोर हो चुकी हैं उनके बारे में ये सच है। रोजाना के व्यायाम की शुरुआत खींचने के व्यायाम (स्ट्रेचिंग) से करनी चाहिये और उसके बाद में हृदय और फेफडों के व्यायाम करने

चाहिये। व्यायाम शुरू करने से पहले शरीर को गरम करना और व्यायाम पूरा होने के बाद शरीर को ठंडा करना यह व्यायाम के जरूरी तत्त्व हैं। व्यायाम के समयावधि में इन दोनों क्रियाओं के लिए पाँच-पाँच मिनट देना जरूरी है। सेहतमंद जीवन के लिए, तेज चलने जैसा मध्यम तीव्रता का व्यायाम 40 से 45 मिनट तक रोजाना, हफ्ते में चार से पाँच दिन करना चाहिये।

व्यायाम का महत्त्व जरूर ही आपके जहन में उतर गया होगा। एक सावधानी की सूचना! व्यायाम कुछ दिनों या हफ्तों का आंदोलन नहीं है। हमें रोजमर्रा के जीवन में हर दिन व्यायाम के लिए कमसे कम एक घंटा देना चाहिये। हम दाल रोटी कमाने के लिए और मनोरंजन के लिए भी समय बिताते है। लेकिन हम हमारी जिंदगी का लुत्फ तभी उठा सकते हैं जब हमारा शरीर पूरी तरह से स्वस्थ हो। इसीलिए इस अनमोल शरीर के लिए रोजाना केवल एक घंटा देना कोई कठिन बात नहीं होनी चाहिये। इसकी वजह क्या है यह आपको जरूर मालूम होना चाहिये, यदि आप पैसा गँवा देते हैं तो कुछ भी नहीं गँवाते हैं, लेकिन यदि आप स्वास्थ्य गँवा देते हैं तो समझ लिजिये की पैसे के साथ साथ अन्य सबकुछ भी गँवा देते हैं।

6
शरीर का जादूगर : इन्शुलीन और अन्य हार्मोन्स

कई लोग इन्शुलीन के बारे में जानते होंगे। विशेष कर जिनके रिश्तेदार या दोस्त मधुमेह से पीडित होंगे उन्हें तो इस हार्मोन के बारे में जरूर ही पता होगा। मधुमेह को मरीजों को रोजाना इन्शुलीन के इंजेक्शन चुभाते हुए आपने देखा होगा। समाज में एक ऐसी धारणा है कि जब मधुमेह गोली या कैप्सूल से नियंत्रण में नहीं आ पाता तब डाक्टर इन्शुलीन के इंजेक्शन लेने की सलाह देते हैं। इस प्रकरण में हम इन्शुलीन और शरीर के अन्य हार्मोन्स जो हमारे उपापचय पर महत्त्वपूर्ण असर डालते हैं उनके बारे में समझने की कोशिश करेंगे।

हमारे शरीर में, अग्न्याशय नाम का एक अंग है। हम जिस अन्न का सेवन करते हैं उसके पाचन के लिए जरूरी पाचक रस यह अंग छोडता है। इस अंग में विशिष्ट कार्य के लिए भिन्न कोशिकाओं के समूह होते हैं। इन्हें 'आइसलेट्स ऑफ लँगरहॅम' के नाम से जाना जाता है। अग्न्याशय में इस तरह के 10 से 20 लाख लँगरहॅम मौजूद रहते हैं। इन में से हर एक की चौडाई 0.3 मिलीमीटर रहती है और वे कोशिकाओं के ईर्दगिर्द लिपटी रहती है। इस नजदीकी की वजह से इन कोशिकाओं से निकलनेवाले स्राव सीधे खून में मिल जाते हैं। इन आईसलेट्स में अल्फा, बीटा और डेल्टा इन तीन तरह की कोशिकाएँ रहती हैं। आईसलेट्स में मौजूद कुल कोशिकाओं में से बीटा कोशिकाएँ 60 प्रतिशत रहती हैं और वह इन्शुलीन और ॲमिलीन इन दो हार्मोन्स का स्रवण करती है। अमिलीने के कार्यों के बारे में हम बहुत ही कम जानते हैं।

आईसलेट्स मे अल्फा कोशिकाएँ 25 प्रतिशत के करीब रहती है और वह अन्य एक हार्मोन, ग्लुकाजेन को पैदा करती है। बची हुई 10 प्रतिशत कोशिकाएँ डेल्टा तरह की होती है और सोमॅटोस्टॅटीन इस हार्मोन को पैदा करती है। आईसलेट्स की कोशिकाएँ एक दूसरे से एकदम सटी हुई रहने की वजह से वे कोशिकाओं द्वारा पैदा किए गए भिन्न हार्मोन्स पर भौतिक रूप से नियंत्रण रहता है। इन्शुलीन ग्लुकाजेन की पैदाईश को रोकती है और अमिलीन इन्शुलीन के निर्माण को रोकती है।

बेस्ट और बँटींग ने 1922 मे इन्शुलीन की खोज की। मधुमेह में पैदा हुए भिन्न जटिलताओं की वजह से जो मरीज मौत के शिकार बन जाते थे, उनके लिए यह खोज एक वरदान साबित हुई। ऐसे मरीजों को इन्शुलीन की वजह से सामान्य जीवन जीन संभव हुआ। शुरू से ही इन्शुलीन को खून में मौजूद शुगर से जोडा गया जो कि एकदम सही था। कार्बोहाईड्रेट्स के उपापचय पर इन्शुलीन का बहुत बडा असर रहता है। ऐसा होकर भी, कई बार मधुमेह के मरीज की खून में बढी ऐसिडिटी (ऐसिडोसिस) और धमनियों में बाधा (अथेलोस्क्लेरॉसिस) की वजह से मौत हो जाती है, जो कि चर्बी के अव्यवस्थित उपापचय से निर्मित जटिलता है। कई सालों से मधुमेह का सामना कर रहे मरीजों में, प्रोटीन्स के संश्लेषण पर बुरा असर पडता है जिसके परिणाम स्वरूप स्नायु बर्बाद होते हैं और कोशिकाओं के उपापचय पर बुरा असर पडता है। इससे यह बात स्पष्ट हो जाती है कि फैट और प्रोटीन्स के उपापचय पर इन्शुलीन का उतना ही असर होता है जितना की कार्बोहाईड्रेट्स के उपापचय पर होता है।

जब शरीर को ऊर्जा की अच्छी आपूर्ति मिलती है तब इन्शुलीन अपना कार्य शुरू कर देता है। उच्च ऊर्जा देनेवाले कार्बोहाइड्रेट युक्त खाद्यपदार्थों के सेवन से लैंगरहैन्स के आइसलेट्स की बीटा कोशिकाओं से इन्शुलीन का स्राव बढ़ जाता है। अतिरिक्त ऊर्जा का संचयन करना इन्शुलीन का प्रमुख कार्य है। इन्शुलीन के प्रभाव से, ग्लुकोज की अतिरिक्त मात्रा, कार्बोहाईड्रेट के पाचन से निर्मित अंतिम उत्पाद यकृत की कोशिकाओं में ग्लायकोजेन में बदल दिये जाते हैं। 70 किलो वजनवाले किसी व्यक्ति के शरीर के यकृत में 100 ग्राम ग्लायकोजों होता है और स्नायुओं में 400 ग्राम ग्लायकोजेन होता है। जब जरूरत हो तब, इस संचयित ग्लायकोजेन के द्वारा 2000 कैलरी तक ऊर्जा प्राप्त करना संभव होता है। ग्लायकोजेन के निर्माण के बाद भी जो ग्लुकोज बच जता है वह इन्शुलीन के प्रभाव द्वारा फैट में बदल दिया जाता है और शरीर के फैट सेल्स में संचयित किया जाता है। प्रोटीन के पाचन द्वारा निर्मित अंतिम उत्पाद यानि अमिनो ऐसिड्स, इन्शुलीन के प्रभाव द्वारा कोशिकाओं में प्रवाहित किए जाते हैं जहाँ उनका प्रयोग प्रोटीन के संश्लेषण के लिए किया जाता है। उसके साथ ही उसी समय इन्शुलीन कोशिकाओं में स्थित प्रोटीन्स के को रोकता है। इन्शुलीन एक बचानेवाला हार्मोन्स है यह इसकी पुष्टी के लिए इतना सबूत काफी है। इसके प्रभाव द्वारा ऊर्जा और खनिज के संचयन की तरफ शरीर का झुकाव बढ जाता है।

मस्तिष्क को छोड़ कर शरीर की सभी कोशिकाएं इन्शुलीन की उपस्थिति के बिना ग्लुकोज का उपयोग कर सकती है। कोशिकोओं की दीवार पर इन्शुलीन रिसेप्टर्स होते हैं। इन्शुलीन इन रिसेप्टर्स के साथ बंध जाता है जो तब ग्लुकोज को कोशिका में प्रवेश करने की अनुमति देता है। इन्शुलीन कोशिका की दीवार को खोलने के लिए एक

कुंजी के रूप में कार्य करता है। जब खून में कोई इन्शुलीन नहीं होता है, तो खून में ग्लुकोज की उच्च सांद्रता के बावजूद, ग्लुकोज कोशिकाओं में प्रवेश नहीं कर पाता है।

शरीर में इन्शुलीन का स्त्रवण 24 घंटे चलता रहता है। यह बुनियादी स्त्रवण 24 घंटों मे शरीर मे होनेवाले इन्शुलीन के स्त्राव मे से करीब आधे हिस्से के लिए जिम्मेदार होता है। इसकी मात्रा 18 से 32 युनिट या 0.7 से 1.3 मिलीग्राम होती है। बचा हुआ इन्शुलीन दिन भर में हम जो कुछ भी खाते हैं उसकी प्रतिक्रिया के रूप में स्त्रवित किया जाता हैं। कोई भी अन्नपदार्थ खाने के बाद इन्शुलीन का तेजी से स्त्रवण होता है। स्त्राव की यह गति बुनियादी स्त्रवण से करीब पाँच गुना ज्यादा होती है। एक घंटेभर मे इन्शुलीन स्त्रवण की गति सर्वोच्च स्तर पर पहुँचती है और उसके बाद वह उतनी ही तेजी से घटने लगती है। गौर करने जैसी बात यह है कि कोई भी चीज खाने की क्रिया के बाद इन्शुलीन का स्त्रवण तुलनात्मक दृष्टि से एक सा ही होता है, सेवन किए गए अन्नपदार्थ की मात्रा चाहे कितनी भी हो।

इन्शुलीन के स्त्रवण को उद्दीपीत करनेवाला सबसे ताकद वर तत्त्व है। इसीलिए कार्बोहाईड्रेट्स से लैस अन्नपदार्थ अधिक मात्रा में इन्शुलीन स्त्रवण कि प्रवृत्ति रखते हैं। इन्शुलीन के स्त्रवण के लिए प्रोटीन्स में स्थित अमिनो ऐसिड्स कमजोर उद्दीपक है, लेकिन उनकी क्रिया को अन्नपदार्थों में स्थित कार्बोहाईड्रेट्स की वजह से गति मिलती है। इसके एकदम विपरित फैटी ऐसिड्स और फैट्स इन्शुलीन के स्त्रवण को उद्दीपीत नहीं करते। इससे यह स्पष्ट हो जाता है कि यदि हम कार्बोहाईड्रेट्स से लैस अन्नपदार्थों का सेवन करते हैं तो हमारे शरीर में इन्शुलीन का स्त्रवण अधिक मात्रा में होगा। यदि हम केवल प्रोटीन्स या फैट्स का सेवन करते हैं तो हमारे शरीर में इन्शुलीन का स्त्रवण न्यूनतम मात्रा मे होगा। आईए अब हम अन्नपदार्थों के भिन्न तत्त्वों के उपापचय पर इन्शुलीन के प्रभाव के बारे में जानकारी लेते हैं।

कार्बोहाईड्रेट्स से लैस अन्नपदार्थों के सेवन के बाद, जैसा की ज्यादातर भारतीय व्यंजनों में होता है, इन्शुलीन का स्त्राव शुरू हो जाता है। खून में इन्शुलीन की मात्रा बढने से, शरीर की सभी कोशिकाओं में, विशेषकर स्नायुओं की कोशिकाएँ, अदिपोज कोशिकाएँ और यकृत में ग्लुकोज का प्रवेश तेजी से शुरू हो जाता है। इन कोशिकाओं में ग्लुकोज के इस्तेमाल में इजाफा होता है। दिनभर में ज्यादातर समय स्नायुओं की कोशिकाएँ अपने इंधन के लिए ग्लुकोज की बजाय फैटी ऐसिड्स पर निर्भर रहती हैं। इसके पीछे की वजह यह है कि, विश्राम की अवस्था मे, स्नायुओं की कोशिकाओं की झिल्ली ग्लुकोज के प्रवेश को अनुमति नहीं देती। खून में इन्शुलीन के बढे स्तर के नतीजतन ग्लुकोज इन स्नायुओं की कोशिकाओं में तेजी से प्रवेश कर पाता है। दो परिस्थितियों में स्नायुओं की कोशिकाएँ ग्लुकोज का इंधन के रूप में भारी मात्रा में

इस्तेमाल करती है। जब व्यक्ति मध्यम या भारी व्यायाम कर रहा हो वह स्थिति इसमें से एक है। व्यायाम के दौरान स्नायुओं की कोशिकाएँ ग्लुकोज के लिए ज्यादा पारगम्य बन जाती है जिससे खून में इन्शुलीन कम होते हुए भी ग्लुकोज इन कोशिकाओं में प्रवेश कर जाता है। दोपहर का खाना खाने के बाद कुछ ही घंटों में स्नायुओं की कोशिकाएँ ग्लुकोज का भारी मात्रा में इस्तेमाल करती है। ऐसी स्थिति मे खून में ग्लुकोज की मात्रा बहुत ज्यादा बढ जाती है। इसकी प्रतिक्रिया में यकृत भारी मात्रा मे इन्शुलीन स्त्रवित करता है। इन्शुलीन की यह भारी मात्रा और ग्लुकोज को कोशिकाओं में प्रवेश के लिए मददगार साबित होती हैं। ग्लुकोज का इस्तेमाल भी बढ जाता है। दोपहर के भोजन के बाद, कोशिकाएँ व्यायाम में रत न होने के बावजूद भी ग्लुकोज भारी मात्रा मे स्नायुओं की कोशिकाओं मे प्रवेश कर जाता है। यहाँ ग्लुकोज का परिवर्तन ग्लायकोजेन में होता है और उसका संचयन किया जाता है। जरूरत के समय ऊर्जा पाने के लिए स्नायु इस ग्लायकोजेन का इस्तेमाल करत है। बहुत कम समय के लिए बहुत भारी और कठोर व्यायाम करते समय ऊर्जा की आपूर्ति के लिए ग्लायकोजेन का यह संचयन काम आता है।

इन्शुलीन का और एक महत्त्वपूर्ण कार्य भोजन के बाद खून में बढी ग्लुकोज की मात्रा को यकृत में ग्लायकोजेन में परिवर्तित करना यह भी है। दो भोजनों के दरम्यान जब हम कुछ भी नहीं खाते तब खून में ग्लुकोज की मात्रा तेजी से घट जाती है। इसकी प्रतिक्रिया में खून में इन्शुलीन की मात्रा भी घट जाती है। इसकी वजह से यकृत में संचयित ग्लायकोजेन के विघटन से उसका परिवर्तन ग्लुकोज में हो जाता है, जिसे फिर ग्लुकोज पर्याप्त मात्रा को कायम रखने के लिए खून में छोडा जाता है। यकृत में स्थित अतिरिक्त ग्लुकोज को फैटी ऐसिड्स के संश्लेषण के लिए उपयोग में लाया जाता है। बहुत ही कम घनतावाले लिपोप्रोटीन्स की सहायता से यह फैटी ऐसिड्स, ट्रायग्लिसराईड्स के रूप में, एडिपोज कोशिकाओंतक संचयन के लिए वहन किए जाते हैं। ग्लुकोज से अमिनो ऐसिड्स के संश्लेषण को ग्लुकोज प्रतिबंधित करता है।

फैट उपापचय पर इन्शुलीन का प्रभाव

कार्बोहाईड्रेट के उपापचय पर इन्शुलीन का गहरा असर पडता है। हालाँकि इतने जाहीर रूप से न हो तो भी इन्शुलीन का फैट उपापचय पर भी महत्त्वपूर्ण असर पडता है। कई तरह की क्रियाओं द्वारा इन्शुलीन, फैट के फैट कोशिकाएँ या अदिपोज उतकों मे संचयन को बढावा देता है। पहले तो शरीर की सभी कोशिकाओं में ग्लुकोज के तेजी से प्रवेश और इस्तेमाल के लिए इन्शुलीन अनुमति देता है, जिससे फैट्स इंधन के रूप में इस्तेमाल होने से बच जाते हैं। दूसरी ओर इन्शुलीन की वजह से फैटी ऐसिड्स के संश्लेषण के लिए अतिरिक्त कार्बोहाईड्रेट्स का इस्तेमाल किया जाता है। फैटी ऐसिड्स

का यह निर्माण ज्यादातर यकृत में होता है। बाद में इन फैटी ऐसिड्स का वहन अदिपोज उतकों में होता है और फैट्स के रूप में संचयित किए जाते हैं। हार्मोन सेन्सिटीव लिपेज नाम के एक इन्झाईम के कार्य को इन्शुलीन रोकता है। यह एन्झाईम फैट कोशिकाओं से ट्रायग्लिसराईड्स के जलीय विश्लेषण (हायड्रोलायसिस) के लिए जिम्मेदार है। जैसे ही इस एन्झाईम का कार्य रूक जाता है वैसे ही फैटी ऐसिड्स द्वारा खून में फैट्स छोडना कम हो जाता है। शरीर की सभी कोशिकाओं की तरह इन्शुलीन की वजह से भी फैट कोशिकाओं में ग्लुकोज का तेजी से प्रवेश होता है। इसमें से कुछ ग्लुकोज का इस्तेमाल छोटी मात्रा में फैटी ऐसिड्स के निर्माण में होता है। ज्यादातर ग्लुकोज का इस्तेमाल अल्फा ग्लिसरॉल फॉस्फेट के संश्लेषण के लिए किया जाता है। इसका परिवर्तन ग्लिसरॉल में होता है। यह ग्लिसरॉल फैटी ऐसिड्स के साथ मिल कर ट्रायग्लिसराईड्स का निर्माण होता है। जब खून में इन्शुलीन का स्तर तेजी घटता है तब, यकृत से खून में चाही कितनी भी मात्रा में फैटी ऐसिड्स क्यों न छोडे जाये, उनका संचयन नहीं होता।

खून में इन्शुलीन के स्तर का घटना फैट्स का विघटन और उसके ऊर्जा के रूप में इस्तेमाल को बढावा देता है। मधुमेह के मरीजों को दुर्बल या वजन घटता महसूस होता है क्योंकि उनके शरीर से फैट का इस्तेमाल ऊर्जा के लिए किया जाता है। खून में इन्शुलीन का स्तर जैसे ही घटता है, वैसेही एन्झाईम्स, हार्मोन्स और संवेदनशील लिपेज सक्रीय हो जाते हैं। ये एन्झाईम्स फैट कोशिकाओं में स्थित ट्रायग्लिसराईड्स का जलसंश्लेषण कर फैटी ऐसिड्स का निर्माण करते हैं। जलसंश्लेषण के दौरान संश्लेषित फैटी ऐसिड्स और ग्लिसरॉल बाद में भारी मात्रा में खून में छोड दीए जाते हैं। फिर शरीर की सभी कोशिकाएँ ऊर्जा के लिए इन फैटी ऐसिड्स को उपयोग मे लाती हैं। इन्शुलीन का अभाव और फैटी ऐसिड्स का खून में बढे स्तर की वजह से यकृत में इनमें से कुछ फैटी ऐसिड्स का परिवर्तन फॉस्फोलिपिड्स और कोलेस्टेरॉल में होता है। इन्हें फिर लिपोप्रोटीन्स की सहायता से खून में छोड दिया जाता है। इन्शुलीन के अभाव की वजह से कभी कभार खून में लिपोप्रोटीन्स की मात्रा सामान्य मात्रा से तिगुनी हो जाती है साथ ही खून में फैट्स का स्तर 0.6% के सामान्य स्तर की तुलना में कई गुना बढ जाता है। खून में फैट के बढे स्तर के नतीजतन धमनियों की दीवारों पर कोलेस्टेरॉल जमने को बढावा मिलता है। इसके परिणाम स्वरूप धमनियों के अंदर की गलियाँ संकरी हो जाती है और शरीर के अंगों तक पहुँचनेवाला खून का स्त्राव कम हो जाता है। हृदय की ओर जानेवाले खून का स्त्राव यदि कम हो जाता है तो ऐसे व्यक्ति को दिल का दौरा पड सकता है। इन्शुलीन के अभाव की स्थिति में यकृत ऐसिटो ऐसेटीक ऐसिड का ज्यादा निर्माण करता है। इसके साथ ही परिधीय कोशिकाएँ और उतकों द्वारा ऐसिटो ऐसेटीक ऐसिड के इस्तेमाल को इन्शुलीन रोकता है। जिससे खून की ऐसिडिटी बढ जाती है।

प्रोटीन के उपापचयर पर इन्शुलीन का प्रभाव

भोजन के बाद चंद घंटों में, जब खनिज आसानी से भारी मात्रा में उपलब्ध होते हैं, कार्बोहाईड्रेट्स और फैट्स की तरह प्रोटीन्स भी कोशिकाओं में संचयित किए जाते हैं। इस प्रक्रिया के लिए इन्शुलीन की जरूरत होती है। इन्शुलीन के प्रभाव में, अमिनो ऐसिड्स कोशिकाओं में प्रवेश कर जाते हैं। ग्रोथ हार्मोन्स का भी ऐसा ही प्रभाव पडता है। इन्शुलीन प्रोटीन के संश्लेषण को बढावा देती है। इन प्रोटीन्स में कार्बोहाईड्रेट्स, फैट्स और प्रोटीन्स के संचयन में मददगार साबित होनेवाले कई एन्झाईम्स भी शामिल है। इन्शुलीन प्रोटीन्स के अपचय को रोकती है। यकृत में अमिनो ऐसिड्स के संश्लेषण से ग्लुकोज के निर्माण की प्रक्रिया को भी इन्शुलीन रोकती है। संक्षेप में कहे तो, इन्शुलीन नये प्रोटीन्स का संश्लेषण करती है और प्रोटीन्स के अपचय को रोकती है।

इसके ठीक विपरित, इन्शुलीन के अभाव की स्थिति प्रोटीन्स के संचयन को रोकती है। प्रोटीन्स का अपचय तेजी से होता है और उस प्रक्रिया में निर्मित अमिनो ऐसिड्स खून में छोड दी जाती है। खून में अमिनो ऐसिड्स की सांद्रता जैसे ही बढती है, शरीर की कोशिकाएँ ऊर्जा के लिए उनका इस्तेमाल करना शुरू कर देती हैं। इससे खून में युरिया का स्तर बढ जाता है। इसी वजह से मधुमेह के मरीजों में स्नायुओं की क्षति होती है। ऐसे व्यक्ति को शक्तिहीन महसूस होता है और उसके शरीर के कई अंग अस्तव्यस्त हो जाते हैं। इन्शुलीन प्रोटीन के संश्लेषण के लिए जिम्मेदार होने की वजह से, शरीर की वृद्धि के लिए ग्रोथ हार्मोन के साथ इस की भी जरूरत होती है। पशुओं पर किए गए प्रयोगों द्वारा यह बात सुस्पष्ट हो चुकी है कि उन्हें केवल इन्शुलीन या केवल ग्रोथ हार्मोन दिया जाये तो उनकी वृद्धि न के बराबर होती है। यदि ये दोनों हार्मोन्स साथ में दे दी जाये तो अच्छी वृद्धि होती है, इस से यह बात सुस्पष्ट हो जाती है कि ये दोनों हार्मोन्स एक दूसरे के साथ मिल जुलकर काम करते हैं। ये दोनों ही हार्मोन्स कोशिकाओं में विशिष्ट अमिनो ऐसिड्स का प्रवेश करा देती है और वृद्धि के लिए सभी हार्मोन्स जरूरी होते हैं। केवळ ग्रोथ हार्मोन या केवल इन्शुलीन दिये जाने की स्थिति में वृद्धि न के बराबर होती है इस बात को इस से पुष्टी मिलती है।

खून में ग्लुकोज का बढा स्तर, खून में फैटी ऐसिड्स का बढा स्तर, खून में अमिनो ऐसिड्स का बढा स्तर, पाचनव्यवस्था में गैस्ट्रीन, कोलेसायटोकिनीन, सिक्रिटीन जैसे हार्मोन्स, कोशिकाओं में इन्शुलीन को प्रतिरोध, मोटापा और सल्फोनिल युरीया इस तरह की दवाईयों का सेवन ऐसे कई तत्त्वों की वजह से इन्शुलीन का स्त्रवण बढ जाता है। उपवास रखने से और सोमॅटोस्टाटीन और लेप्टीन जैसे हार्मोन्स की वजह से इन्शुलीन का स्राव घटता है।

शरीर को ऊर्जा पाने के लिए कार्बोहाईड्रेट्स का इस्तेमाल किया जायेगा कि फैट्स का इस्तेमाल किया जायेगा यह तय करने में इन्शुलीन और अन्य कुछ हार्मोन्स की महत्त्वपूर्ण भूमिका होती है। इन्शुलीन की वजह से फैट्स का संचयन किया जाता है और ऊर्जा के लिए कार्बोहाईड्रेट्स के इस्तेमाल को बढावा दिया जाता है। मस्तिष्क की कोशिकाओं को छोड, शरीर की सभी कोशिकाएँ, इन्शुलीन का स्तर घट जाने की स्थिति में कार्बोहाईड्रेट्स की जगह ऊर्जा के स्रोत के रूप में फैट्स का इस्तेमाल शुरू कर देती है। ऊर्जा के लिए कार्बोहाईड्रेट्स की जगह फैट्स का इस्तेमाल खून में ग्लुकोज के स्तर की वजह से मिले संकेत के बाद शुरू किया जाता है। खून में यदि ग्लुकोज का स्तर घट जाता है तो इन्शुलीन का स्राव और खून मे उसका स्तर भी घट जाता है। इससे ऊर्जा पाने हेतु कार्बोहाईड्रेट्स की जगह फैट्स का इस्तेमाल करने का संकेत दिया जाता है। यदि खून में ग्लुकोज का स्तर बढ जाता है तो इन्शुलीन के स्रवण में भी बढोतरी होती है और खून में इन्शुलीन का स्तर भी बढ जाता है। इससे ऊर्जा पाने हेतु कार्बोहाईड्रेट्स को इस्तेमाल करने का संकेत दिया जाता है। इस प्रभाव के साथ ही स्नायू और यकृत में स्थित अतिरिक्त ग्लुकोज का परिवर्तन ग्लायकोजेन में और फैट्स में भी किया जाता है। शरीर के लिए ऊर्जा पाने हेतु कार्बोहाईड्रेट्स का इस्तेमाल किया जाये या फैट्स का, यह तय करने में इन्शुलीन जिम्मेदार होती है, इस बात को इससे समझा जा सकता है। इन्शुलीन के साथ ही ग्रोथ हार्मोन, कॉर्टिसॉल, इपिनेफ्रीन और ग्लुकाजेन जैसे अन्य हार्मोन्स भी इस कार्य में महत्त्वपूर्ण भूमिका निभाते हैं। खून में ग्लुकोज का घटता हुआ स्तर ग्रोथ हार्मोन और कॉर्टिसॉल के स्रवण में इजाफा कर देता है। इन दोनों हार्मोन्स की वजह से कोशिकाएँ ऊर्जा पाने हेतु कार्बोहाईड्रेट्स की जगह फैट्स का इस्तेमाल शुरू कर देती हैं। लेकिन इन्शुलीन के साथ तुलना करने पर इन दोनो हार्मोन्स का असर धीरे धीरे होता है और उसके परिणाम दिखाई देने में काफी वक्त लग जाता है।

थकान और तणाव की वजह से शरीर में इपिनेफ्रीननाम के हार्मोन का स्रवण होता है। इसके प्रभाव से खून में ग्लुकोज का स्तर बढ जाता है। खून में फैटी ऐसिड्स का स्तर भी बढ जाता है। यकृत में स्थित ग्लायकोजेन को इपिनेफ्रीन ग्लुकोज में परिवर्तित करता है। इसके साथ ही फैट कोशिकाओं पर असर की वजह से, ट्रायग्लिसराईड्स का विघटन हो कर फैटी ऐसिड्स का निर्माण होता है। ग्लुकोज की तुलना में फैटी ऐसिड्स का संश्लेषण कई गुना ज्यादा होता है। इसके नतीजतन इपिनेफ्रीन के प्रभाव में ऊर्जा पाने हेतु शरीर फैटी ऐसिड्स का अधिक मात्रा में इस्तेमाल करता है।

अग्न्याशय द्वारा स्रवित ग्लुकाजेन यह और एक महत्त्वपूर्ण हार्मोन है। इस हार्मोन का निर्माण लैंगरहैन्स के आईसलैट्स में स्थित अल्फा कोशिकाओं द्वारा किया

जाता है। खून में ग्लुकोज के घटते स्तर की प्रतिक्रिया में इस हार्मोन का स्त्रवण होता है। ग्लुकाजेन का प्रभाव इन्शुलीन के प्रभाव के ठीक विपरित होता है। इसका सब से महत्त्वपूर्ण प्रभाव यह है कि ये खून में ग्लुकोजी का स्तर बढा देता है। यदि किसी व्यक्ति को शारिरीक वजन के अनुपात में प्रति किलो ग्राम एक मायक्रोग्राम ग्लुकाजेन दिया जाये, तो केवल 20 मिनट में खून में ग्लुकोज का स्तर प्रति 100 मिली लीटर में 20 मिलीग्राम से बढ जाता है। ग्लुकाजेन यकृत में ग्लायकोजेन का परिवर्तन ग्लुकोज में कर देता है। साथ ही यह यकृत में अमिनो ऐसिड्स से ग्लुकोज का संश्लेषण भी कराता है। यदि ग्लुकाजेन के स्तर में कई गुना बढोतरी हो जाती है (जो की वास्तव में अपवाद की स्थिति में ही होता है) तो उसके और भी नतीजे होते हैं। इसका एक नतीजा यह है कि ये एडिपोज उतकों से फैटी ऐसिड्स का निर्माण करानेवाले लिपेज इस हार्मोन संवेदनशील एन्झाईम को सक्रीय कर देता है। यह फैटी ऐसिड्स बाद में शरीर को ऊर्जा पाने हेतु मुहलिया करा दिये जाते हैं। यकृत में ट्रायग्लिसराईड्स के संचयन को ग्लुकाजेन रोकता है जिसकी वजह से खून में स्थित फैटी ऐसिड्स का यकृत द्वारा इस्तेमाल भी रोका जाता है। इससे ऊर्जा के लिए अतिरिक्त फैटी ऐसिड्स प्राप्त हो जाते हैं। खून में ग्लुकोज का बढा स्तर ग्लुकाजेन के स्त्रवण को रोकता है। खून में बढे अमिनो ऐसिड्स का स्तर ग्लुकाजेन के स्राव को उद्दीपन देता है। बहुत भारी व्यायाम खून में ग्लुकाजेन के स्तर को चौगुना कर देता है। हालाँकि इससे खून में ग्लुकोज का स्तर नहीं घटता लेकिन यह केवल व्यायाम की वजह से होता है। व्यायाम का एक लाभ यह भी है कि ग्लुकोज के स्तर को बिना घटाये, ग्लुकाजेन का स्तर बढ जाता है।

अग्न्याशय में लैंगरहैन्स के आईसलेट्स में स्थित डेल्टा कोशिकाएँ सोमॅटोस्टाटीन नाम का एक हार्मोन पैदा करती है। खून में ग्लुकोज, फैटी ऐसिड्स और अमिनो ऐसिड्स का बढा स्तर सोमॅटोस्टाटीन के स्त्रवण को उद्दीपन देता है। यह सोमॅटोस्टाटीन इन्शुलीन और ग्लुकाजेन दोनों ही के स्त्रवण को रोकता है।

इस प्रकरण में किए विश्लेषण से पाठकों को यह समझ में आ गया होगा कि, कार्बोहाईड्रेट्स, फैट्स और प्रोटीन्स के उपापचय में हार्मोन्स की भूमिका महत्त्वपूर्ण है। प्राकृतिक रूप से इन हार्मोन्स का वजन बढने या वजन घटने के साथ गहरा संबंध है। यह जानकारी आपको अपने वजन का विश्लेषण करने हेतु सहायता करेगी और उन तरीकों को भी आपको रूबरू करेगी, जिन्हें अपनाने से आप अपना वजन घटा कर एक सेहतमंद जिंदगी जी सकते हैं!

7
मोटापे का अनुसंधान

मुझे यकीन नहीं था कि इस पुस्तक में इस अध्याय को शामिल किया जाए या नहीं। पिछले कुछ सालों से मैं मोटापे के बारे में पढ़ रहा हूँ। अधिक से अधिक मैं इसके बारे में पढ़ता हूँ मेरा भ्रम बढ़ जाता है। एक समय मुझे लगा कि मुझे बस शीर्षक लिखना चाहिए और एक बड़ा प्रश्नचिह्न और एक विस्मयादिबोधक चिह्न लगाना चाहिए!

मुझे आपको एक घटना यहाँ जरूर बतानी चाहिये। रमेश ने मुझे व्याख्यान के लिए निजामाबाद आमंत्रित किया। मैं उसके घर गया। वह वाणिज्य स्नातक है और एक निजी व्यवसाय चलाता है। मैं उनके ड्राइंग रूम में कीताबों से भरी दो अलमारी देख सकता था। जिज्ञासावश मैंने पुस्तकों का निरीक्षण किया। मुझे आश्चर्य हुआ की, वहाँ लगभग 1000 कीताबें अच्छी तरह से संजोयी गयी थीं! सभी पुस्तकें चिकीत्सासंबंधी थीं। दुनिया भर के प्रतिष्ठित डॉक्टरों, पोषण विशेषज्ञों और विशेषज्ञों द्वारा ये कीताबें स्वास्थ्य, पोषण और व्यायाम के बारे में लिखी थीं। रमेश ने मुझे बताया कि स्वस्थ जीवन बिताने की अपनी खोज में उन्हों ने ये सभी पुस्तके खरीदी थी। मुझे यह जानकर खुशी हुई कि वह वास्तव में सभी कीताबें पढ़ चुका है! मैंने ईमानदारी से उसे बताया की उसके पास जितनी कीताबें हैं उससे मैंने 5% से भी कम कीताबें पढ़ी थीं। मैंने उनसे स्पष्ट पूछा, ''आपने खुद इतनी सारी कीताबें पढ़ी है? फिर आपने मुझे व्याख्यान के लिए क्यों बुलाया है?'' उन्हों ने जवाब दिया, ''सर कीताबें इतनी भ्रामक हैं... एक कीताब में आहार में फैट्स से बचने की वकालत की गई है जब की दूसरी कीताब में इसका जोरदार समर्थन किया गया है कि फैट्स स्वास्थ्य के लिए अच्छे हैं। एक अन्य पुस्तक में यह दावा किया गया है कि कोलेस्टेरॉल स्वास्थ्य के लिए बुरा है जबकि अन्य कीताब में इसका उल्लेख जीवनरक्षक के रूप में किया गया है! ये सब पढ़ने के बाद मैं इतना भ्रमित हो गया कि अब मैंने OSHO कीताबें पढ़ना शुरू कर दिया है।''

मुझे यकीन है कि मोटापे के बारे में कीताबें और शोधपत्र पढ़नेवाले लोग रमेश की तरह भ्रमित हो जाएंगे!

मैंने निष्कर्ष निकाला कि इस पुस्तक में मोटापे पर शोध के संबंध में कुछ जानकारी होनी चाहिए क्योंकि इस पुस्तक को लिखने का इरादा लोगों को वजन कम करने की सरल विधि से अवगत कराना है। यहाँ मैं इस क्षेत्र में किये गए शोध का संक्षिप्त विवरण दूँगा जिसे मैंने विभिन्न वैज्ञानिक पुस्तकों, पत्रिकाओं और कुछ वेबसाइट्स से पढा है। कब खाना चाहिए, क्या खाना चाहिए और कीतनी बार खाना चाहिये इसके बारे में मैंने रिसर्च आर्टिकल पढे। मैं कुछ महत्त्वपूर्ण शोध लेखों के बारे में संक्षेप में लिखूंगा। एक बात बहुत स्पष्ट है कि वास्तव में मोटापा घटाना और मोटापे से संबंधित संशोधन या दार्शनिक बहस की वास्तविक दो अलग-अलग पहलू है। इसलिए इसे समझने के बारे में कोई भी तनाव लिए बिना इस प्रकरण को पढे!

यह साबित करने के लिए किसी शोध की आवश्यकता नहीं है कि अधिक खाने से वजन बढ़ता है। एनल्स ऑफ इंटरनल मेडिसीन (अक्तूबर 1965) में किया गया संशोधन इस धारणा के विपरित था। शोध में उन लोगों के समूह में वजन घटता रहा जो प्रतिदिन 1000 कैलरी आहार ले रहे थे। (जिसमें अधिक फैट्स और केवल 10 ग्राम कार्बोहाइड्रेट थे) ये उस समूह की तुलना में अधिक था जो 10 दिनों के लिए उपवास कर रहे थे। 1990 और 2000 के दौरान, इस सिद्धान्त का प्रचार करनेवाले कई शोधपत्र थे कि कम कार्बोहाइड्रेटवाला भोजन वजन कम करने का सबसे अच्छा तरीका है। हालाँकि इस सिद्धांत की लोकप्रियता आज कम हो गई है, फिर भी कई लोग हैं जो इस तरह के आहार की सलाह देते हैं। कई शोध लेख उपलब्ध हैं जो बताते है कि कम कार्बोहाइड्रेट और पर्याप्त फैट्सवाले आहार वजन कम करते हैं। कुछ शोध लेखों में यह उल्लेख किया गया है कि इस तरह के आहार गुर्दे पर हानिकारक प्रभाव डाल सकते हैं और इस तरह के आहार से हृदय को खून की आपूर्ति करनेवाली धमनियों की दीवारों में फैट्स जमा हो सकते हैं जिससे दिल के दौरे का खतरा बढ जाता है। संशोधक बोमन द्वारा 10014 वयस्कों पर एक संशोधन किया गया। इसके बारे में जर्नल ऑफ अमेरिकन न्यूट्रीशन के 2002 में प्रकाशित संस्करण में यह निष्कर्ष निकाला गया है कि आहार में कार्बोहाइड्रेट को अधिक शामिल करना फायदेमंद है। इस संशोधन में यह निष्कर्ष निकाला गया है, ब्रावाटा द्वारा 1996 से 2003 के दौरान प्रकाशित सभी लेखों के आधार पर, 2003 में एक शोध लेख अमेरिकन मेडिकल एसोसिएशन के जर्नल में प्रकाशित किया गया था। इस में यह कहा गया था की कम कार्बोहाइड्रेट युक्त आहार की सिफारिश करने के लिए या इसके खिलाफ अपर्याप्त सबूत है। ग्रीन और हार्वर्ड विश्वविद्यालय के अन्य शोधकर्ताओं ने 2003 में एक संशोधन किया। इस अध्ययन में लोगों को तीन समूहों में

विभाजित किया गया और 12 सप्ताह के लिए तीन अलग-अलग तरह के आहार दिए गए। एक आहार में फैट्स की मात्रा कम थी और दूसरे में कार्बोहाइड्रेट की मात्रा कम थी। तिसरे आहार में कार्बोहाइड्रेट कम था लेकिन इसकी कैलरी का मूल्य 300 कैलरी से अधिक था। 12 हफ्तों के बाद यह देखा गया कि पहले तरह का आहार लेनेवाले लोगों ने औसतन 17 पाउंड वजन खो दिया। दूसरे तरह का आहार लेनेवाले लोगों ने औसतन 23 पाउंड वजन खो दिया। आश्चर्यजनक रूप से 300 कैलरी के साथ आहार लेनेवाले लोग औसतन 20 पाउंड वजन कम करते हैं। इसका मतलब यह है कि जिन लोगों ने अधिक कैलरीवाले लेकिन कम कार्बोहाइड्रेटवाले आहार का सेवन किया उन्हों ने कम कैलरी युक्त और कम फैट्सवाले आहार का सेवन करनेवाले लोगों से ज्यादा वजन घटाया।

विलियम्स अँड यान्सी ने 2004 में एनल्स ऑफ इंटरनल मेडिसीन में 120 अधिक वजनवाले व्यक्तियों का अध्ययन करने के बाद शोध निष्कर्ष प्रकाशित किया। इन व्यक्तियों ने खून में लिपीड या फैट के स्तर को बढाया था। इन व्यक्तियों को दो समूहों में विभाजित किया गया था; एक समूह को कम कार्बोहाइड्रेट युक्त आहार दिया गया और दूसरे को कम फैट्सवाला आहार दिया गया। उन्हों ने निष्कर्ष निकाला कि जिस समूह में कम कार्बोहाइड्रेटवाले आहार का सेवन किया जाता है, वह अन्य समूह की तुलना में अधिक वजन घटाता है। इसके अलावा कम कार्बोहाइड्रेट खानेवाला समूह अपने आहार और परहेज का पालन अच्छे तरीके से कर सकता है। पहले समूह में खून में ट्राइग्लिसराइड्स के स्तर में कमी दूसरे समूह की तुलना में अधिक थी। दूसरे समूह की तुलना में पहले समूह में खून में उच्च घनतावाले लिपोप्रोटीन कोलेस्टेरॉल का स्तर अधिक था।

जॉनसन ने 2006 में अमेरिकन जर्नल ऑफ क्लीनिकल न्यूट्रीशन में एक शोध लेख प्रकाशित किया। कार्बोहाइड्रेट, जब बहुत कम और मध्यम मात्रा में लिया जाता है तो उसके स्वास्थ्य पर प्रभावों का वर्णन इस शोध लेख में किया है। उनके अनुसार उन लोगों का वजन घटता है जो या तो बहुत कम या मध्यम मात्रा में कार्बोहाइड्रेट का सेवन करते हैं और कोशिकाओं में इन्शुलिन प्रतिरोध एक साथ कम होते जाता है। लेकिन बहुत कम मात्रा में कार्बोहाइड्रेट खाने से उपापचय के साथ-साथ भावनिकता पर प्रतिकूल प्रभाव पडता है। इसलिए उन्हों ने कहा कि वजन घटाने के लिए आहार में बहुत कम मात्रा में कार्बोहाइड्रेट लेना उचित नहीं है।

नीलसन ने प्रौढ उम्र में मधुमेह के शिकार बने मरीजों को दो समूहों में विभाजित किया। एक समूह को कम कार्बोहाइड्रेट युक्त आहार दिया गया और दूसरे समूह को अधिक कार्बोहाइड्रेट युक्त पारंपरिक आहार दिया गया। छह महीने के बाद यह देखा गया कि कम कार्बोहाइड्रेट युक्त आहार का सेवन करनेवाले समूह ने उच्च कार्बोहाइड्रेटवाले आहार का सेवन करनेवाले दूसरे समूह की तुलना में काफी ज्यादा

वजन घटाया। पहले समूह में खून में शुगर का स्तर अधिकतम सीमा के ईर्दगिर्द कायम रहा। कुछ समय बाद दूसरे समूह के मरीजों ने कम कार्बोहाइड्रेट युक्त आहार लेना शुरू कर दिया। यह शोध 2006 में 'न्यूट्रीशन अँड मेटाबोलिजम' में प्रकाशित हुआ था। 2006 में यूरोपीय जर्नल ऑफ क्लिनिकल न्यूट्रीशन में प्रकाशित एक शोध में, 22944 वयस्कों का अध्ययन करने के बाद, यह कहा गया था कि जो लोग कम कार्बोहाइड्रेट और अधिक प्रोटीन का सेवन करते हैं, उनमें मृत्युदर अधिक होती है।

जर्नल ऑफ अमेरिकन मेडिकल असोसिएशन के 2012 के संस्करण में प्रकाशित एक लेख में यह पाया गया था कि, कम कार्बोहाइड्रेट युक्त आहार से वजन लंबे समय तक घटता जाता है। 2012 में ब्रिटीश मेडिकल जर्नल में प्रकाशित एक संशोधन में इसका दस्तावेज किया गया कि कम कार्बोहाईड्रेट और ज्यादा प्रोटीनयुक्त आहार का कई सालों तक सेवन करने से दिल का दौरा पडने का खतरा बढ जाता है। जनवरी 1980 से फरवरी 2005 तक और जनवरी 2000 से मार्च 2007 तक मेटा विश्लेषण में यह अवलोकन किया गया कि कम कार्बोहाइड्रेट युक्त आहार से कम फैटयुक्त आहार की तुलना में वजन घटने में अधिक सहायता मिलती है। इससे खून में मौजूद फैट्स के स्तर में भी अनुकूल बदलाव आते हैं। इस क्षेत्र में अभी भी संशोधन जारी है।

क्या खायें और कितना खायें इसके बारे में उपर दिये गए कुछ शोधों का मुआईना करने के बाद, आईये अब हम यह जाने की कब खाना चाहिये और कितनी बार खाना चाहिये। अमेरिकन सोसायटी फॉर न्यूट्रीशन ने 19 अप्रैल 2019 को खाने के तरीके और ऊर्जा का संतुलन - बारबार खाना और नाश्ता न करने की ओर एक 'नजर' इस विषय पर एक वर्कशॉप का आयोजन किया था। इस वर्कशॉप में पोषण के क्षेत्र में सक्रीय विशेषज्ञों ने सभी उपलब्ध संशोधन का मुआईना किया और बारबार खाना, स्नैक्स खाना और नाश्ता न करना इसके बारे में प्रस्तुतिकरण किया। इस में यह अंकित किया गया कि दिन में तीन से कम बार खाना भूख पर प्रभाव डालता है और दिन में छह बार खाने का, दिन में तीन बार खाने से तुलना करें तो, भूख पर कोई असर नहीं पडता। यह भी अवलोकन किया गया कि भूख न लगी हो फिर भी दो भोजनों के बीच कुछ खाने से शरीर के ऊर्जा का संतुलन बिगड सकता है और नतीजतन वजन बढ सकता है। ऐसा भी दस्तावेज लिखा गया कि, उपलब्ध संशोधन के आधार पर यह कहना मुमकीन नहीं है कि वजन को नियंत्रण में रखने के लिए दिन में कितनी बार खाना चाहिये। इस क्षेत्र में और बारीकी से अनुसंधान करने की जरूरत है इस पर भी विशेषज्ञों ने जोर डाला। ऑस्ट्रेलिया में बार बार खाना और उसका वजन तथा स्वास्थ्य पर असर इस बारे में एक संशोधन किया गया। इस संशोधन में कुल 176 संशोधन अध्ययनों का अवलोकन किया गया। इससे यह निष्कर्ष निकाला गया था कि, बार बार खाना और व्यक्ति का वजन तथा स्वास्थ्य इन दोनों में किसी भी तरह का कोई संबंध नहीं है।

2001 में, 17 वें अंतर्राष्ट्रीय पोषण सम्मेलन के दौरान व्हिएन्ना में खाने की आवृत्ति - चौथी बार भोजन इस विषय पर एक सम्मेलन आयोजित की गई थी। इस में यूरोपीय देशों के कई विशेषज्ञों ने भाग लिया। इस में यह प्रलेखित किया गया था कि यूरोप में लोगों के लिए दिन में तीन से चार बार भोजन आम हैं। लेकिन वे खाने की आवृत्ति के और नाश्ते को छोड देने के स्वास्थ्य पर पडनेवाले प्रभाव के बारे में निर्णयात्मक कुछ भी नहीं कह सकते थे। सम्मेलन एक मानक सिफारिश के साथ समाप्त हुआ कि, इस क्षेत्र में अधिक संशोधन की आवश्यकता है!

दिसंबर 2012 में चूहों पर एक शोध वैज्ञानिक पत्रिका सेल मेटाबोलिजम में प्रकाशित हुआ था। यह देखा गया कि चूहों को बडी मात्रा में फैट्स खिलाने से सामान्य चूहे मोटे हो गए; लेकिन सामान्य चूहों की तुलना मे आधी मात्रा में इंन्शुलिन पैदा करनेवाले चूहे दुबले और पतले बने रहे। सेल और फिजियोलॉजी के एसोसिएट प्रोफेसर डॉ. जेम्स जॉन्सन का मानना है कि, दो भोजन के बीच पर्याप्त अंतराल रखने से खून में इन्शुलिन का उचित स्तर बनाए रखा जा सकता है। यह शरीर को इंधन के रूप में फैट का इस्तेमाल करने का कारण बनता है। बार-बार खाने से यह प्रक्रिया बाधित होती है। उनके संशोधन के अनुसार, कम भोजन करना और दो भोजन के बीच लंबा अंतराल रखना मोटापे से बचने का सरल तरीका है।

संक्षेप में, मोटापे के कारणों और इसे रोकने के तरीकों के बारे में उनके संशोधन के आधार पर वैज्ञानिकों की अलग-अलग राय है। इसलिए विभिन्न शोधकर्ताओं, वजन कम करने के क्षेत्र में काम कर रहे फिटनेस विशेषज्ञों और आम लोगों में वजन घटाने के बारे में राय का विरोधाभास होना आम है। फिर पाँच अंधे लोग और हाथी की कहानी शुरू होती है! इंटरनेट पर वेबसाइटें मोटापा और इस की रोकथाम पर बहुत सारी जानकारी डाली जा रही हैं। जानकारी प्रामाणिक या अशोभनीय हो सकती है! टेलीविजन पर बहुत से विज्ञापन देखे जाते हैं जो उन उपकरणों और दवाओं के बारे में बताते हैं जो आपको बिना कोई प्रयास किए वजन कम करने में मदद करते हैं! आप बस एक सोफे पर सो सकते हैं या एक बेल्ट का उपयोग कर सकते हैं जिससे बहुत पसीना आता है और आपका वजन घटता है। मुझे यकीन है कि इन निर्माताओं को इस देश में लाखों मोटे लोगों की वजह से बडी मात्रा में पैसा मिल रहा होगा। अधिकांश मोटे लोग बिना किसी प्रयास और लक्ष्य के वजन कम करना चाहते हैं और अंततः ऐसे विज्ञापनों का शिकार बन बैठते हैं। प्रिय पाठकों, मोटापे पर संशोधन के बारे में सभी विवरणों से निराश मत होइए क्योंकि अगले प्रकरण में मैं आपको अपने वजन पर काबू पाने की सरल विधि के बारे में बताऊंगा।

8
वजन घटाने और मधुमेह की रोकथाम का आसान तरीका

वजन कम करने का यह तरीका 18 साल से कम उम्र के लोगों के लिए उपयोगी नहीं है। इस उम्र तक विभिन्न हार्मोन जैसे की ग्रोथ हार्मोन, टेस्टोस्टेरोन, इस्ट्रोजन और प्रोजेस्टेरोन शरीर में अपने चरम स्तर पर होते है। इसलिए इस आयु वर्ग में वे कुछ भी खाये, लेकीन वे शायद ही मोटे होते है। हालांकी शरीर में फैट्स का संचयन हो सकता है, फिर भी इन फैट्स का शरीर में सभी जगह समान वितरण होने से व्यक्ति शरीर से बदनुमा नहीं दिखता है। वयस्कों में फैट पेटपर जमा हो जाती है और व्यक्ति की तोंद निकल आती है। इस तरीके से युवाओं को कम उम्र से ही खानपान की अच्छी आदतें अपनाने में मदद मिलेगी, ताकि बाद में उनके जीवन में उन्हें वजन बढने और मधुमेह तथा उच्च खूनचाप जैसी बीमारियों से जूझना न पडे।

वजन घटाने और मधुमेह की रोकथाम के लिए इस किताब में सुझाया गया डाएट प्लान मधुमेह के मरीजों के लिए भी बहुत उपयोगी है।

हर किसी को अपना HbA1C और फास्टींग इन्शुलीन (शुगर नहीं) की जाँच करानी चाहिए। HbA1C हमें पिछले तीन महिनों में औसत ब्लड शुगर के बारे में बताता है। फास्टींग इन्शुलीन, इन्शुलीन प्रतिरोध और निकट पहुँचे मधुमेह का एक प्रातिनिधिक संकेतक है। यह जाँच सभी को करना चाहिए। इससे पूर्व मधुमेह का शीघ्र निदान होगा। स्वस्थ और मधुमेह के मरीज व्यक्तियों में इन परीक्षणों के निष्कर्ष नीचे दी गई तालिका में दिखाए गए हैं:

स्वस्थ और मधुमेह के मरीजों में HbA1C और उपवास इन्शुलीन

	स्वस्थ	पूर्व मधुमेह	मधुमेह
HbA1C	5.6 तक	5.7 से 6.4	6.5 और ज्यादा
फास्टींग इन्शुलीन	10 तक	10 से ज्यादा	---

मधुमेह के मरीजों को मुझे या हमारे प्रबंधकों को इस जाँच के परिणामों के साथ-साथ उन दवाओं के बारे में भी जानकारी देनी चाहिए जो वे मधुमेह के लिए ले रहे हैं। यदि हम उन्हें इस डाएट प्लान को अपनाने की अनुमति देते हैं तो उन्हें उसका पालन करना चाहिए। इस डाएट प्लान को अपनाने से, पूर्व मधुमेही व्यक्ति 3 से 6 महिने की अवधि में मधुमेह मुक्त अवस्था में परिवर्तित हो जाएंगे। मधुमेह के मरीज जो कोई दवा नहीं ले रहे हैं, वे 6 से 9 महीनों में मधुमेह मुक्त अवस्था पा लेंगे। मधुमेह के लिए कई दवाइयाँ लेकर भी जिनकी ब्लड शुगर नियंत्रण में नहीं हैं ऐसे मरीजों में दवा की मात्रा कम हो जाएगी। पिछले कुछ वर्षों में भिन्न चिकित्सा पत्रिकाओं में प्रकाशित हमारे शोध और मरीजों के अनुभवों के आधार पर मैं पूरे विश्वास के साथ यह कह सकता हूँ।

अब तक हमने टाइप 2 के मधुमेह के मरीजों पर संशोधन किया है। हमारे पास यह दावा करने के लिए पर्याप्त सबूत नहीं है कि हमारा डाएट प्लान टाइप 1 मधुमेह के रोगियों में भी उपयोगी होगा। हम इन मरीजों पर प्रयोग कर रहे हैं। हमें यकीन है की हाल के भविष्य में इस मोर्चे पर भी कुछ सकारात्मक होगा।

'शरीर में जादूगर : इन्शुलीन और अन्य हार्मोन्स' इस प्रकरण में, आपने इन्शुलीन, ग्लुकाजेन और अन्य हार्मोन्स के बारे में पढा है। वजन घटाने की सरल विधि को समझने के लिए हमारे शरीर पर इन्शुलीन के प्रभाव और खून में इन्शुलीन के स्तर के बारे में भी जानना चाहिए। खून में इन्शुलीन के स्तर में वृद्धि (हाइपरइन्सुलिनेमिया), कोशिकाओं में इन्शुलीन प्रतिरोध, मोटापा और प्रौढ उम्र में शुरू होनेवाला मधुमेह ये सभी एक दूसरे से संबंधित घटनाएँ हैं जो एक दुष्चक्र के रूप में घटित होती है।

हमने देखा है कि खून में मौजूद इन्शुलीन, ग्लुकोज का कोशिकाओं में प्रवेश और ऊर्जा के लिए कोशिकाओं में इसके इस्तेमाल के लिए जिम्मेदार है। इन्शुलीन के प्रभाव में, ग्लुकोज को यकृत और स्नायुओं में ग्लायकोजन में बदल दिया जाता है। यह अतिरिक्त ग्लुकोज का फैटी ऐसिड्स में परिवर्तन करता है और उन्हें ट्रायग्लिसराइड्स के रूप में फैट सेल्स में उनका संचयन भी करता है। एक बचानेवाले हार्मोन के रूप में, इन्शुलीन ऊर्जा स्रोतों को संग्रहित करता है। इन्शुलीन की उपस्थिति या अनुपस्थिति यह तय करती है कि शरीर ऊर्जा प्राप्त करने के लिए इंधन के रूप में कार्बोहाइड्रेट का इस्तेमाल करेगा या फैट्स का। खून में इन्शुलीन के स्तर में वृद्धि के कारण, शरीर ऊर्जा के लिए कार्बोहाइड्रेट का इस्तेमाल करता है और अतिरिक्त ग्लुकोज को फैट में परिवर्तित किया जाता है और फैट सेल्स में संग्रहित किया जाता है। खून में इन्शुलीन के स्तर में कमी के कारण, फैट्स का विघटन होकर उनसे फैटी ऐसिड्स का निर्माण होता है, जिन्हें ऊर्जा प्राप्त करने के लिए इस्तेमाल किया जाता है। इससे आपको यह

समझने में मदद मिलेगी कि मोटापे के पीछे मूल कारण खून में इन्शुलीन के स्तर बढोतरी है।

आइए, हम अपनी रोजाना की दिनचर्या की जाँच करें (अब अपनी खुद की दिनचर्या की जाँच करें)। जागने के बाद हम कुछ अधिक चीनी के साथ चाय/कॉफी या दूध लेते हैं। सुबह 8.30 से 10 बजे के दरम्यान हम नाश्ता करते हैं। आम तौर पर हम नाश्ते के रूप में पोहा, उपमा, शिरा, इडली, चपाती, चावल, फल, रोटी, डोसा, पराठा या पुडी लेते हैं। इन सभी वस्तुओं में भारी मात्रा मे कार्बोहाइड्रेट होते हैं। फिर हम 1 से 2 बजे की बीच दोपहर का भोजन करते हैं। लगभग 3.30 से 4 बजे फिर से हम चाय/कॉफी लेते हैं, इसके बाद शाम 6 बजे कुछ स्नैक्स लेते हैं जो कार्बोहाइड्रेट से भरपूर होते हैं। दिन के अंत को चिन्हित करने के लिए हम रात 9 बजे के आस पास भोजन करते हैं। कुछ लोगों को मिठाई पसंद है, जैसे आइस्क्रीम और कुछ लोग पान का विकल्प चुनते हैं! आप महसूस करेंगे कि दिन भर में हम लगभग 5 से 7 बार भोजन कर रहे हैं। इन खाद्यपदार्थों में से अधिकांश के माध्यम से हम भारी मात्रा में कार्बोहाइड्रेट का सेवन करते हैं। दूध, सोयाबीन, मूँगफली, अंडे, चिकन, मटन और मछली को छोड कर, हमारे अधिकांश दैनिक खाद्यपदार्थों मे कार्बोहाइड्रेट 70 से 93% तक होता है। अधिकांश भारतीयों को कार्बोहाइड्रेट से 75 से 95% ऊर्जा मिलती है। इसके पीछे एक कारण यह है कि अच्छी मात्रा में प्रोटीन और फैटयुक्त खाद्यपदार्थ महँगे हैं। स्वाभाविक रूप से भारत जैसे गरीब देश में, कई लोग ऐसे आहार का सहारा लेते हैं जो कार्बोहाइड्रेट से भरपूर हो और प्रोटीन और वसा की दृष्टि से एकदम खाली हो।

भोजन के तुरंत बाद इन्शुलीन की एक विशिष्ट मात्रा का रिसाव होता है। गौर करनेवाली बात यह है कि इन्शुलीन की यह मात्रा करीब करीब ऐक जैसी ही होती है, चाहे आप एक कप चाय पीये या एक सेब खाये या दो चपाती खाये। ऊपर वर्णित रोजाना की दिनचर्या के अनुसार, हमारे शरीर में, इन्शुलीन एक दिन में 5 से 7 बार स्नावित होती है। पाचन के बाद भोजन से निर्मित अंतिम उत्पाद के इस्तेमाल के लिए इन्शुलीन की आवश्यकता होती है। शरीर में अतिरिक्त इन्शुलीन बहुत हानिकारक प्रभाव का कारण बनता है। सबसे पहले यह ग्लुकोज को फैट्स में परिवर्तित करता है और फैट्स ऊतकों में संग्रहित करता है जिससे हम मोटे होते हैं। यह फैट सामान्य रूप से पूरे शरीर में और विशेष रूप से पेट पर जमा होता है। अगली बात यह है कि शरीर की कोशिकाओं को खून में इन्शुलीन के ऐसे अतिरिक्त स्तर की आदत नहीं है। धीरे-धीरे कोशिकायें अवांछित इन्शुलीन के प्रवेश को रोकने की कोशिश करती है। तकनीकी भाषा में इसे 'इन्शुलीन प्रतिरोध' कहा जाता है। यदि इस तरह के व्यक्ति के खून में नींद में से जागने के तुरंत बाद इन्शुलीन का स्तर जाँचा जाये, यानी फास्टींग इन्शुलीन

का स्तर जाँचा जाएँ, तो वह बहुत ऊँचा मिलेगा। यदि फास्टींग इन्शुलीन का स्तर 20 से अधिक है, तो इसे हाइपरइन्सुलिनेमिया के रूप में पहचाना जाता है। सही मायने में यह स्तर शून्य के आसपास होना चाहिए। इन्शुलीन प्रतिरोध के कारण, खून में ग्लुकोज की उपलब्धता के बावजूद, कोशिकाएँ ऊर्जा प्राप्त करने के लिए इसका उपयोग नहीं कर सकती हैं। दूसरी ओर ग्लुकोज को फैट्स में बदलने की प्रक्रिया जारी रहती है। इसके जवाब में, अग्न्याशय अधिक से अधिक इन्शुलीन का उत्पादन करने की कोशिश करता है। बाद में इसके परिणाम स्वरूप मधुमेह का विकास होता है। इससे यह महसूस होगा कि खून में इन्शुलीन का बढा हुआ स्तर मोटापा, इन्शुलीन प्रतिरोध और मधुमेह के लिए जिम्मेदार है। एक विवाद यह है कि हाइपरइन्शुलिनेमिया पहले होता है या इन्शुलीन प्रतिरोध। लेकिन इन्शुलीन प्रतिरोध का निदान खून में फास्टींग इन्शुलीन के स्तर में तेजी से वृद्धि के द्वारा किया जाता है। इन्शुलीन का बढा हुआ स्तर कई और हानिकारक प्रभावों के लिए जिम्मेदार है। खून में फैट्स का स्तर बढ जाता है। फैट्स धमनियों की खुरदरी सतह पर जम जाता है और उनके लचीलेपन को कम कर अंदर की गलियाँ संकरी कर देता है। यह धमनियों को फटने और रक्तस्राव के लिए प्रवण बनाता है। दिल को खून की आपूर्ति कम होने से दिल का दौरा पड सकता है और मस्तिष्क में रक्तस्राव के कारण पक्षाघात हो सकता है। अंततः यह स्पष्ट है कि मोटापा, उच्च रक्तचाप, दिल का दौरा और स्ट्रोक ये सभी खतरे खून में इन्शुलीन के स्तर में वृद्धि के कारण होते हैं।

उपर उल्लेखित सभी स्वास्थ्य समस्याओं के पीछे छिपे प्रमुख सूत्रधार की एक बार हमें पहचान हो जाये, जो कि, इन्शुलीन का बढा स्तर है, तो वजन कम करने की आसान विधि को समझना बहुत सरल होगा। अग्न्याशय 24 घंटे इन्शुलीन का कुछ मात्रा में रिसाव करता है, जिसे बुनियादी स्राव कहा जाता है। यह 24 घंटों में 18 से 32 युनिट होता है। इस स्राव को कम करना हमारे नियंत्रण से बाहर है और यह आवश्यक भी नहीं है। हर बार जब हम भोजन लेते हैं तो इन्शुलीन स्रावित हो जाता है। हम निश्चित रूप से इन स्थितियों में इन्शुलीन के स्राव को नियंत्रित कर सकते हैं। जैसे हम कितनी भी मात्रा में भोजन लें, उसमें इन्शुलीन एक ही समान मात्रा में स्रावित होता है, दिनभर में कम से कम बार खाना बेहतर होता है। आम तौर पर एक व्यक्ति को दिन में दो बार भूख लगती है। कई लोगों के लिए यह समय सुबह 12 से 2 बजे और रात में 7 से 10 बजे तक होता है। यदि हम केवल इन समय पर भोजन करते हैं, यानी दिन में केवल दो बार, तो इन्शुलीन केवल दो बार स्रावित किया जाएगा। यह इन्शुलीन भोजन के बाद पाचन के अंतिम उत्पादों को निपटाने के लिए आवश्यक होगा।

जैसे-जैसे खून में इन्शुलीन का स्तर कम होता है, वैसे वैसे पहले यकृत और स्नायुओं में मौजूद में ग्लाइकोजन का विघटन होकर वह ग्लुकोज छोडता है। बाद में अदिपोस उतकों में मौजूद फैट्स द्वारा फैटी ऐसिड्स निर्मित होते हैं जिन्हें ऊर्जा प्राप्त करने के लिए इस्तेमाल किया जाता है। स्वाभाविक रूप से शरीर में संग्रहित फैट्स की मात्रा कम हो जाती है और व्यक्ति का वजन घटता है। ब्लड शुगर के स्तर में कमी की वजह से प्रतिक्रिया में स्त्रवित ग्लुकाजेन भी इस प्रक्रिया में मदद करता है।

दिन में केवल दो बार खाने का सुझाव देने पर पाठकों के कई सवाल हो सकते है। 'क्या होगा अगर मुझे दो भोजनों के बीच भूख लगती है?' यह महत्त्वपूर्ण प्रश्नों में से एक है। याद रखें कि कई बार भूख मनोवैज्ञानिक होती है। जहाँ तक संभव हो दो भोजनों के बीच कुछ भी नहीं खाना चाहिए। अगर किसी को बहुत भूख लगती है तो वह छांछ/बिना शक्कर की चाय, बिना चीनी/शुगरफ्री (25% दूध + 75% पानी) या टमाटर के एक या दो टुकडे खा सकता है। अन्य खाद्यपदार्थों में नींबूपानी और नारियल पानी लेने की अनुमति है। सर्वोत्तम परिणामों के लिए व्यक्ति को कुछ भी खाने से बचना चाहिए। दो भोजनों के लिए आपको अपने आहार पर कोई प्रतिबंध नहीं है। यह अच्छी खबर नहीं है! आप शाकाहारी या मांसाहारी भोजन कर सकते हैं। आप फल, सब्जियाँ, मिठाइयाँ, मसालेदार, तैलीय खाद्यपदार्थ खा सकते हैं... यानि वजन घटाने के डर के बिना आप जो कुछ भी चाहे खा सकते हैं। आपको अपने भोजन की थाली को तीन हिस्सों में विभाजित करना चाहिए। एक हिस्सा हरी पत्तेदार सब्जियाँ, अंकुरीत पदार्थ, खीरा, टमाटर और गाजर का होना चाहिए। एक हिस्सा अन्य सब्जियाँ, दाल, अंडे, चिकन, मछली आदि का होना चाहिए। तिसरे भाग में चपातियाँ, रोटियाँ, पराठे और चावल होने चाहिए। याद रखें कि प्रत्येक भोजन में इन सभी खाद्यपदार्थों को खाना अनिवार्य नहीं है! ऊपर दी गई सूची से जो आपको पसंद है वह आप वह चुन सकते हैं और उसे भोजन में ले सकते हैं। आहार में चपातियों/रोटियों/पराठों/चावल की मात्रा कम करने से और अंकुरीत पदार्थ, सब्जियाँ और दाल की मात्रा को बढाने से वजन तेजी से घटता है। मेरे अवलोकन के अनुसार पहले महिने में वजन 2 से साढेचार किलो घटता है। इस में सबसे महत्त्वपूर्ण बात यह है कि व्यक्ति के पेट पर जमी चरबी सब से पहले घटती है। आपकी कमर का घेरा दो महिनों में ही कम हो जाता है! जहाँ वजन घटाने के अन्य तरीकों में पहले आपके चेहरे से चरबी घटने लगती है, जिस से आप बीमार दिखने लगते हैं! व्यक्ति द्वारा घटाये गए इंच की वजह से वह ज्यादा फिट और स्मार्ट दिखने लगता/लगती है और उसका आत्मविश्वास भी कई गुना बढ जाता है।

अब चाय/कॉफी और दूध के बारे में मैं आपको कुछ बताना चाहता हूँ। आप दो भोजनों के बीच में बिना चीनी की चाय/कॉफी ले सकते हैं। दूध नहीं लेना चाहिए। अगर आपको दूध पसंद है तो आप इसे भोजन के समय ले सकते हैं। अगर आप बिना दूध की चाय का सेवन कर सकते हैं तो भी बेहतर है। 'मेरा अनुसंधान' इस प्रकरण में इन्शुलीन के स्राव से संबंधित हमारे प्रयोगों के बारे में पढे। तद्नुसार, आप खाद्यपदार्थों का चयन कर सकते हैं! अगर आपको पसंद हो और आपको मुमकीन हो तो आप ग्रीन टी या लेमन टी ले सकते हैं। फलों का सेवन सिर्फ भोजन के समय के दौरान किया जा सकता है, अन्य समय में नहीं। कुछ लोग पूछ सकते है कि 'नाश्ते के बारे में क्या?', इसका जवाब एक बडा 'नहीं' है! आपको दिन में केवल दो बार खाना है। आपको उस भोजन को नाश्ते, ब्रंच, लंच, डिनर या रात के खाने का नाम देने की स्वतंत्रता है! एक और महत्त्वपूर्ण बात यह याद रखें कि, आपको अपना भोजन एक घंटे की अधिकतम अवधि में पूरा करना होगा। ऐसा इसलिए है क्योंकि यदि आप एक घंटे से अधिक समयतक भोजन करते रहते हैं (जो पार्टी या मैरिज बुफे में हो सकता है) इन्शुलीन शरीर में फिर से स्त्रवित होता है। इसके अलावा अपनी चाय/कॉफी में शुगर फ्री या चीनी का कोई अन्य विकल्प न डालें क्योंकि इसका मीठा स्वाद इन्शुलीन के स्राव को उत्तेजित करता है।

व्यायाम उतना ही महत्त्वपूर्ण है जितना कि आहार में बदलाव और खाने की आवृत्ति। व्यायाम के लिए अपने दिन से एक घंटा आरक्षित करें। शरीर के लचीलेपन के लिए एक, दिल और फेफडों की ताकत के लिए दूसरा और स्नायुओं की शक्ति और धीरज के लिए तिसरा व्यायाम शामिल होना चाहिए। स्कूल में दिए गए शारिरीक प्रशिक्षण लचीलेपन के उद्देश्य के लिए पर्याप्त है। 45 मिनट में 4.5 से 5 किलोमीटर चलना दिल और फेफडों के लिए एक अच्छा व्यायाम है। इसके अलावा योगासन, सूर्यनमस्कार, डिप्स, उठकबैठक, वेट लिफ्टिंग, तैरना, साईकिल चलाना आदि व्यायाम भी किए जा सकते हैं। रोज एक ही व्यायाम से बचे; आप उन्हें घुमाकर बदल सकते हैं। व्यायाम के प्रत्यक्ष और अप्रत्यक्ष प्रभाव होते हैं जो वजन कम करने में मदद करते हैं। एक बार में कुछ असामान्य व्यायाम के लिए जाना एक अच्छा अभ्यास है जैसे पहाड पर चढना या 3 से 4 किलोमीटर अधिक चलना। इससे वजन कम करने में काफी फायदा मिलता है।

इस आसान तरीके में केवल दो बार खाने की सलाह दी जाती है लेकिन हर बार आपका आहार संतुलित आहार होना चाहिए। इसमें कार्बोहाइड्रेट से लगभग 60% कैलरी, फैट्स से 25 से 30% और बची हुई प्रोटीन से मिलनी चाहिए। आहार में प्रोटीन की मात्रा और गुणवत्ता बढाने के लिए अंकुरित अनाज, पनीर, दूध, पीसी हुई फली,

सोयाबीन, अंडे, मांस, मछली आदि जैसे खाद्यपदार्थों को ले। आहार में हरी पत्तेदार सब्जियां और मौसमी फल नियमित रूप से शामिल करें जो आवश्यक विटामिन और खनिज प्रदान करते हैं।

वजन कम करने और मधुमेह को रोकने के लिए आसान तरीका:

वजन घटाने के लिए आसान डाएट प्लान

आंदोलन : मोटापा और मधुमेह मुक्त विश्व

सिद्धांत : डॉ. दीक्षित/जिचकार सर का जादुई फार्म्यूला आत्यधिक इन्शुलीन रिसाव को नियंत्रित करता है और उन जगहों से वजन/चरबी नष्ट करता है जहाँ वह अधिक है। शरीर की इन्शुलीन संवेदनशीलता को बढाकर, यह मधुमेह को रोकता है या दूर स्थगित करता है।

परिणाम : वजन घटना, इंच का कम होना (सबसे पहले पेट से), मधुमेह की रोकथाम और कई अन्य।

1) टिपण्णी : यह डाएट प्लान 18 वर्ष से कम उम्र के बच्चों के लिए नहीं है। मधुमेह के मरीजों को एक बार डॉ. दीक्षित सर या हमारे प्रबंधकों से बात करनी चाहिए और यदि अनुमति हो तो ही इस डाएट प्लान पर अमल करना चाहिए।
2) दिन में 2 बार खाएँ। जब आपको सच में भूख लगे तो आपको खाना चाहिए। यह समय अलग-अलग लोगों के लिए अलग-अलग हो सकता है। आम तौर पर ज्यादातर लोगों को सुबह 9 बजे और शाम 6 बजे या दोपहर 1 बजे और रात 9 बजे भूख लगती है। आपके पसंदीदा पदार्थ खाये और पीये तथा भोजन 55 मिनटों के अंतराल में समाप्त करें।
3) दो भोजनों के बीच अंतराल में किसी भी मात्रा में खाये जा सकते हैं ऐसे पदार्थ। ये सभी पदार्थ बिनाशक्कर / गुड / शक्कर के विकल्प / शहद के बिना लेने है:
   i) टमाटर - एक तक।
   ii) पतली छाँछ। अगर आपको उच्च रक्तचाप नहीं हो तो नमक डालें।
   iii) 25% दूध और 75% पानी के साथ पतली चाय।
   iv) ब्लैक टी/ब्लैक कॉफी/ग्रीन टी।
   v) नींबूपानी।
   vi) नारियल का पानी - बिना गुदे (मलाई) के।
4) भोजन का समय निश्चित रखने की कोशिश करें। 15-20 मिनट के बदलाव की अनुमति है।

5) आप केवल वास्तविक कारणों के लिए डाएट प्लान को तोड सकते हैं। अगले दिन से डाएट प्लान का सख्ति से पालन करें।

6) कम से कम 45 मिनट तक व्यायाम करे। व्यायाम का कोई भी रूप जो आपकी हृदयगति बढाएगा, ठीक है। तेजी से चले यह हमारी सिफारिश रही है। 45 मिनट में 4.5 कि.मी. पैदल चलें। इसे हफ्ते में कम से कम पाँच दिन करें।

7) पहले दिन, निम्नलिखित 3 काम करें:
   i) वजन तौलनेवाली मशीन पर सुबह खाली पेट वजन नाँपे। वजन घटाने की निगरानी के लिए एक ही तौल मशीन का उपयोग करें।
   ii) कमर का घेरा नाँप लें। हर महीने इन 2 चीजों को फिरसे नाँपे।
   iii) लैब में जाँच करायें : फास्टींग इन्शुलीन और HbA1C - इसे 3 महीने के बाद रीचेक करें।

8) अपने अधिकतम स्वीकार्य वजन को जाने: अधिकतम वजन = सेंमी में ऊँचाई - 100

   उदाहरण के लिए यदि आपकी ऊंचाई 170 सेंमी है...

   तो आपका अधिकतम वजन 170 - 100 = 70 किलोग्राम होना चाहिए।

9) एक बार जब आप नतीजे प्राप्त करते हैं, तो हम आपसे अनुरोध है कि आप अपनी सफलता की कहानी कई अन्य लोगों के साथ साझा करें और इस महान आंदोलन का समर्थन करें।

- **मधुमेह के मरीजों द्वारा डाएट प्लान में यह परिवर्तन करें:**
  - भोजन में भी मिठाई (चीनी/गुड/शहद/चीनी के विकल्प) से परहेज करें।
  - मीठे फलों से भी बचें।
  - दो भोजनों के बीच में पानी, घर की बनी पतली छाँछ या ग्रीन टी/ब्लैक टी लें। (यह सभी पदार्थ बिना चीनी के या चीनीमुक्त हो)
  - संभावित हायपोग्लायसेमिया (ब्लड शुगर में भारी गिरावट) का ध्यान रखें।
  - HbA1C और फास्टींग इन्शुलीन की जाँच को 1 महिने बाद दोहरायें।

हमारी संस्कृति और धर्म दिन में दो बार भोजन करने का समर्थन करते हैं। आयुर्वेद कहता है, 'द्वौकालभुंजन्ति' जिसका अर्थ है दो बार भोजन करना। वेदों में लिखा है कि 'जो दो बार भोजन करता है उसे उपवास का पुण्य मिलता है।' जैन धर्म में ब्यासना नामक एक अवधारणा है। इसका अर्थ है दो बार और दो भोजनों के बीच में केवल गुनगुना पानी पीना। एक जैन संत ने मुझे बताया कि उनके धर्म में, 48 मिनटों

में भोजन समाप्त करने की सलाह दी जाती है! प्राचीन ग्रीस के लोगों की शारिरीक और मानसिक फिटनेस का रहस्य दिन में दो बार खाना था, ऐसा जिक्र एक किताब में किया गया है।

शोधकर्ता डॉ. मॅटसन भी वर्तमान में जारी बारबार खाने की प्रवृत्ति के खिलाफ हैं। उनके अनुसार तीन भोजन और एक स्नैक रोजाना खाने की वर्तमान प्रवृत्ति उत्क्रांतिवादी दृष्टिकोन से अप्राकृतिक है।

हमारे संतों ने युगों से दो बार भोजन करने की सलाह दी है। प्रचलित कहावत इस प्रकार है: जो एक बार खाता है वह योगी है, जो दो बार खाता है वह भोगी है और जो तीन बार खाता है वह रोगी है!

संत, धर्म, संस्कृति और यहाँ तक कि आधुनिक शोधकर्ता हमें बारबार ना खाने को कह रहे हैं। हमें इस सलाह का पालन करना चाहिए।

तो, पाठकों, यह वजन घटाने का आसान तरीका है। यह तरीका न केवल वजन घटायेगा बल्कि मधुमेह, उच्च रक्तचाप और दिल के दौरे जैसी बीमारियों को भी हमसे दूर रखेगा!

9
हमेशा पूछे जानेवाले सवाल

वजन घटाने और डायबिटीस को रोकने के इस आसान तरीके के बारे में मैंने कई व्याख्यान किए हैं। यहाँ मैं कुछ प्रातिनिधिक सवालों के जवाब दे रहा हूँ जो कि इन इस तरीके के बारे में श्रोताओं द्वारा पूछे गए थे। मुझे पूरा विश्वास है कि ये पाठकों के लिए बहुत उपयोगी साबित होंगे। पाठकों के मन में स्थित आशंकाओं को दूर करने में और इस मार्ग पर विश्वास के साथ चलने में ये पाठकों की सहायता करेंगे।

1. नाश्ता टालने से क्या स्वास्थ्य पर बुरा असर पड सकता है?

मुझे आपको एक बात से परिचित करने दो कि कुछ लोग दिन में केवल एक बार खाते हैं और फिर भी वे फिट और स्वस्थ हैं। आम आदमी के लिए दिन में दो बार खाना काफी है। आप जितनी बार खायेंगे उतनी बार शरीर मे इन्शुलीन का स्त्रवण होगा। इसे रोकने के लिए दिन में केवल दो बार खाना जरूरी है। इस पूर्वशर्त के साथ आप अपने खाने के समय तय कर सकते हैं। आपको सच बताया जाये तो संस्कृत में नाश्ते के लिए कोई शब्द नहीं है! इसका मतलब यह है कि नाश्ते की परिकल्पना हमारी संस्कृति में मौजूद ही न थी। यदि आप नाश्ता नहीं करते हैं तो शरीर पहले ग्लायकोजेन से ऊर्जा प्राप्त कर लेता है और फिर फैट से। इसके परिणामस्वरूप फैट्स का विघटन होता है और वजन घटता है। इसीलिए नाश्ता न करने का हमारे स्वास्थ्य पर अच्छा असर पडता है। यदि किसी व्यक्ति को नाश्ते के समय बहुत भूख लगती है तो उसे उसी समय दोपहर का खाना खा लेना चाहिये और फिर वह दोपहर का खाना छोडकर सीधे रात को खाना खा सकता है। संक्षेप में कहा जाये तो दिन में सिर्फ और सिर्फ दो बार खाना खाने के नियम का कठोरता से पालन करें।

2. दो भोजनों के बीच में 12 से 14 घंटों का बडा अंतराल रखना अच्छा है क्या?

चरम प्रतिकुल स्थिति में भी जिंदा रहने की क्षमता मानव शरीर में है। वास्तव में 12 घंटे या उस से ज्यादा समय का यह अंतराल इन्शुलीन के स्तर को घटाने के लिए और इन्शुलीन की कमी से होनेवाले सभी नतीजों के उजागर होने के लिए जिम्मेदार है। ग्लुकाजेन जैसे हार्मोन्स उसी वक्त सक्रीय होते हैं जब इन्शुलीन का स्तर घट जाता है। इसके नतीजतन शरीर फैट्स से ऊर्जा प्राप्त करना शुरू कर देता है और हमारा वजन घटता है।

3. कुछ विशेषज्ञ हर तीन या चार घंटों में कुछ न कुछ खाने की सलाह देते है। क्या यह गलत है?

यदि आप तीन या चार घंटों के अंतराल से कुछ ना कुछ हमेशा खाते रहते हैं तो खून में ग्लुकोज का सामान्य स्तर कायम रहता है। जाहीर है कि बार बार खाने की वजह से हर बार इन्शुलीन का स्रवण होगा। लेकिन इस इन्शुलीन का इस्तेमाल सेवन किए गए अन्नपदार्थों के पाचन से निर्मित अंतिम उत्पादों के निपटारे के लिए किया जायेगा। लेकिन इसके परिणामस्वरूप शरीर ऊर्जा के स्रोत के रूप में कार्बोहाईड्रेट्स का इस्तेमाल करता रहेगा और ऊर्जा के लिए फैट्स का कभी भी इस्तेमाल नहीं किया जायेगा। दूसरी बात यह है कि ऐसा करनेवाले व्यक्ति को दिनभर कोई भी अन्य काम किए बिना सिर्फ अन्नपदार्थों के बारे में ही सोचना पडेगा। बारबार खाने की आदत में जरूरत से ज्यादा खा लेने की बहुत ज्यादा संभावना होती है।

4. दिन में दो बार खाने से क्या शरीर की जरूरत से ज्यादा खा लेने की संभावना है?

इसके विपरित, बारबार खाने से जरूरत से ज्यादा खा लेने की ज्यादा संभावना होती है। उपलब्ध संशोधन के से यह स्पष्ट हुआ है कि, कम बार खाने का व्यक्ति द्वारा खाये गए अन्नपदार्थों की मात्रा पर कोई प्रभाव नहीं पडता।

5. दो बार खाने से क्या शरीर मे विटामिन्स और खनिजों की कमी पैदा हो जायेगी?

इस आसान तरीके में यह गर्भित है कि हालाँकि इस में व्यक्ति दिन में सिर्फ दो बार खाता है, वह संतुलित आहार लेता है जिससे उसे विटामिन्स और खनिजों सहित सभी पोषणद्रव्य पर्याप्त मात्रा में प्राप्त होते हैं। उसी के साथ उसके द्वारा सेवन किए जानेवाले अन्नपदार्थों की मात्रा और गुणवत्ता में कोई भी कमी नहीं रहती, सिर्फ आपको

उन्हें दो भोजनों में, यानि दोपहरा का भोजन और रात का भोजन, इन में विभाजित कर देना होता है। इस किताब में दी गयी भिन्न तालिकाओं का इस्तेमाल आप आपके आहार का नियोजन करने के लिए कर सकते हैं। इन तालिकाओं का इस तरह से इस्तेमाल करें जिससे यह सुनिश्चित हो कि आपको आहार के माध्यम से सभी जरूरी पोषणतत्त्व और साथ ही ऊर्जा भी प्राप्त हो।

6. दो भोजनों के बीच के अंतराल में हम क्या खा सकते हैं?

पहली और सबसे महत्त्वपूर्ण एक चीज को खयाल में रखे कि आम तौर पर भूख मानसिक होती है। हालाँकि यह हमारे लिए आम बात है कि, असल में भूख महसूस किए बिना ही कभी कभी हम कुछ खा लेते हैं जो कि हमारी सेहत के लिए हानिकारक हो सकता है। भूख की तरफ 'थर्ड पार्टी' के नजरिये से देखने की कोशिश करें। वजन घटाने के लिए इस आसान तरिके को अपनाने के बाद, कुछ दिनों के लिए भूख आपके सामने मुसीबत पैदा कर सकती है। किंतु आपका दृढनिश्चय इस पर मात करने में आपकी सहायता करेगा।

7. दो भोजनों के दरम्यान क्या हम मुरमुरे या ज्वार जैसे कम कैलरीवाले पदार्थ खा सकते हैं?

हमारा मुद्दा कैलरी से जुडा नहीं हैं बल्कि कार्बोहाइड्रेट युक्त किसी भी चीज को खाने से इन्शुलीन का गैरजरूरी स्त्रवण होता है। इस नजरिये देखे तो, एक मुठ्ठीभर मुरमुरे या ज्वार खाना या समूचा भोजन लेना इन दोनों का, जहाँ तक इन्शुलीन के स्त्रवण का सवाल है, एक जैसा ही प्रभाव होगा। इसीलिए दो भोजनों के दरम्यान इस तरह के कोई भी पदार्थों का सेवन ना करे। यदि आपको कुछ खाना ही है तो छाँछ लें या तो टमाटर के दो या तीन टुकडे खा लें या फिर बिना शक्कर के चाय पी लें। यह अन्नपदार्थ खाने से इन्शुलीन का स्त्रवण नहीं होता। वजन घटाने और मधुमेह को रोकने के सर्वश्रेष्ठ नतीजे पाने के लिए आदर्श रूप से दो भोजनों के दरम्यान कुछ भी नहीं खाना चाहिये।

8. फल सेहत के लिए सर्वश्रेष्ठ माने जाते हैं। क्या हम फल खा सकते हैं?

फल खाने में कोई भी हानि नहीं है, वे सेहत के लिए अच्छे हैं लेकिन उन्हें भोजन के समय में खाये। यदि आप दो भोजनों के दरम्यान फल खाते हैं, तो उन में भारी मात्रा में कार्बोहाईड्रेट्स होने की वजह से इन्शुलीन का स्त्रवण होगा। इसीलिए दो भोजनों के बीच में फल ना खायें।

9. आपने कहा कि बिना शक्कर की चाय पी सकते हैं। लेकिन चाय में मिलाये जानेवाले दूध में भी उसकी अपनी थोडी शक्कर रहती है। तो चाय को अनुमति देने के पीछे क्या तर्क है?

हमारी सामान्य चाय में हम 125 मिली पानी में 10 से 15 मिली दूध मिलाते हैं। दूध में करीब 4 प्रतिशत लॅक्टोज (मिल्क शुगर) होती है। आप ये देखेंगे कि चाय में यह प्रतिशत बहुत कम हो जायेगा और वह 5 प्रतिशत से भी कम होगा। कार्बोहाईड्रेट्स का इतना कम प्रतिशत इन्शुलीन के स्त्रवण का उद्दीपन नहीं करता। इसीलिए हम दूधवाली चाय पी सकते हैं लेकिन उसमे शक्कर नहीं होनी चाहिये। बिना दूध की चाय पीना और भी अच्छा विकल्प है।

10. क्या हम भोजन में चावल खा सकते हैं?

100 ग्राम गेहूं के आटे से हमें करीब उतने ही वजन की रोटी मिलती है लेकिन 100 ग्राम चावल से हमें करीब 300 ग्राम पके चावल मिलते हैं। तो ऐसी एक रोटी या 300 ग्राम पके चावल खाने से हमें एक जैसी ही मात्रा मे ऊर्जा मिलेगी। लेकिन पेट भरने का एहसास चपाती से अच्छा और जल्द चावल खाने से मिल सकता है। इसके नतीजतन शायद कम भोजन का सेवन होगा। इसीलिए यदि आपको चावल पसंद है तो आप, वजन बढने के किसी भी भय के बिना आप वह खा सकते हैं।

11. क्या हम आम खा सकते हैं?

दोपहर और रात के खाने में आप कुछ भी और सबकुछ खा सकते हैं, जिसके लिए आम के फल भी कोई परहेज नहीं है। आम, मिठाई और आईस्क्रीम आपको बहुत ज्यादा ऊर्जा दे देते हैं और यदि आपका शरीर उस ऊर्जा को इस्तेमाल करने में नाकामयाब रहा तो आप खुद ही आफत को न्योता दे रहे हैं। अतिरिक्त ऊर्जा आपके शरीर में जरूर ही फैट्स के रूप में संचयित की जायेगी और आप मोटे बन जायेंगे। इसीलिए हम इन चीजों को मर्यादित मात्रा में खा सकते हैं। एक बात हमेशा खयाल में रखे कि जब हम खाते हैं तब केवल पहला निवाला स्वाद के लिए होता है और बाकी सब खाना हमारा पेट भरने के लिए होता है।

12. कौनसा तेल अच्छा है?

तेल से हमे ऊर्जा मिलती है। जैसा कि आहार के प्रकरण में स्पष्ट किया गया है, एक तरह के तेल से दो तरह के तेलों के मिश्रण का इस्तेमाल करना अच्छा रहेगा। महँगे तेलों का इस्तेमाल बिल्कुल जरूरी नहीं है क्यों कि ऐसे तेल विदेशों से आयात किए जाते हैं। आप मूँगफली या कपासबीज के तेल को सरसों या सोयाबीन के तेल में 1:1 अनुपात में मिलाकर उस मिश्रण का इस्तेमाल करें। दूसरा विकल्प यह है कि,

सुरजमुखी या कुसुम का तेल और पामतेल, मूँगफली या कपासबीज के तेल को भी 1:1 के अनुपात में मिलाकर इस्तेमाल करें।

13. अंडे मे कोलेस्टेरॉल होता है, इसलिए इसे नहीं खाना चाहिये यह बात क्या सच है?

किसी भी शाकाहारी चीज में कोलेस्टेरॉल मौजूद नहीं होता लेकिन फिर भी शाकाहारी व्यक्ति के खून में भी कोलेस्टेरॉल पाया जाता है! इसकी वजह ये है कि फैट्स का शरीर में पाचन होने के बाद कोलेस्टेरॉल संश्लेषित होते है। जब आप अंडे खाते हैं तो उसमें मौजूद कोलेस्टेरॉल का पाचन की प्रक्रिया में विघटन होता है। उसे खून की धारा में कोलेस्टेरॉल के रूप में नहीं सोखा जाता। इसलिए आहार में मौजूद कोलेस्टेरॉल को खून में मौजूद कोलेस्टेरॉल से जोडना सही नहीं है। इससे यह बात स्पष्ट हो गयी होगी कि, अंडे में मौजूद कोलेस्टेरॉल से जुडे झूठे डर की वजह से, उच्च गुणवत्तायुक्त प्रोटीन की आपूर्ति करानेवाले पोषणकारी अंडे खाना, हमें बंद नहीं करना चाहिये।

14. यदि हम बहुत धीरे धीरे या बहुत तेजी से खाना खाते हैं तो क्या होता है?

ऐसा कहा गया है कि हर एक निवाले को 32 बार चबाना चाहिये। इससे पाचक रसों का पर्याप्त मात्रा में स्त्रवण होता है और यह रस अन्न के साथ पूरी तरह घुलमिल जाते हैं, जिस से पाचन अच्छा होता है। यदि आप हडबडी में खाना खाते है तो प्राकृतिक रूप से पाचक रसों का उचित रूप से स्त्रवण नहीं हो पायेगा और इसका गलत असर पाचन की प्रक्रिया पर पडेगा। यह पाया गया है कि जो लोग धीरे धीरे खाते हैं वे जल्दी जल्दी खानेवाले लोगों की तुलना में कम खाते हैं। इसलिए धीरे धीरे खाना अच्छा है।

इस संदर्भ में एक महत्त्वपूर्ण तथ्य आपके सामने रखना है। पहला निवाला खाने के बाद एक घंटे के अंदर इन्शुलीन का स्त्रवण उसके चरम पर पहुँच जाता है। उसके बाद वह घटते जाता है। इसलिए हमें हमारा खाना ज्यादा से ज्यादा 55 मिनटों के अंतराल में पूरा करना चाहिये। यदि आप भोजन पूरा करने में इस से ज्यादा समय लगाते है (जैसा कि पार्टीयों मे अक्सर होता है) तो इन्शुलीन का स्त्रवण फिरसे होगा। इसलिए धीरे धीरे खाये लेकिन आपका भोजन पूरा करने में 55 मिनट से ज्यादा समय न लगाये।

15. मुझे शराब पीने की आदत है। तो मैं वजन घटाने के इस तरीकेपर कैसे अमल कर सकता हूँ?

शराब सेहत के लिए हानिकारक है यह बात ध्यान में रखें। इससे यकृत के सिरोसिस की बीमारी होती है जिससे व्यक्ति की मौत हो सकती है। भारत में होनेवाले

कुल दुर्घटनाओं में से आधी से ज्यादा दुर्घटनाओं के लिए भी शराब जिम्मेदार है। शराब कई मानसिक, पारिवारिक और समाजिक समस्याओं की जड है। यह गुनाह की प्रवृत्ति और हिंसा में इजाफा करती है। इस बुरी लत से निजात पाये यही मेरी आपसे प्रार्थना होगी। इस सलाह के बावजूद आपको रोजाना शराब पीनी हो तो, शराब पीना और भोजन ये दोनों ही बातें आप 55 मिनट के अंतराल में पूरी करें, ऐसा मेरा सुझाव होगा। यदि आप इसका नियोजन कर पाते हैं तो वजन घटानेवाला और मधुमेह को रोकनेवाला यह आसान तरीका आपके लिए कारगर साबित होगा। यह बात तो स्पष्ट है कि आपको शराब पीने के विषैले नतीजों का सामना भी करना पडेगा।

16. यदि मैं दिन में सिर्फ एक ही बार खाऊँ तो क्या यह ठीक होगा?

शारिरीक नजरिये से देखे तो इसमे आपकी कोई हानि नहीं होगी। कुछ लोग ऐसे भी हैं जो दिन में सिर्फ एक ही बार खाते हैं और फिर भी सेहतमंद जीवन जी रहे हैं। यदि आप यह वजन घटाने के लिए कर रहे हो तो आपको कुछ बातें जाननी पडेगी। दिन में सिर्फ एक बार खाने के इस तरीके पर डटे रहना क्या आपके लिए संभव होगा, यह सवाल पहले अपने आपसे पूछे। क्योंकि इस नियोजन की शुरुआत में आपका उत्साह चरमपर होगा और आगे चलकर बहुत ज्यादा भूख लगने से शायद आप किसी भी समय, किसी भी तरह का जंक फूड खाने के आदि बन जाएंगे। और यह खाना किसी भी निश्चित समय के अनुसार नहीं होगा। इसके परिणामस्वरूप शरीर को भूखमरी का संकेत मिल सकता है जिससे फैट्स को शरीर में संचयित किया जायेगा। आखिरकार वजन घटाने की जगह शायद आपका वजन कुछ किलो से बढ जायेगा।

17. चीनी अच्छी है या बुरी?

ब्रिटीश चिकित्सा पत्रिका के 17 जनवरी 2013 के संस्करण में डॉ. राबर्ट लस्टींग का एक साक्षात्कार छपा है। वह अमरिका के सुपरिचित एन्डोक्रायनोलॉजिस्ट है। उनकी राय के अनुसार इन्शुलीन और चीनी ये दो चीजें मोटापे के लिए जिम्मेदार है। चीनी, खून में इन्शुलीन के अतिरिक्त मात्रा में रिसाव के लिए जिम्मेदार है। इसके परिणाम स्वरूप शरीर में ऊर्जा का फैट्स के रूप मे संचयन होता है। उनका यह कहना है की चीनी में मौजूद फ्रुक्टोज इस बुरे असर के लिए जिम्मेदार हैं। उनके अनुसार चीनी आपको लत लगा देनेवाली चीज है। ऐसा देखा गया है कि, चीनी और मिठाई खाने की आदत बचपन से लग जाती है और हम अपने जीवनकाल में मिठाई के प्रति गहरा लगाव पैदा कर लेते हैं। डॉ. लस्टींग को ऐसा लगता है कि 18 साल से कम उम्र के लोगों के लिए तम्बाकू और शराब के जैसे ही चीनी के सेवन पर भी प्रतिबंध लगा देना चाहिये! सबसे महत्त्वपूर्ण चीज यह है कि चीनी हमें नाकाम कैलरी देती है, जो

इन्शुलीन के रिसाव को उद्दीपन देती है और शरीर मे प्रभावी रूप से फैट्स के संचयन को बढावा देती है। इसीलिए हम यह कह सकते है कि, ज्यादा चीनी खाना सेहत के लिए अच्छा नहीं है।

18. क्या हम चाय मे शुगर फ्री या उसके जैसा कुछ इस्तेमाल कर सकते है?

मीठे के स्वाद इन्शुलीन के रिसाव को उद्दीपन देता है इसलिए हमें चीनी के किसी भी विकल्पों का सेवन नहीं करना चाहिये।

19. टूथपेस्ट का स्वाद भी मीठा होता है। तो क्या हम टूथपेस्ट का इस्तेमाल कर सकते है?

यह बात सच है कि, टूथपेस्ट का स्वाद भी मीठा होता है। आपको यह बात समझनी होगी कि, हमारा शरीर एक बुद्धिमान यंत्र नहीं है! हमारे किसी भी क्रिया का मस्तिष्क के द्वारा किया जानेवाला विवेचन उसके पुराने अनुभव पर आधारित होता है। पुराने अनुभव से मस्तिष्क को इस बात का पता होता है कि टूथपेस्ट दाँत साफ करने के लिए होती है और वह कोई अन्नपदार्थ नहीं है। इसलिए टूथपेस्ट की वजह से इन्शुलीन का रिसाव नहीं होता। यदि कोई व्यक्ति अपने आहार में टूथपेस्ट का अन्नपदार्थ के रूप में इस्तेमाल शुरू कर देता है तो, जरूर ही इन्शुलीन का रिसाव होगा।

20. मुझे उच्च रक्तचाप के लिए दवा की गोली लेनी पडती है। उसके साथ मैं कम से कम दो बिस्कुट खाता हूँ। इस स्थिति में मैं इस तरीके को कैसे अपना सकता हूँ?

हर एक दवाई लेते समय खाना जरूरी नहीं होता। आप अपने डाक्टर से यह पूछ सकते है कि दवाई के साथ कुछ खाना जरूरी है या नहीं। कुछ दवाईयों को छोडकर अन्य सभी दवाईयाँ उनके साथ कुछ भी खाये बिना भी ली जा सकती है। आप अपने डाक्टर से यह भी पूछ लें की क्या आप दवाईयाँ खाने से पहले या बाद में ले सकते हैं, जिससे आप वजन घटाने के इस आसान तरीके पर अमल कर सके।

21. मुझे अल्प थायरॉईड है। क्या मुझे इस तरीके को अपनाने से लाभ हो सकता है?

जरूर ही आपको लाभ पहुँचेगा। इस बीमारी के कई मरीजों ने यह कहा है कि इस तरीके से केवल उनका वजन ही नहीं घटा बल्की उनकी फास्टींग इन्शुलीन का स्तर भी सामान्य हो गया है। मुझे पूरा विश्वास है की आपको भी इससे लाभ पहुँचेगा।

22. मुझे छह माह पहले मधुमेह का निदान किया गया। मेरे डाक्टर ने मुझे एक घंटा चलने की और खानपान में कुछ बदलाव करने की सलाह दी है। क्या यह तरीका मेरे लिए मददगार रहेगा?

दिनभर में केवल दो बार खाने से आपको ज्यादा से ज्यादा लाभ मिलेगा। इसके साथ ही एक घंटा चलना जारी रखे। एक साल के बाद शायद आपको मधुमेह के लिए कोई भी दवाई लेने की जरूरत नहीं पडेगी!

23. मुझे पिछले दो सालों से मधुमेह है। मै रोजाना एक गोली लेता हूँ। क्या यह तरीका मेरी मदद कर सकेगा?

आपको भी इस तरीके से लाभ मिलेगा, लेकिन इससे पहले कि आप इस तरीके को अपनायें, आपकी HbA1C और फास्टींग इन्शुलीन की जाँच कर ले और उसके नतीजे हमें दिखाये। आपके लिए यह जरूरी होगा कि पहले हमसे सलाह लें और उसके बाद ही इस डाएट प्लान पर अमल करें।

24. मुझे पॉलिसिस्टीक ओव्हरी की बीमारी है। क्या यह तरीका वजन घटाने में मेरी मदद कर सकेगा?

हमारे आंदोलन का समर्थन करनेवाले गायनेकॉलॉजिस्ट का कहना हैं की, इस डाएट प्लान पर अमल करने से पॉलिसिस्टीक ओव्हरी के मरीजों का वजन घटा है। उनकी माहवारी भी नियमित हो गयी है और उनमें से कुछ तो बिना किसी दवाई के गर्भवती भी बन चुकी हैं। आपको भी इससे निश्चित ही लाभ होगा।

25. क्या व्यायाम से वजन घट सकता है?

व्यायाम फिट रहने के लिए हैं और इसका वजन पर थोडा सा प्रभाव पडता है। वजन घटाने में खानपान में बदलाव महत्त्वपूर्ण भूमिका निभाता है और व्यायाम उसमें पूरक भूमिका निभाता है। यदि आप एक समोसा खा लेते हैं तो आपको 200 कैलरी मिलते हैं। इतनी ऊर्जा की खपत के लिए आपको 2.5 से 3 किलोमीटर चलना पडेगा! व्यायाम के कई प्रत्यक्ष और अप्रत्यक्ष लाभदायक प्रभाव होते हैं जो की वजन घटाने में मददगार साबित होते हैं।

26. व्यायाम सुबह में करना चाहिये या शाम को?

इसका जवाब यह होगा कि, 'आपको जब मुमकीन हो तब'! यदि हम यह कहे की सुबह में व्यायाम करना अच्छा है तो हमारे आधे से ज्यादा दोस्त, जो की सुबह 9 या 10 बजे बिस्तर से उठते हैं वे कभी भी कोई भी व्यायाम नहीं करेंगे। आप दिनभर में किसी भी समय व्यायाम कर सकते हैं। रोजाना व्यायाम के लिए 45 से 60 मिनट का समय निकालें। यदि आपको एक ही बार में इतना समय निकालना संभव नहीं हो तो आप उसे

15 से 20 मिनट के किश्तों में कर सकते हैं। हफ्ते में कम से कम 4 से पाँच दिन व्यायाम करें। व्यायाम एक ऐसी आदत है जो आपको पूरी जिंदगी स्वस्थ रखेगी।

27. बाजार में उपलब्ध डाएट फॉर्मूला, चाय आदि क्या वजन घटाने के लिए उपयुक्त हैं?

उपवास करने से कुछ वजन घट सकता है। यदि आप एक दिन भर पानी ना पिये तो आप करीब आधा किलो वजन घटा सकते हैं। ज्यादातर डाएट फॉर्मूला और पोषण के सप्लीमेंट्स तथा चाय सामान्य रूप से आपको पुरे दिन भर भूखा रखते है। उससे ज्यादा महत्त्वपूर्ण बात यह है कि आहार के यह पैटर्न अपने रोजाना के दिनक्रम से बिलकुल मेल नहीं खाते हैं। प्राकृतिक रूप से आप उन पर लंबे समय के लिए अमल नहीं कर सकते। इसलिए इस तरीके से कुछ ही हफ्तों मे आपका कुछ वजन घट सकता है लेकिन जैसे ही आप अपने पुराने डाएट प्लान की तरफ वापस लौटते है वैसे ही आपका घटा हुआ वजन वापस लौट आता है, कभीकभार तो कुछ ज्यादा ही वजन आपके पल्ले पडता है। दिन में दो बार खाना यह आसान, सस्ता तरीका या डाएट का ऐसा स्वरूप है जो कि हमारी संस्कृति और जीवनशैली से सही मायने मे मेल खाता है। मेरी यह प्रमाणिक सलाह होगी कि, ऐसे काल्पनिक और महँगे उपकरण, डाएट फॉर्मूले और चाय से आप दूर ही रहे तो बेहतर होगा।

28. मुझे सुबह मे नींबू पानी और शहद पीने की आदत है। क्या मुझे इसे जारी रखना चाहिये?

सही मायने मे कहा जाये तो हमारा लक्ष्य सिर्फ दो बार खाना और उसके दरम्यान सिर्फ पानी पीना यह होना चाहिये। हमारा संशोधन यह बताता है कि कई स्वयंसेवकों में, नींबू पानी की प्रतिक्रिया में इन्शुलीन का रिसाव नहीं हुआ। शहद से इन्शुलीन का रिसाव होता है। इसलिए हमारा सुझाव यह होगा कि आप सुबह में नींबू पानी ले सकते हैं लेकिन शहद लेना टाले। यदि आपको शहद के साथ नींबू पानी लेना ही है तो आप उसे खाने के 55 मिनटों के अंतराल के दौरान ले सकते हैं।

29. चलने के लिए निकलने से पहले या जिम जाने से पहले कुछ खाना जरूरी है क्या?

सामान्य रूप से हम व्यायाम फिटनैस के लिए करते हैं। ऐसे व्यायाम के लिए किसी भी विशेष तरह का आहार या सप्लीमेंट जरूरी नहीं होते। आप पर्याप्त मात्रा में पानी पी रहे हैं इसकी ओर आपको ध्यान रखना पडेगा। यदि आपको सिक्स पैक या एट पैक बॉडी बनानी है या आपको 'आयर्नमैन' जैसी प्रतियोगिता में हिस्सा लेना हो, तो आहार के संबंध में आपके प्रशिक्षक की सलाहनुसार काम करें!

30. दो भोजनों के बीच आदर्श रूप से कितना अंतराल होना चाहिये ?

जब आपको सच में भूख लगेगी उन्ही दो समय खाये। यही आपके लिए दो भोजनों के बीच का आदर्श अंतराल होगा।

31. इस डाएट प्लान में हम किन अन्नपदार्थों का सेवन कर सकते हैं ?

वास्तव में, इस डाएट प्लान पर अमन करने से पहले आप जो कुछ भी खाया करते थे वह सबकुछ चाहे जितनी मात्रा में और विविधता से खा सकते हैं। सामान्य रूप से, मीठा और चीनी का सेवन कम करना आपकी सेहत के लिए अच्छा रहेगा। आपके आहार में कार्बोहाईड्रेट्स की मात्रा कम करने की कोशिश करें, और प्रोटीन्स की मात्रा बढाने का प्रयास करें।

32. दो भोजनों के बीच में क्या मैं अद्रक की चाय, दालचिनी, सौंफ हल्दी, लौंग, सुपारी, गुटखा या तम्बाकू जैसी चीजों का सेवन कर सकता हूँ ?

हमारा लक्ष्य सिर्फ दो बार खाना और उसके दरम्यान सिर्फ पानी पीना यह होना चाहिये। यदि आपको इसके अलावा कुछ भी लेना है तो यह अच्छा रहेगा कि आप उस विशिष्ट अन्नपदार्थ के बाद होनेवाले इन्शुलीन के रिसाव की जाँच कर ले और उसके बाद ही विचारपूर्वक निर्णय लें। प्रयोगों के दौरान हमने ये पाया कि दालचिनी, सुपारी, सौंफ, गुटखा इनके सेवन से इन्शुलीन का रिसाव होता है।

33. किसी विशिष्ट पदार्थ के सेवन से इन्शुलीन का रिसाव होता है या नहीं इसका पता कैसे लगाया जाये ?

कई लोग उनकी पसंद के किसी पदार्थ को खाना/पीना चाहते हैं। हालाँकि हमने इन्शुलीन के रिसाव के संदर्भ में कुछ पदार्थों की जाँच की है, उसमे नीचे दी गयी कुछ समस्याएँ पायी गयी हैं।

1. सभी पदार्थों की जाँच नहीं की है।
2. आप जिस अपेक्षित मात्रा और गुणवत्ता के पदार्थ लेना चाहते हैं, उसके अनुसार पदार्थों की जाँच नहीं की गयी है।
3. यह जाँच चार से पाँच स्वस्थ स्वयंसेवकों पर की गयी है। इसे भिन्न समूहों में जैसे कि महिला/पुरुष, मधुमेह मुक्त/पूर्व मधुमेह/मधुमेह के मरीज, भिन्न उम्र के लोग, ज्यादा वजनवाले/मोटे लोग आदि, जाँचा नहीं गया है। इसलिए इसके नतीजे व्यक्ति के अनुसार बदल सकते हैं।
4. यदि एक आदमी में इन्शुलीन का रिसाव होता है तो वह आप में भी होता है! लेकिन इसके विपरित भी सच हो सकता है... किसी पदार्थ के सेवन के बाद इन्शुलीन का रिसाव नहीं होगा यह पूरे विश्वास से साथ कहने के लिए दो विकल्प हैः

या तो इसकी भिन्नताओं का खयाल रखते हुए, (इस में बहुत पैसे लगेंगे!) कम से कम 48 लोगों पर जाँच करें। या उस विशिष्ट पदार्थ का सेवन करने की इच्छा रखनेवाले व्यक्ति के इन्शुलीन रिसाव की जाँच करें। (यह ज्यादा फायदेमंद और व्यवहार्य होगा)

इन्शुलीन के रिसाव की जाँच करने का तरीका:

1. खाली पेट पैथॉलॉजी लॅब में जाये। साथ में आप जिस पदार्थ के लिए जाँच करना चाहते हैं उसे भी ले जाये।
2. इन्शुलीन की जाँच के लिए खून का नमूना दे... इस समय पर 0 मिनट का निशान लगाये।
3. उस पदार्थ का सेवन करें। खून का दूसरा नमूना 10 मिनट पर दें। (उस पदार्थ को आप दस मिनट में खत्म कर पाये या ना पाये इसके बावजूद ये करें।)
4. खून का तिसरा नमूना 60 मिनट पर दे।
5. लैब टेक्नीशियन को इन नमूनों पर क्रम से नमूना 1, नमूना 2 और नमूना 3 यह निशान लगाने को कहें और उलझन को टालने से पहले उस पर नमूना लेने का समय भी दर्ज करें।
6. इस जाँच के नतीजे भी नमूना 1, नमूना 2 और नमूना 3 इसी तरह से देने का आग्रह करें।

   10 मिनट के बाद दिये गए नमूने और/या 60 मिनट के बाद दिये गए नमूने में इन्शुलीन के आँकडे 0 मिनटपर दिये गए इन्शुलीन के आँकडे से बडे हो तो इसका मतलब है कि आप उस पदार्थ का सेवन नहीं कर सकते।

34. HbA1C और फास्टींग इन्शुलीन जाँच के नतीजों का विवेचन कैसे करें?

फास्टींग इन्शुलीन का स्तर इन्शुलीन के अवरोध का दर्शक होता है।

लॅब के अनुसार इसका सामान्य स्तर 3 से 26 तक है। लेकिन जब आप खाली पेट होते हैं तो इसका स्तर जितना हो सके कम रहना चाहिये। एक स्वस्थ व्यक्ति में यह जरूर ही 10 के नीचे होना चाहिये।

HbA1C पिछले तीन महिनों के ब्लड शुगर के स्तर को दर्शाता है। इसका सामान्य स्तर 5.6 है, 5.7 से लेकर 6.4 तक पूर्व मधुमेह की स्थिति मानी जाती है और 6.5 के आगे मधुमेह की स्थिति मानी जाती है।

फास्टींग इन्शुलीन और HbA1C को लेकर नीचे दी गयी चार संभावनाएँ हो सकती हैं।

1. कम फास्टींग इन्शुलीन और HbA1C 5.6 तक... इसका मतलब आप एक स्वस्थ और मधुमेह मुक्त व्यक्ति है।

2. 10 से ज्यादा फास्टींग इन्शुलीन और सामान्य HbA1C... इसका मतलब है कि यह इन्शुलीन के अवरोध के विकास की शुरुआत है।
3. फास्टींग इन्शुलीन 10 से ज्यादा और HbA1C 5.7 या उससे ज्यादा... इसका मतलब है कि ज्यादा इन्शुलीन पैदा करने के बावजूद भी खून में शुगर की मात्रा को नियंत्रित करने में शरीर असमर्थ है।
4. बहुत कम (3 से भी नीचे) फास्टींग इन्शुलीन और उच्च HbA1C... पर्याप्त इन्शुलीन के निर्माण में असमर्थ, थके हुए अग्न्याशय की ओर इशारा करता है।

35. चलने के सिवाय अन्य कौनसे व्यायाम किए जा सकते हैं?

45 मिनटों में 4.5 किलोमीटर चलने का व्यायाम हर कोई आसानी से कर सकता है। इसके अन्य विकल्पों में साईकिल चलाना, रस्सी कुदना, या पायदानों पर चढना शामिल है। एक बात खयाल में रखें कि ऐसा कोई भी व्यायाम लगातार 45 मिनटों तक करना चाहिये। चलना चोट से करीब करीब मुक्त हैं। दूसरे व्यायाम करते समय आपको कोई चोट ना आये इसका खयाल रखें।

36. मेरी अल्प थायरॉईड की बीमारी के लिए मैं दवाई कब ले सकता हूँ?

सामान्य रूप से आपके डाक्टर आपको यह सुबह में खाली पेट लेने की सलाह देंगे। आपके डाक्टर की सलाह नुसार इसे लेते रहें। हमारे डाएट प्लान के प्रभाव पर इसका कोई भी बुरा असर नहीं पडेगा।

37. एक ही बार में 45 मिनट तक चलने की बजाय 15 से 20 मिनटों की दो-तीन किश्तों में चलना क्या सही रहेगा?

जब आप चलते हैं तो पहले 20 से 25 मिनट तक आपका शरीर ऊर्जा पाने के लिए केवल ग्लुकोज का इस्तेमाल करता है। उसके बाद फैट्स का इंधन के रूप में इस्तेमाल किया जाता है। इसलिए एकही बार में 45 मिनट चलने की पुरजोर सिफारिश की जाती है। यदि यह संभव नहीं है तो आप इसे कम समयावधि के दो-तीन किश्तों में बाँट सकते है।

38. मेरा वजन औसत से कम है। क्या मैं इस डाएट प्लान को अपना सकता हूँ?

इस डाएट प्लान के नीचे दिये अनुसार चार लाभ हैं:

(अ) आपका वजन घटता है।

(व) आपकी कमर का घेरा कम हो जाता है।

(क) आपकी HbA1C कम हो जाती है।

(ड) आपकी फास्टींग इन्शुलीन में भी गिरावट आ जाती है।

मधुमेह की रोकथाम इस डाएट प्लान का मुख्य नतीजा है और वजन घटना उसका सहयोगी नतीजा है। इस डाएट प्लान से आपकी तोंद पर जमे अतिरिक्त चरबी का खात्मा होता है जिस से आपकी कमर का घेरा कम हो जाता है। एक बार आप अपने स्वस्थ वजनतक पहुँच जाते हैं तो फिर आपका वजन नहीं घटता। इसलिए मधुमेह की रोकथाम के बारे में किसी भी हिचकिचाहट के बिना कम वजनवाले लोगों को भी इस डाएट प्लान को अपनाना चाहिये।

39. मुझे मधुमेह नहीं है। क्या मुझे भी HbA1C और फास्टींग इन्शुलीन ये जाँच करानी जरूरी होगा?

मधुमेह को 'सायलेन्ट किलर' के नाम से जाना जाता है क्योंकि कई मरीजों में इसके कोई भी लक्षण दिखाई नहीं पडते। कुछ मरीजों में इसका निदान तब होता है जब उस मरीज को मधुमेह से जुडी जटिलताएँ, जैसे कि मूत्राशय की बीमारी या आँखों की बीमारी के कष्ट को भुगतना मुश्किल हो जाता है। सिर्फ खाली पेट और खाने के बाद शुगर के स्तर को जाँचकर, सभी पूर्व मधुमेह और मधुमेह के मरीजों का निदान कर पाना संभव नहीं है। HbA1C और फास्टींग इन्शुलीन की जाँच द्वारा पूर्व मधुमेह और मधुमेह की स्थिति का निदान शुरुआती अवस्था में करना संभव है। यदि उनका निदान जल्दी हो पाता है तो इस आसान डाएट प्लान पर अमल करने से सिर्फ 3 से 6 महिने में उनको मधुमेह मुक्त स्थिति में वापस लौटाया जा सकता है। इसलिए हर किसी को इन दो जाँचों को कर लेना चाहिये, इसकी पुरजोर सिफारिश की जाती है।

40. हमारे भोजन में अन्नपदार्थों के सेवन का क्या क्रम होना चाहिये?

भोजन लेते समय इस क्रमपर गौर करेः फल/ड्रायफ्रुट, उसके बाद खीरा, गाजर, टमाटर जैसे सलाद, बाद में अंकुरीत पदार्थ/उबले अंडे, उसके बाद मे रोटी, सब्जी, चावल और दाल। उसके बाद में अंत में दूध/छाँछ। इस बात को भी समझ लें कि यह सभी चीजें हर एक भोजन में खानी जरूरी नहीं है!

41. उपवास के दिन इस डाएट प्लान पर कैसे अमल करें?

यह बहुत आसान है। उपवास के दिन भी आपके भोजन के दो समय पर आपको जिनकी अनुमति दी गयी है उन पदार्थों का सेवन करें। यदि आप केवल एक बार ही खानेवाले हो तो दूसरे समय दूध पिये या कोई भी फल खा लें।

42. हृदयरोग के मरीज क्या इस डाएट प्लान को अपना सकते हैं?

मधुमेह के अलावा अन्य किसी भी बीमारी के मरीज भी इस डाएट प्लान को अपना सकते हैं। मधुमेह के मरीज भी हमसे सलाह मशवरा करने के बाद इस डाएट प्लान को अपना सकते हैं।

43. दो भोजनों में हमें क्या खाना चाहिये, उसकी मात्रा कितनी हो और उसके सेवन का क्रम क्या होना चाहिये?

इस डाएट प्लान की सुंदरता यह है कि 55 मिनट के भोजनावकाश में आप आपका पसंदीदा सबकुछ खा सकते हैं।

मेरी सलाह ये होगी कि इन दो भोजनों में से एक को आप प्रमुख भोजन बनाये और दूसरे को दुय्यम या मामूली भोजन बनायें।

आप अपना 60 से 70% भोजन अपने प्रमुख भोजन में लें और बाकी मामूली भोजन के दौरान लें।

आप जो भी खाना चाहते हैं वह सबकुछ आप खा सकते हैं।

यदि आप मधुमेह मुक्त है तो आप मीठा भी खा सकते हैं... लेकिन इस बात का खयाल रखें कि चीनी और मीठा सेहत के लिए अच्छा नहीं होता।

अब क्रम के बारे मेंः भोजन की शुरुआत फल/ड्रायफ्रुट या फल/मीठे के साथ करें, उसके बाद सलाद लें, बाद में अंकुरीत पदार्थ, उसके बाद मे रोटी, चावल, दाल और सब्जी या मांसाहारी व्यंजन। इसके दरम्यान अचार, चटनी का भी लुत्फ उठायें! यदि आपको पसंद हो तो अंत में दूध पीये।

ध्यान रखेः

1. शायद आप ये सभी पदार्थ ना खाये।
2. आपकी पसंद के अनुसार खाये।
3. मीठा खाने पर बंधन रखे।
4. प्रोटीन्स बढाये।
5. कार्बोहाईड्रेट्स को कम करें।
6. सलाद और अंकुरित पदार्थों की मात्रा बढायें।

44. जो लोग नये हैं और इस डाएट प्लान को अपनाना चाहते हैं, क्या उन्हें आप मार्गदर्शन कर सकते हो?

1. आपको जब सच में भूख लगती हो ऐसे दो समयों का पहचानना बहुत महत्त्वपूर्ण है। यदि आप इनको न पहचान पाते हो तो सामान्य रूप से अपनाये जानेवाले इन दो तरीकों में से किसी एक को अपनायेः सुबह 9 बजे और शाम 6 बजे या फिर दोपहर 1 बजे और रात को 9 बजे। पहले आठ से दस दिन ये 'ट्रायल अँड एरर' रहेगा इसका खयाल रखे।
2. एक बार आपने इन समयों की पहचान कर दी, तो फिर उस निर्धारित समय पर खाये। इस में 15 से 20 मिनटों का परिवर्तन स्वीकार्य है।

3. इन दो भोजनों के समय 55 मिनटों के दरम्यान आप जो चाहे वह सबकुछ खा सकते हैं।
4. इन दो भोजनों के समय के बीच में यदि आपको भूख लग जाये तो, भूख ज्यादातर मानसिक होती है इस बात को अच्छे से समझ लें। सामान्यतः हम इसलिए खाते हैं क्योंकि हमे खाने के लिए मिलता है। कई बार हम भूख और प्यास में उलझ जाते हैं।
5. दो भोजनों के दरम्यान यदि आपको भूख लगे तो... पहले पानी पीये, फिर छाँछ ले, फिर नारियल पानी पीये... और उससे भी समाधान ना हो तो अंत में एक टमाटर खायें!
6. कृपया आपकी HbA1C और फास्टींग इन्शुलीन की जाँच कराये... आप पूर्व मधुमेह की स्थिति में है या मधुमेह के मरीज है या सामान्य है यह जानने के लिए ये जाँच महत्त्वपूर्ण है।

45. इस डाएट प्लान पर अमल करते समय ऐसिडिटी की समस्या का समाधान कैसे पाये?

जिन्हे उच्च ऐसिडिटी की समस्या है ऐसे कुछ लोग हमारे डाएट प्लान पर अमल करने से घबराते हैं। उन्हें ऐसा लगता है कि यदि वे दिन मे सिर्फ दो बार खाये तो उनकी ऐसिडिटी की समस्या बढ जायेगी।

लेकिन वास्तव इसके ठीक विपरित है! इस डाएट प्लान से ऐसिडिटी की समस्या भी ठीक हो जाती है।

इस समस्या से जुझते लोगों को नीचे दिये सुझावों पर अमल करना चाहिये।

1. जब आप बहुत भूखे हो ऐसे ही दो समयों पर खाये।
2. काम के लिए खाने का समय ना टाले बल्कि खाने के लिए काम के समय को समायोजित करें।
3. खाने के समय निश्चित रखें।
4. पर्याप्त पानी पीएँ।
5. मसालेदार और तले हुए पदार्थों से दूर रहें।
6. कभी कभार एसिलोक/रानटॅक 150 एमजी की दवा की गोली लें।

कुछ ही दिनों मे आपकी ऐसिडिटी स्थिर हो जायेगी! और आप जल्द ही ऐसिडिटी ठीक होने की आपकी सफलता की कहानी हमें बतायें।

46. इस डाएट प्लान को अपनाने से पहले कुछ महिनों में मेरा वजन तेजी से कम हुआ। अब वह वजन स्थिर हो गया है। अब मुझे क्या करना चाहिये?

हमारा संशोधन यह बताता है कि लोगों का वजन छह महिनों में औसतन 6.8 किलो घट जाता है जिस में 3 किलो से लेकर 28 किलो तक वजन घटने के उदाहरण देखे गए हैं।

ऐसा भी होता है कि कुछ लोग पहले तीन महिनों मे ज्यादा वजन घटाते है और अन्य लोगों का वजन उसके बाद के तीन महिनों मे घटता है... हालाँकि सभी का वजन घटता है।

ऐसा भी होता है कि वजन में अच्छी कटौती के बाद, वजन घटना या तो बंद हो जाता है या फिर वह स्थिर हो जाता है...

फिर कुछ संकल्प इस तरह हो सकते हैं:

1. दोपहर और रात के भोजन मे एक रोटी कम खाये और उसकी बजाय आधी कटोरी अंकुरित पदार्थ बढा दे।
2. चावल और रोटी एक साथ ना खाये। चपाती दिन में खाये और चावल रात में खायें।
3. हफ्ते में एक बार, नियमित भोजन लेने की बजाय केवल सुप या एक फल खाये।
4. हफ्ते में एक बार रोजाना के 4.5 से 5 किलोमीटर की जगह 6 से 8 किलोमीटर पैदल चलें।

मुझे विश्वास है कि यह सभी बातें आपका वजन घटाने में मदद करेगी।

इस बात को भी ना भूले कि हमारे डाएट प्लान की वजह से आपका वजन उस स्तरतक घटेगा जो आपके लिए सेहतमंद है। उसके बाद आपका वजन नहीं घटेगा।

10
मेरा अनुसंधान कार्य

1. बारबार खाना और फास्टींग इन्शुलीन का स्तर : औरंगाबाद से मामले का विवरण

प्रस्ताविक : अमरिका में मोटापे को कई तरह के आम गंभीर बीमारियों के लिए रोकथाम योग्य खतरे के तत्व के रूप में देखा जाता है। जिस में उच्च रक्तचाप, हृदयरोग, और मधुमेह मेलेटस शामिल हैं। इन्शुलीन अवरोध की स्थिति का बढता खतरा, ग्लुकोज के प्रति असहिष्णुता और मोटे लोगों में इन्शुलीन पर निर्भर न रहनेवाला मधुमेह इसको अच्छी तरह से दस्तावेज किया गया है। हालाँकि, इन्शुलीन का स्तर, इन्शुलीन का अवरोध और मोटापे के बीच के संबंधों का रूप अभी स्पष्ट नहीं हुआ है। फास्टींग इन्शुलीन का स्तर (सापेक्ष इन्शुलीन अवरोध की सूची) और मोटापे के बीच एक सकारात्मक संबंध पाया गया है। विशेष रूप से केंद्रीय या अँड्रॉईड तरह का मोटापा होनेवाले लोगों के क्रॉस सेक्शनल जानकारी में यह विवरण पाया गया है। केंद्रीय मोटापा होनेवाले लोगों मे फास्टींग इन्शुलीन का उँचा स्तर और इन्शुलीन अवरोध की भारी मात्रा पायी गयी है।

हायपरइन्शुलिनेमिया की वजह से इन्शुलीन अवरोध पैदा होता है, ऐसा कहा जाता है। इन्शुलीन के स्तर में बढोतरी से इन्शुलीन का अवरोध होता है। इस में इन्शुलीन का स्तर घटाने हेतु रिसेप्टर्स को नियंत्रित किया जाता है और रिसेप्टर के आगे के मार्ग को असंवेदनशील बनाया जाता है। मोटे इन्शुलीन अवरोधी लोगों में इन्शुलीन के रिसाव को रोकना, इन्शुलीन की संवेदनशीलता को बढा देता है। पूर्व मधुमेह की स्थिति का निदान करने के लिए खाली पेट इन्शुलीन के स्तर को एक निर्देश के रूप में इस्तेमाल किया जाता है। यह अंदेशा है कि, किन्हीं भी 24 घंटों के दौरान, यकृत द्वारा रिसाई गई इन्शुलीन में से 50 प्रतिशत से ज्यादा का रिसाव बुनियादी स्थिति में होता है और इन्शुलीन का उर्वरित रिसाव खाने की प्रतिक्रिया के

रूप में होता है। बुनियादी तौर पर इन्शुलीन के रिसाव की मात्रा हर 24 घंटों में 18 से 32 युनिट (0.7 से 1.3 मिलीग्राम) इतनी रहती है। खाना खाने के बाद इन्शुलीन का रिसाव तेजी से प्रतिक्रिया देता है और अगले 60 मिनटों के अंदर इन्शुलीन के रिसाव में पाँच गुना बढोतरी होती है और वह अपने चरम पर पहुँच जाता है। इन्शुलीन के बुनियादी रिसाव पर नियंत्रण नहीं पाया जा सकता किंतु खाने की हर क्रिया के बाद उसकी प्रतिक्रिया में शुरू होनेवाले इन्शुलीन रिसाव को नियंत्रण में लाना संभव है। हम कितनी बार कुछ खाते हैं उसकी खाली पेट इन्शुलीन के स्तर को तय करने में भूमिका है। हालाँकि, खाने की आवृत्ति का पूर्व मधुमेह तथा मोटापे के साथ संबंध के बारे में परस्पर विरोधी साहित्य उपलब्ध है।

उद्देश्य : इन्शुलीन अवरोध और मधुमेह मेलिटस का प्रातिनिधिक निर्देशक होनेवाले खाली पेट इन्शुलीन के स्तर पर बार बार खाने के असर को देखना।

तरीका : यह एक मामले का विवरण है। 48 साल उम्र की एक महिला डाक्टर को पूर्व मधुमेह का निदान हुआ। 29 दिसंबर 2012 को उसके इन्शुलीन का स्तर खाली पेट 24.4 था। उनकी माँ और दो भाई भी मधुमेह के मरीज थे। उन्हें हर दिन केवल दो बार खाने की सलाह दी गयी। बार बार खाने से होनेवाले इन्शुलीन के रिसाव को कम करने के लिए यह किया गया। दो भोजनों क दरम्यान छाँछ के बिना कोई भी पदार्थ खाने से उन्हें मना किया गया। इसकी वजह यह थी कि छाँछ के सेवन से इन्शुलीन का रिसाव नहीं होता। उन्हों ने यह तरीका 3 अप्रैल 2013 से अपनाया। उनकी फास्टींग इन्शुलीन की समयसमय पर जाँच की गयी।

नतीजे : मरीज के शरीर मे फास्टींग इन्शुलीन का स्तर नीचे दिये अनुसार था।

तारीख	फास्टींग इन्शुलीन का स्तर
29.12.2012	24.4
23.04.2013	13.7
28.05.2013	9.3
11.07.2013	7.3
22.11.2013	5.4

उन्हें किसी भी तरह की कोई तकलीफ नहीं है। उनका वजन भी 6 किलो से घट गया है।

चर्चा : भारत में, 2004 में देश भर में अनुमान से 3.77 करोड लोग मधुमेह के शिकार थे, इनमें से 2.14 करोड लोग शहरी इलाकों में और 16.3 करोड लोग देहाती इलाकों में स्थित थे। अनुमान से मधुमेह की वजह से मौतों का कुल प्रतिशत 1.09

लाख था। इन्शुलीन एक बचानेवाला हार्मोन है और वह शरीर मे ऊर्जा को फैट्स के रूप मे संचयित करती है। इसकी मौजूदगी में शरीर ऊर्जा पाने के लिए कार्बोहाईड्रेट्स का इस्तेमाल करता है। यदि शरीर में इन्शुलीन का स्तर घट जाता है, जैसा कि सामान्य रूप से उपवास के समय में होता है, शरीर फैट्स को ऊर्जा के स्रोत के रूप में इस्तेमाल करता है। दिन में बारबार खाने से शरीर में इन्शुलीन का स्तर हमेशा ऊँचा रहता है। कुछ लोगों पर संशोधनों के दौरान उन्हों ने नाश्ते के रूप में रोजाना की तुलना में केवल 20 प्रतिशत कैलरी ऊर्जा पायी और दोपहर तथा रात के खाने में से केवल 40 प्रतिशत ऊर्जा पायी। फिर भी, हर एक खाने के बाद इन्शुलीन के रिसाव में बहुत ज्यादा परिवर्तन नहीं दिखाई दिया। दिनभर में 6 से 7 बार खाना कम कर उसे 2 से 3 बार पर लाया गया तब उनके फास्टींग इन्शुलीन के स्तर में भारी गिरावट देखी गयी।

निष्कर्ष : दिन में दो बार खाने से फास्टींग इन्शुलीन कम हो गयी। फास्टींग इन्शुलीन में आयी यह गिरावट अप्रत्यक्ष रूप से इस ओर इशारा कर रहा है कि उसका मधुमेह फिलहाल टल गया है। इस प्रक्रिया में उनका छह किलो वजन भी घटा यह भी एक महत्त्वपूर्ण खोज है।

मर्यादा : इस संशोधन में एक मामले के विवरण की मर्यादा है। इसकी और गंभीरता से पुष्टी हो सके इसके लिए इस परिकल्पना के बारे में और संशोधन की आवश्यकता है।

भविष्य : पूर्व मधुमेह की स्थिति पर बारबार खाने के प्रभाव के बारे में इस विवरण के लेखक खुद औरंगाबाद में स्वयंनियंत्रित चिकित्सा प्रयोग कर रहे हैं। इस प्रयोग के नतीजे 2017 में प्राप्त होने के आसार है।

(प्रकाशन : International Journal of Health Sciences Research (www.ijhsr.org) 310 Vol.4, Issue:8, August 2014)

2. बारबार खाना और वजन घटना : औरंगाबाद में आम लोगों के लिए चलाये गए 6 महिनों के आंदोलन से मिले नतीजे।

प्रस्ताविक : विकसित और विकसनशील देशों में मोटापा एक महत्त्वपूर्ण स्वास्थ्य समस्या है। अमरिका में मोटापे को कई तरह के आम गंभीर बीमारियों के लिए रोकथाम योग्य खतरे के तत्व के रूप में देखा जाता है। जिस में उच्च रक्तचाप, हृदयरोग, और मधुमेह मेलेटस शामिल है। इन्शुलीन अवरोध की स्थिति के बढता खतरा, ग्लुकोज के प्रति असहिष्णुता और मोटे लोगों में इन्शुलीन पर निर्भर न रहनेवाला मधुमेह (एनआयडीडीएम) इसके साथ अच्छी तरह से दस्तावेज किया गया है। इन्शुलीन, शरीर में ऊर्जा पाने हेतु कार्बोहाईड्रेट्स के इस्तेमाल के लिए जिम्मेदार हार्मोन

है। इसके अभाव मे या जब इसका स्तर कम होता है तब, शरीर ऊर्जा के स्रोत के रूप में फैट्स का इस्तेमाल करने लगता है। यदि कोई व्यक्ति कार्बोहाईड्रेट से लदे पदार्थों का सेवन करता है तो भारी मात्रा में इन्शुलीन का रिसाव होता है। प्रोटीन्स और फैट्स का इन्शुलीन के रिसाव पर न के बराबर असर पडता है। स्वर्गीय डॉ. श्रीकांत जिचकार जी ने 'कार्बो-इन्शुलीन कनेक्शन सिद्धान्त' को 1997 से 2004 के बीच लोकप्रिय बनाया। वजन घटाने के लिए और मधुमेह की रोकथाम के लिए दिन में सिर्फ दो बार खाने की कल्पना को उन्हों ने पुरजोर बढावा दिया। प्रस्तुत लेखक ने इस सिद्धान्त का प्रयोग जनवरी से मार्च 2013 तक खुद पर किया और 8 किलो वजन तथा 2 इंच पेट की चरबी घटायी! वजन घटाने तथा मोटापे की रोकथाम करने के लिए इस आसान तरीके की सफलता को देख कर प्रस्तुत लेखक ने 'इफर्टलेस वेटलॉस' नाम की एक किताब लिखी जो सितंबर 2013 में प्रकाशित हुई। तब से लेकर प्रस्तुत लेखक दो बार खाकर वजन घटाने के बारे में आम लोगों को शिक्षित करने के लिए व्याख्यान दे रहे हैं। प्रस्तुत लेखक ने महाराष्ट्र के कई शहरों और नगरों में ये व्याख्यान दिये हैं। प्रस्तुत अभ्यास इसी आम स्वास्थ्य आंदोलन के उत्साहजनक नतीजे प्रस्तुत करता है। ये नतीजे इस आंदोलन के दौरान 6 महिनों मे किए गए अनुवर्तन के है जिस में 446 व्यक्ति शामिल थे।

पद्धति : यह अभ्यास एक स्वनियंत्रित समाजिक प्रयोग था। इस अभ्यास का समयावधि 1 जुलाई 2013 से लेकर 30 जून 2014 तक था। इसके लिए लोगों को 1 जुलाई 2013 से 31 दिसंबर 2013 तक प्रवेश दिया गया। प्रस्तुत लेखक के वजन घटाने के बारे में महाराष्ट्र के भिन्न शहरों और नगरों में व्याख्यान आयोजित किए गए, उसके दौरान पर्याप्त जानकारी देने के बाद लोगों की इस प्रयोग मे शामिल होने हेतु अनुमति ली गयी। वजन घटाने के बारे में इन व्याख्यानों मे शामिल होने के लिए आये श्रोताओं से प्रस्तुत लेखक ने पहले ही जाँची गयी प्रश्नतालिका को भरवा लिया। इस प्रश्नतालिका में जनसांख्यिकीय आंकडें और आहार संबंधी विस्तृत जानकारी इकठ्ठा की गयी जिस में बारबार खाना, खाये जानेवाले अन्नपदार्थों की मात्रा और भिन्नता पर विशेष जोर दिया गया। व्याख्यान के दौरान प्रस्तुत लेखक श्रोताओं को इसे ढूँढने को कहते थे कि, वे कितनी बार इन्शुलीन का रिसाव करते हैं और उसके आधार पर उनके दोपहर तथा रात के खाने का समय तय करने को कहते थे।

संक्षेप में सिद्धान्त : वजन घटाने का यह सिद्धान्त एक आसान नियम पर आधारित है। जब भी हम किसी कार्बोहाइड्रेट युक्त पदार्थ का सेवन करते हैं, हम इन्शुलीन का रिसाव करते हैं। यदि हम नाश्ता करते हैं या दोपहर अथवा रात का खाना खाते हैं तो इन तीनों ही स्थितियों में इन्शुलीन का रिसाव एक जैसी ही मात्रा में होता

है। इन्शुलीन का रिसाव दो तरह का होता है। एक बुनियादी रिसाव है जो हर 24 घंटों में 18 से 32 युनिट होता है जिस पर हमारा कोई काबू नहीं हो सकता। दूसरी ओर हर बार कुछ खाने के बाद, इन्शुलीन का रिसाव होता है। जैसे कि हमारे खून में हमेशा इन्शुलीन का स्तर ऊँचा होता है, शरीर ऊर्जा पाने हेतु कार्बोहाईड्रेट्स का इस्तेमाल करता है और फैट्स वैसे ही अनछुए रह जाते हैं। एक बचानेवाला हार्मोन होने से इन्शुलीन, ऊर्जा को फैट्स के रूप में संचयित करने का प्रयास करती है। मधुमेह के किसी मरीज को जब हम इंजेक्शन द्वारा इन्शुलीन देते हैं, तब उसका एक दुष्प्रभाव वजन बढना होता है। दोपहर या रात के खाने के बाद समझ लीजिये हम यदि 3 से 4 घंटे उपवास करते हैं तो हमारे इन्शुलीन का स्तर नीचे गिरता है। इन्शुलीन का यह गिरा हुआ स्तर पहले तो शरीर को ऊर्जा पाने हेतु यकृत से ग्लायकोजेन और बाद में फैट्स का इस्तेमाल करने के लिए उकसाता है। इसलिए जब कोई व्यक्ति दिन भर में सिर्फ दो बार खाना खाता है तो उसका वजन घटता है।

अंकित किए गए महत्त्वपूर्ण मुद्दे :

- जो लोग मधुमेह के मरीज हैं, उनके लिए यह डाएट प्लान उपयोगी नहीं है।
- 18 साल की उम्र से नीचे के लोगों के लिए यह डाएट प्लान जरूरी नहीं है।

इस आंदोलन के दरम्यान आहार के विषय मे दी गयी सलाहः

- दिन भर में आप जब सचमुच भूखे हो ऐसे समय को पहचाने, सामान्य रूप से किसी भी व्यक्ति को दिन में दो बार सच्ची भूख लगती है। कुछ लोगों में यह स्वरूप सुबह 9 बजे और शाम को 6 बजे होता है तो अन्य लोगों मे दोपहर 1 बजे और रात को 9 बजे होता है।
- इन दो समयों पर अभी आप जो कुछ भी खा रहे हैं वह खायें, आपको केवल उसकी मात्रा को दो हिस्सों में बाँटना है।
- इसमें से ज्यादा मात्रा (मान लिजिये 60 से 70%) दोपहर के खाने मे ले और बची हुई मात्रा रात के खाने में लें।
- आप कोई भी पदार्थ खा सकते हैं, अन्नपदार्थों पर किसी तरह का बंधन नहीं है।
- इन दो भोजनों के बीच के समय में आप चीनीवाली चाय/कॉफी, फल, ड्रायफ्रुट या अन्य किसी भी पदार्थ का सेवन ना करें।
- चीनी की जगह उसके विकल्पों का भी इस्तेमाल ना करें क्योंकि मीठा स्वाद इन्शुलीन के रिसाव को उद्दीपन देता है।
- इन दो भोजनों के दरम्यान आपको कभी भी भूख लगती है तो आप छाँछ या नारियल पानी पी सकते हैं।

- हर पंद्रह दिनों बाद आपका वजन एक ही मशीन पर नाँपें।
- हर महिने आपके पेट के घेरे का भी नाँप लें।

नतीजे : अधिकांश प्रतिभागियों की आयु 40 वर्ष से अधिक थी। पुरुषों की तुलना में महिलाओं की संख्या अधिक थी। अधिकांश प्रतिभागियों को चीनीवाली चाय से बिना चीनी की चाय पर आने में कठिनाइयाँ थीं, जो एक सप्ताह मे ठीक हो गयी। एक सप्ताह में अधिकांश प्रतिभागी शरीर में हल्कापन महसूस करने लगे और उनके ऊर्जा के स्तर में सुधार आया। 6 महीनों के लिए डाएट प्लान का पालन करनेवाले 428 लोगों में वजन और कमर के घेरे में परिवर्तन हुए।

वजन घटा : पहले महीने में औसत 1.5 किलो वजन घटा, तीन महिनों में 4.2 किलोग्राम और छह महीनों में 6.8 किलो वजन घटा।

कमर के घेरे में कमी : पहले महिने में 0.5 सेंमी की औसत कमी देखने मिली, तीन महिनों में 1.5 सेंमी और छह महीनों में 3.5 सेंमी।

महत्त्वपूर्ण बात यह है कि प्रतिभागियों में से किसी पर भी कोई प्रतिकूल प्रभाव नहीं पडा। कुल 446 प्रतिभागियों में से 18 अनुसरण नहीं कर पाये थे। इसके कारण थेः भूख (9) को नियंत्रित करने में असमर्थता, दौरे और त्यौहार (8) और माइग्रेन (1) के तेज होने के कारण डाएट प्लान का पालन नहीं कर सकें।

चर्चा : इन नतीजों से स्पष्ट है कि दिन में दो बार खाने से वजन घटने के साथ-साथ पेट का घेरा भी घटता है। इसके अलावा यह विशेष तरीका है जिसमें एक पैसा भी खर्च नहीं करना पडता है, डॉक्टर की कोई आवश्यकता नहीं होती और कोई भी बिना किसी समस्या के जीवन भर इसका पालन कर सकता है! वजन घटाने का सरल सिद्धांत आत्यधिक प्रभावी है और इसका कोई दुष्प्रभाव भी नहीं है। कुछ लोग अपनी भूख को नियंत्रित नहीं कर सके और एक व्यक्ति को माइग्रेन की वजह से भारी कष्ट होने से वह इस प्रयोग को पूरा नहीं कर पाया।

मर्यादा : यह सारी जानकारी प्रतिभागियों द्वारा दी गयी और इसलिए इसकी कोई दुतर्फी पडताल नहीं की गयी। चूँकि प्रतिभागी महाराष्ट्र के कई शहरों से थे, इसलिए उनके द्वारा प्रदान की गई सभी जानकारी को सत्यापित करना संभव नहीं था। यह संभव है कि दिन में दो बार खाने से कुछ लोग अपने सामान्य भोजन से कम कैलरी पा रहे हों और प्रयोग के अनुकूल नतीजों के वजह यह पहलू भी हो सकता है।

निष्कर्ष : वजन घटाना आज की दुनिया में एक सनक बन गया है। अधिकांश लोग डाएट फार्मूलों पर बहुत सारे पैसे खर्च करते हैं और इससे बहुत कम या कभी कभी कोई फायदा नहीं होता है। वजन घटाने की गतिविधियों ने कई लोगों के लिए शोषणकारी व्यवसाय का रूप ले लिया है। गरीब और अज्ञानी लोगों को लूटा जा रहा

है। वजन घटाने की इस सरल विधि में कुछ भी खर्चा नहीं होता है, डॉक्टर की आवश्यकता नहीं होती है और वजन घटाने के कई अन्य सफल तरीकों के विपरित, जीवन भर इसका पालन किया जा सकता है। इसलिए ऐसी सरल विधि की वकालत सभी को करनी चाहिए। इस संदेश को एक सार्वजनिक स्वास्थ्य अभियान के रूप में फैलाने की आवश्यकता है।

(प्रकाशनः इंटरनॅशनल जर्नल ऑफ क्लिनिकल ट्रायल्स। जुलाई-सितंबर 2014। खंड 1। अंक 2)

3. पूर्व मधुमेह की स्थिति पर खाने की आवृत्ति का प्रभावः एक स्व-नियंत्रित चिकित्सा संशोधन

प्रस्तावना : नैशनल डायबिटीज डाटा ग्रुप (NDDG) ने पहली बार सामान्य ग्लुकोज होमोस्टासिस और मधुमेह के बीच एक उपापचय स्थिति की अवधारणा को पेश किया, जिसे ग्लुकोज इनटॉलरन्स कहा जाता है। मधुमेह मेलेटस के निदान और वर्गीकरण पर विशेषज्ञ समिति ने 1997 में बिगडे फास्टींग ग्लुकोज (आईएफजी) और बिगडे हुए ग्लुकोज इनटॉलरन्स (आईजीटी) वाले मरीजों को इस में शामिल करने की परिकल्पना को व्यापक बनाया और इसे मधुमेह पूर्व के रूप में संदर्भित किया। अनुसंधान का तर्क यह है कि यदि कोई व्यक्ति दिन में केवल दो बार भोजन करेगा, तो इन्शुलीन का स्राव कम होगा जो फास्टींग इन्शुलीन, जो कि मधुमेह की स्थिति का एक प्रातिनिधिक दर्शक है, उसके स्तर को कम करेगा।

तरीका : यह एक स्व-नियंत्रित चिकित्सा अभ्यास है। अभ्यास 1 जुलाई 2016 से 30 जून 2017 तक आयोजित किया गया था। पूर्व मधुमेह का निदान तब किया गया था जब व्यक्ति का HbA1C 5.7 से 6.4 तक था। 5.7 से 6.4 तक HbA1C स्तरवाले प्रतिभागियों को इस अध्ययन में शामिल किया गया। प्रतिभागियों को दिन में दो बार भोजन करने और हर हफ़्ते में कम से कम 5 दिन, 45 मिनट में 4.5 किलोमीटर पैदल चलने की सलाह दी गयी। उन्हें 3 महीने बाद HbA1C और फास्टींग इन्शुलीन की जाँच दोहराने के लिए कहा गया। नमूना आकार 38 थी। मूल्यांकन के लिए उपयोग किए जानेवाले मापदंड HbA1C और फास्टींग इन्शुलीन थे।

परिणाम : अभ्यास की आबादी में 33 पुरुष और 15 महिलाएँ थीं। यह देखा गया कि पूर्व मधुमेही मरीजों के HbA1C और फास्टींग इन्शुलीन के स्तर में काफी गिरावट आयी थी। यह अंतर 0.01 से कम P मूल्य के लिए सांख्यिकीय रूप से महत्त्वपूर्ण था। सभी पूर्व मधुमेही तीन महीनों की अवधि में मधुमेह मुक्त अवस्था में परिवर्तित हो गए।

निष्कर्ष : दिन में दो बार भोजन करना और हर दिन 45 मिनट में 4.5 कि.मी. पैदल चलने से पूर्व मधुमेह के मरीजों में HbA1C और फास्टींग इन्शुलीन में सांख्यिकीय रूप से महत्त्वपूर्ण गिरावट दिखाई दी। यह भी देखा गया कि सभी 48 प्रतिभागियों ने 3 महीनों की अवधि के भीतर मधुमेह मुक्त स्थिति में परिवर्तित हो गए।

(यह लेख नवंबर 2017 में इंटरनेशनल जर्नल ऑफ क्लिनिकल ट्रायल में प्रकाशित हुआ था।)

4. बारबार खाने का मधुमेह पर प्रभावः भारत के लातूर शहर से एक मामले का विवरण

प्रस्तावना : भारत को 'दुनिया की मधुमेह की राजधानी' होने का दुर्भाग्यपूर्ण विशेष सौभाग्य प्राप्त हुआ है। शहरी क्षेत्रों में 12% और ग्रामीण क्षेत्रों में 4% मधुमेह के मरीज होने का अनुमान लगाया गया है। इससे अधिक चिंताजनक तथ्य यह है की पिछले चार दशकों में मधुमेह का प्रचलन चार गुना बढ गया है। मधुमेह जीवनशैली से जुडी बीमारी है और मधुमेह को रोकने के लिए व्यायाम तथा आहार प्रबंधन के प्रभाव का अध्ययन करने के लिए कई परीक्षण किए गए हैं। एक बार जब किसी व्यक्ति को मधुमेह का लेबल लगाया जाता है, तो दवाईयाँ उसके प्रबंधन का मुख्य आधार बन जाती है। बारबार खाना कम करने से फास्टींग इन्शुलीन के स्तर में गिरावट आती है, जो इन्शुलीन प्रतिरोध और निकट पहुँचे मधुमेह के बारे में जानने के लिए एक प्रातिनिधिक संकेत है। एक मामले का यह विवरण मधुमेह की स्थिति पर दिन में दो बार खाने के प्रभाव को प्रस्तुत करती है।

पद्धति : 45 साल के एक पुरुष मरीज को, जो कि पेशे से प्राध्यापक थे, जिनकी HbA1C 10.1 थी, खून में ग्लुकोज की औसत 243 मिलीग्राम% थी, और खाली पेट ब्लड शुगर 213.51 और खाने के बाद ब्लड शुगर 283.65 थी, उन्हें मधुमेह का निदान किया गया। उन्हें दिन में केवल दो बार खाने की सलाह दी गई थी और खाली पेट तथा खाने के बाद की ब्लड शुगर, HbA1C, फास्टींग इन्शुलीन, वजन और कमर के घेरे का नियमित रूप से अवलोकन किया गया।

नतीजे : 1 जनवरी 2017 से 16 अगस्त 2017 तक उनकी HbA1C 5.3 पर आ गया। उनका वजन 86.5 से घटकर 72.2 किलो हो गया, जो कि 14.3 किलो की कटौती है! उनकी कमर का घेरा 6.5 इंच (42 से 35.5 इंच) से कम हो गया!

निष्कर्ष : दिन में दो बार भोजन करने से 7.5 महिने की अवधि में मधुमेह की स्थिति में उलटफेर हुआ। HbA1C, फास्टींग इन्शुलीन, खाली पेट और खाने के बाद की ब्लड शुगर, वजन और कमर के घेरे में अनुकूल बदलाव हुए। मधुमेह

की स्थिति को उल्टा करने के लिए खाने की आवृत्ति कम करना एक बहुत प्रभावी तरीका है।

(यह लेख इंटरनैशनल जर्नल ऑफ एज्युकेशन अँड रिसर्च इन हेल्थ सायन्सेस के जुलाई-सितंबर 2017 के संस्करण में प्रकाशित हुआ था।)

5. पूर्व मधुमेह के लिए स्क्रीनिंग टेस्ट के रूप में HbA1C की उपयोगिता

प्रस्तावना : मधुमेह पूर्व स्थिति के निदान के लिए खाली पेट और खाने के बाद ब्लड शुगर और HbA1C का इस्तेमाल किया जाता है। आम तौर पर खाली पेट या/और खाने के बाद की ब्लड शुगर का इस्तेमाल स्क्रीनिंग टेस्ट के रूप में किया जाता है। ब्लड शुगर का परीक्षण पिछले 24 घंटों की अवधि के बारे में एक अंदेशा देता है लेकिन HbA1C हमें पिछले तीन महीनों की औसत ब्लड शुगर बताता है। इसलिए HbA1C पूर्व मधुमेह के निदान के लिए एक बेहतर जाँच परीक्षण हो सकता है।

पद्धति : यह अध्ययन लातूर में एक डायबेटॉलॉजिस्ट द्वारा संचालित अस्पताल में किया गया था। अध्ययन में उनके ओपीडी में भाग लेनेवाले सभी नये मरीजों को नामांकित किया गया था। इन सभी मरीजों की खाली पेट और खाने के बाद ब्लड शुगर और HbA1C की जाँच की गयी। इन जाँचों का तुलनात्मक सांख्यिकीय विश्लेषण किया गया था।

नतीजे : यह देखा गया है कि खाली पेट और खाने के बाद ब्लड शुगर की तुलना में, HbA1C के कारण 30% अधिक रोगियों का निदान किया जा सकता है।

निष्कर्ष : खाली पेट और खाने के बाद ब्लड शुगर की तुलना में, HbA1C पूर्व मधुमेह के निदान के लिए अधिक कुशल स्क्रीनिंग टेस्ट है। किसी भी बीमारी के लिए अधिक से अधिक संख्या में संदिग्धों का निदान करने के लिए एक स्क्रीनिंग टेस्ट किया जाता है। इसमें कुछ अतिरिक्त निदान होने की संभावना हैं। हम पूर्व मधुमेहवाले लोगों को केवल जीवनशैली में बदलाव का सुझाव दे रहे है, और कोई दवाई नहीं दे रहे हैं, इसलिए यह अतिरिक्त निदान स्वीकार्य हो सकता है।

पिछले कुछ वर्षों में मैंने राज्य और राष्ट्रीय स्तर के सम्मेलनों मे इस डाएट प्लान पर कुछ शोधपत्र प्रस्तुत किए हैं। इनमें से कुछ नीचे दिये हैं:

अ. क्र.	शोधपत्र का शीर्षक	स्थल और तारीख	सम्मेलन का ब्योरा
1	इटींग फ्रिक्वेन्सी अँड रिव्हर्सल ऑफ फास्टींग इन्शुलीन लेव्हलः अ केस रिपोर्ट	पुणे, 30, 31 जनवरी 2015	जॉईंट स्टेट कॉन्फरन्स ऑफ इंडियन असोसिएशन ऑफ प्रिव्हेन्टीव अँड सोशल मेडिसीन अँड इंडियन पब्लिक हेल्थ असोसिएशन
2	सिम्पल मेथड टू प्रिव्हेन्ट ओबेसिटी अँड डायबिटीज	सेवाग्राम, 10, 11 सितंबर 2015	नॅशनल सिम्पोजियम ऑन हेल्दी योगा लाईफस्टाईल
3	इटींग फ्रिक्वेन्सी अँड HbA1C: ए केस रिपोर्ट	गांधीनगर, 7-9 जनवरी 2016	नैशनल कॉन्फरन्स ऑफ इंडियन असोसिएशन ऑफ प्रिव्हेन्टीव अँड सोशल मेडिसीन
4	इफेक्ट ऑफ इटींग फ्रिक्वेन्सी ऑन HbA1C अँड फास्टींग इन्शुलीनः ए केस रिपोर्ट	मुंबई, 12-13 फरवरी 2016	जॉईंट स्टेट कॉन्फरन्स ऑफ इंडियन असोसिएशन ऑफ प्रिव्हेन्टीव अँड सोशल मेडिसीन अँड इंडियन पब्लिक हेल्थ असोसिएशन
5	युटीलिटी ऑफ HbA1C एज ए स्क्रीनींग टेस्ट फॉर प्री डायबिटीज	लखनौ, 9-11 फरवरी 2018	नैशनल कॉन्फरन्स ऑफ इंडियन पब्लिक हेल्थ असोसिएशन
6	इफेक्ट ऑफ इटींग फ्रिक्वेन्सी ऑन प्रीडायबिटीजः ए सेल्फ कंट्रोल्ड प्रिव्हेन्टीव ट्रायल	पुणे, 9-11 मार्च 2018	नैशनल कॉन्फरन्स ऑफ इंडियन असोसिएशन ऑफ प्रिव्हेन्टीव अँड सोशल मेडिसीन

विभिन्न खाद्यपदार्थों की प्रतिक्रिया में इन्शुलीन के रिसाव के संबंध में कुछ प्रयोग :

दिन में सिर्फ दो बार भोजन करना इस डाएट प्लान का मुख्य आधार है और इसलिए हमें इस सवाल का लगातार जवाब देना होगा... 'यदि दो भोजन के बीच में

भूख लगती है तो क्या खाएं?' स्वर्गीय डॉ. जिचकार ने अपने व्याख्यान में उल्लेख किया है किकोई भी खाद्यपदार्थ जिस में 5% से कम कार्बोहाइड्रेट वजन/मात्रा शामिल है, इन्शुलीन के रिसाव का कारण नहीं बनेगा। इस तथ्य के आधार पर दो भोजनों के बीच में खाने के लिए खीरा, टमाटर, अंजीर (ताजे फल) और संतरे का रस आदि खाद्यपदार्थों को उन्हों ने अनुमति दी।

बहुत से लोग आँवला, घृतकुमारी, लौकी, पालक आदि का ज्यूस ले रहे हैं। स्वाभाविक रूप से वे ये जानना चाहते है कि क्या वे दो भोजनों के बीच इन चीजों को ले सकते हैं। यह जानने के लिए कि दो भोजनों के बीच किसी खाद्यपदार्थ के सेवन की अनुमति दी जा सकती है या नहीं, हमें अध्ययन करना पडेगा। उस खाद्यपदार्थ इन्शुलीन के स्तर का परीक्षण करने के लिए उस खाद्यपदार्थ का पहला निवाला/घुँट लेने के बाद 0, 10 और 60 मिनट पर तीन बार खून देना पडता है। आप जब पहला निवाला या घुँट लेते हैं वह समय 0 मिनट है। इसके लिए प्रति जाँच 600 से 1000 रुपये खर्चा आता है। इसका मतलब है कि हर एक खाद्यपदार्थ के लिए 2000 से 3000 रुपये खर्च करने होंगे। कुछ खाद्यपदार्थों की प्रतिक्रिया में इन्शुलीन का स्तर नीचे दिया गया है :

अ. क्र.	**उम्र लिंग**	**मधुमेह स्थिति D/ND/PD**	**खाद्यपदार्थ**	**इन्शुलीन का स्तर**		
				0 मिनट	**10 मिनट**	**60 मिनट**
1	54 स्त्री	D	गाजर	15.40	19.99	18.18
2	62 पुरुष	D	गाजर	6.71	9.23	3.64
3	46 स्त्री	PD	खीरा	10.10	11.55	9.17
4	40 पुरुष	D	खीरा	52.30	42.52	53.59
5	50 स्त्री	ND	सेब	7.19	16.14	11.52
6	65 पुरुष	D	सेब	12.21	7.22	20.58
7	28 स्त्री	ND	चीज	18.25	15.57	8.91
8	68 स्त्री	ND	सुप	41.12	46.68	34.12
9	66 स्त्री	ND	सलाद	12.20	21.11	12.82
10	66 स्त्री	ND	पनीर	25.49	22.30	33.00
11	48 पुरुष	ND	पनीर	13.59	19.24	32.98
12	44 पुरुष	ND	मसाला पनीर	23.26	25.64	25.12
13	38 स्त्री	ND	उबला अंडा	9.60	9.86	15.50

अ. क्र.	उम्र लिंग	मधुमेह स्थिति D/ND/PD	खाद्यपदार्थ	इन्शुलीन का स्तर		
				0 मिनट	10 मिनट	60 मिनट
14	47 स्त्री	ND	सख्त पेर	8.50	12.50	11.70
15	45 पुरुष	ND	सख्त पेर	5.12	7.50	-
16	46 पुरुष	D	बादाम और अखरोड	8.53	7.15	9.41
17	62 पुरुष	D	बादाम और अखरोड	16.77	18.92	11.55
18	51 स्त्री	ND	सौंफ	25.66	30.37	24.85
19	62 स्त्री	D	स्मुदी	16.65	19.14	19.43
20	44 स्त्री	D	स्मुदी	6.82	10.56	4.29
21	55 स्त्री	D	आँवले का रस	25.15	33.72	28.96
22	52 पुरुष	D	गुटखा	19.68	22.42	53.59
23	57 पुरुष	D	कोमल नारियल का पानी	18.83	19.23	25.52
24	44 पुरुष	ND	चीज	31.33	27.25	37.26
25	45 स्त्री	PD	चीज	5.77	5.66	7.84
26	59 स्त्री	PD	आँवले का रस	8.07	9.01	7.21
27	46 स्त्री	D	ब्लैक कॉफी	12.20	10.31	12.33
28	65 पुरुष	D	छाँछ	16.01	13.12	15.84
29	58 स्त्री	D	आँवले का रस	15.12	15.58	12.73
30	40 पुरुष	ND	नींबूपानी	8.63	10.33	7.60
31	52 स्त्री	PD	छाँछ	8.98	13.87	10.45
32	65 पुरुष	D	ब्लैक कॉफी	6.19	10.48	7.36
33	51 स्त्री	PD	अद्रक के साथ काली चाय	20.82	18.69	16.30
34	45 स्त्री	ND	आँवले का रस	8.72	9.76	7.10
35	56 पुरुष	PD	चीज	11.42	11.71	20.69
36	56 पुरुष	D	अद्रक के साथ काली चाय	16.56	21.00	18.24
37	56 पुरुष	PD	25% दूध और 75% पानी की चाय	9.21	10.93	8.43
38	46 स्त्री	PD	छाँछ	8.07	8.10	8.48
39	65 स्त्री	D	छाँछ	13.84	15.53	17.99
40	46 पुरुष	D	नींबूपानी	9.75	10.34	8.12

अ. क्र.	उम्र लिंग	मधुमेह स्थिति D/ND/PD	खाद्यपदार्थ	इन्शुलीन का स्तर		
				0 मिनट	10 मिनट	60 मिनट
41	34 पुरुष	ND	चीज	18.02	18.18	15.69
42	57 स्त्री	D	25% दूध और 75% पानी की चाय	15.84	15.20	8.19
43	36 पुरुष	ND	टमाटर	4.69	3.5	1.07
44	52 स्त्री	ND	कोमल नारीयल का पानी	13.90	26.49	19.01
45	56 स्त्री	D	अद्रक-नींबूपानी	28.61	29.13	23.87
46	64 पुरुष	PD	मुँगफली की छाँछ	2.83	4.08	5.16
47	61 स्त्री	ND	ब्लैक कॉफी	9.03	10.16	11.15
48	47 स्त्री	ND	नींबूपानी	7.97	8.26	8.00
49	51 पुरुष	ND	शक्करवाली चाय	4.5	4.8	13.0
50	51 पुरुष	ND	दो लड्डुओं के साथ भोजन	5.4	5.92	17.6
51	51 पुरुष	ND	कोमल नारियल का पानी	3.2	3.14	2.2
52	51 पुरुष	ND	25% दूध और 75% पानी की चाय	4.4	3.64	2.31
53	35 स्त्री	ND	खीरा	0.6	3.3	6.00
54	29 पुरुष	ND	दो अंजीर	3.9	9.8	11.3
55	28 पुरुष	ND	पत्तागोभी	2.3	3.7	7.3
56	31 पुरुष	ND	टमाटर	8.4	7.3	4.2
57	30 पुरुष	ND	संतरे का रस	5.4	19.1	9.0
58	64 स्त्री	ND	घृतकुमारी का रस	9.7	14.3	9.9
59	52 पुरुष	D	सख्त पेर	8.3	5.1	18.19
60	65 पुरुष	D	छाँछ के साथ खीरा	17.8	20.3	10.8
61	40 पुरुष	ND	दंतकांती टूथपेस्ट	9.6	6.8	5.2

* D - मधुमेह की स्थिति, PD - मधुमेहपूर्व स्थिति, ND - मधुमेह मुक्त स्थिति

- हमारे प्रबंधकों द्वारा सभी स्वयंसेवकों को विशिष्ट मात्रा में खाद्यपदार्थ दिये गए।
- पुणे, नासिक और औरंगाबाद के स्वयंसेवकों ने इस शोध में भाग लिया।
- डॉ. संगीता पंडित, संदीप सोनवणे, डॉ. श्याम अष्टेकर, डॉ. रत्ना अष्टेकर और डॉ. सीमा दहाड इस शोध के समन्वयक थे।
- कुछ स्वयंसेवकों ने वित्तीय सहायता प्रदान की।

अब जहाँतक मुमकीन है, हम सभी खाद्यपदार्थों पर ऐसे प्रयोग करने की कोशिश कर रहे हैं, जिनका लोग सेवन करना चाहते हैं। यहाँ मुझे एक जरूरी चेतावनी देनी चाहिए। आप दो भोजन के बीच ऐसे खाद्यपदार्थ का सेवन नहीं कर सकते, भले ही वह पदार्थ व्यक्ति के शरीर में इंन्शुलीन का रिसाव करता हो, यह कहना आसान है। लेकिन इसके विपरित हमेशा सच नहीं हो सकता। इसका मतलब यह हो सकता है कि एक खाद्यपदार्थ किसी दूसरे व्यक्ति में इन्शुलीन के रिसाव का कारण नहीं बनता, वह आपके शरीर में इन्शुलीन के स्राव का कारण बन सकता है! इसे सुनिश्चित करने के लिए इस तरह के प्रयोग सैकडों लोग, पुरुष और महिलाएँ और विभिन्न आयु समूहों से संबंधित लोगों पर होने की आवश्यकता है।

इन प्रयोगों में देखा गया कि एक ही खाद्यपदार्थ के लिए इन्शुलीन स्राव की भिन्न स्वयंसेवकों में अलग-अलग प्रतिक्रिया होती है। यह अंतर आयु समूह, वजन और मधुमेह की स्थिति की वजह से संभव है। इसका मतलब है कि किसी विशेष खाद्यपदार्थ से इन्शुलीन का स्राव नहीं होगा, ऐसा हम विश्वास के साथ कहना चाहते हैं तो हमें आयु समूह, लिंग और मधुमेह की स्थिति को ध्यान में रखते हुए 48 व्यक्तियों पर इसका परीक्षण करना चाहिए। इस पर करीब 50000 रुपये खर्च हो सकते हैं। यह अभी व्यावहारिक नहीं है।

लेकिन इस समस्या से हमेशा के लिए निपटने का, कम से कम व्यक्तिगत तौर पर एक अच्छा तरीका है! मान लीजिए, आप सुबह घृतकुमारी का रस लेने के आदि है। इसके सेवन के बाद 0, 10 और 60 मिनटपर तीन बार पैथोलॉजी लैब में अपने रक्त का परीक्षण करें। परिणाम प्राप्त करें। यदि इन्शुलीन का स्राव नहीं हो रहा तो आप सुबह उस रस को ले सकते हैं। यदि इन्शुलीन स्रावित हो रहा हो, तो घृतकुमारी के रस को अलविदा कहें! यह प्रयोग पाठकों द्वारा किया जा सकता है और कृपया हमारे साथ इसकी जानकारी साझा करें जो इस संबंध में सबूत जोडने में हमारी सहायता करेगा।

11
मधुमेह के बारे में कुछ शब्द

मधुमेह अब क्रोनिक हाइपरग्लायसेमिया की स्थिति द्वारा चिन्हित भिन्न रोगों के एक विषम समूह के रूप में देखा जाता है, जो एक साथ काम करनेवाले पर्यावरण और आनुवंशिक हेतुविज्ञान की विभिन्नता का फल है। इन्शुलीन का दोषपूर्ण उत्पादन या क्रिया, जो कि ग्लुकोज, फैट्स और अमिनो ऐसिड्स के उपापचय को नियंत्रित करता है, मधुमेह का अंतर्निहित कारण है। WHO ने मधुमेह को मधुमेह मेलेटस, बिगडा हुआ ग्लूकोज टॉलरेंस (IGT) और जेस्टेशनल डायबिटीज मेलिटस (GDM) के रूप में वर्गीकृत किया है। डायबिटीज मेलिटस में हमें इन्शुलीन-निर्भर (टाइप I) डायबिटीज मेलिटस, नॉन-इन्शुलीन डिपेंडेंट डायबिटीज मेलिटस (टाइप II), कुपोषण से संबंधित डायबिटीज मेलिटस (MRDM) और अग्न्याशय की बीमारियाँ, आनुवंशिक असामान्यताओं, दवाईयाँ या हार्मोन्स की वजह से होनेवाले अन्य प्ररूप मिलते हैं।

टाइप I डायबिटीज एक गंभीर बीमारी है जिसका आम तौर पर 30 वर्ष से कम आयु में निदान हो जाता है। इसके कारणों में 90% सदोष प्रतिरक्षा प्रणाली और 10% रोगियों मे अज्ञात कारण शामिल हैं। 10 से 14 वर्ष के आयु वर्ग में आम है। इस स्थिति में इन्शुलीन का उत्पादन करनेवाली बीटा कोशिकाएँ नष्ट हो जाती हैं। इन मरीजों के खून में नगण्य मात्रा में होता है या नहीं होता। इन्शुलीन का उत्पादन करने के लिए अग्न्याशय को उत्तेजित करनेवाली उत्तेजनाएँ इन व्यक्तियों में अप्रभावी हैं। ऐसे मरीजों को जीवन भर इन्शुलीन इंजेक्शन लेने की आवश्यकता होती है।

टाइप II डायबिटीज टाइप I डायबिटीज की तुलना में बहुत अधिक आम है। आम तौर पर इसका निदान दुर्घटना से किया जाता है। इसकी शुरुआत धीमी होती है और 40 वर्ष से अधिक आयु के लोग इससे प्रभावित होते हैं। पिछले कुछ वर्षों के हमारे संशोधन के माध्यम से उपलब्ध सबूतों के अनुसार हमारा डाएट प्लान निश्चित रूप से टाइप II के मधुमेह के मरीजों की मदद करता है। अभीतक हमारे पास यह

कहने के लिए पर्याप्त सबूत नहीं है कि यह डाएट प्लान टाइप I मधुमेह के मरीजों की मदद करता है। टाइप I मधुमेह के कुछ मरीजों में, इंजेक्शन द्वारा दी जानेवाली इन्शुलीन की मात्रा कम हो गई है। अगले कुछ वर्षों में, हम इन बीमारों के लिए कुछ अच्छी खबरें भी ला सकते है।

विभिन्न क्षेत्रों में मधुमेह की बढी हुई समस्या निम्न तालिका में दिखाई गई है:

18 साल से ज्यादा उम्र के लोगों में मधुमेह

क्षेत्र	1980 (%)	2014 (%)	1980 (करोड)	2014 (करोड)
आफ्रिका	3.1	7.1	0.40	2.50
अमरिका	5.0	8.3	1.80	6.20
युरोप	5.3	7.3	3.30	6.40
दक्षिण पूर्व आशिया	4.1	8.6	2.90	13.10

(स्रोतः विश्व स्वास्थ्य संगठन, 2016)

20 से 79 वर्ष के आयु वर्ग के मधुमेह के मरीजों की अधिकतम संख्यावाले देश

देश	मधुमेह के मरीजों के आँकडे (करोड)
चीन	10.96
भारत	6.91
अमरिका	2.92
ब्राझील	1.42
रशिया	1.20
मेक्सिको	1.14
इंडोनेशिया	1.00

(स्रोतः इंटरनेशनल डायबिटीज फेडरेशन 2016)

कई दशकों से हमें मधुमेह के बारे में वैज्ञानिक जानकारी है। दुर्भाग्य से यह वास्तविकता से बहुत दूर होगा कि हम इसे 100% समझ चुके हैं! वर्तमान परिदृश्य में मधुमेह के लिए अच्छे इलाज लेनेवाले मरीजों के साथ क्या होता है, इसके बारे में अध्ययन करना जरूरी है। हमने भारत के 7 राज्यों और 23 शहरों में रहनेवाले टाइप II मधुमेह के 1012 मरीजों का अध्ययन किया। इन सभी का इलाज डीएम (एंडोक्रिनोलॉजी) या एमडी (जनरल मेडिसिन) द्वारा किया गया था। इस में एक

सामान्य बात जो हमने देखी वह यह थी कि, कोई भी मधुमेह से पीडित नही था! यह भी एक सामान्य खोज थी कि शुरू में मरीज को एक दवाई दी गयी थी और अगले कुछ सालों मे दवाई की संख्या 2 या उससे अधिक हो गयी थी। कुछ मरीजों के लिए इन्शुलीन शुरू किया गया था। उनमें से अधिकांश को मधुमेह से जुडी विभिन्न जटिलताएँ थीं। क्या मधुमेह विशेषज्ञ इस तरह से मधुमेह के मरीजों का इलाज करना चाहते हैं? मुझे शक है! अच्छे इरादे और हाल के चिकित्सा संबंधी उन्नत ज्ञान के सहारे के बावजूद, दुर्भाग्य से मधुमेह के मरीजों के इलाज के नतीजे निराशाजनक है। क्या इस समस्या का जवाब खोजना डायबेटॉलॉजिस्ट्स की जिम्मेदारी नहीं है?

आजकल मरीजों का भी चिकित्सा संबंधी किताबों से सरोकार है। मधुमेह के कुछ मरीजों ने उन सवालों को सामने रखा है जो उन्हें परेशान कर रहे हैं। उनमें से कुछ ने अपना इलाज करनेवाले डॉक्टरों से इन सवालों को पूछने का साहस किया, जिसके लिए उन्हें तकलीफदेह नतीजे झेलने पडे! मैं इन में से कुछ सवाल नीचे देना चाहता हूँः

1. डॉक्टर, आपने कहा कि मेरा अग्न्याशय पर्याप्त इन्शुलीन स्त्रावित नहीं कर रहा है। खून की कौन सी जाँच से आपको यह जानकारी मिली है?
2. डॉक्टर, आपने कहा कि मेरा अग्न्याशय समाप्त हो गया है। फिर आप मुझे ऐसी दवाएँ क्यों दे रहे हैं जो मेरे अग्न्याशय को अधिक इन्शुलीन स्त्रावित करने के लिए उत्तेजित करती हैं?
3. क्या यह सच है कि आपकी दवाओं के कारण मेरा वजन बढ जाएगा?
4. यदि दवा के कारण मेरा वजन बढ रहा है, तो व्यायाम या आहार से इसे कैसे कम किया जा सकता है?
5. बार-बार, छोटे भोजन के बारे में सलाह किस वैज्ञानिक प्रमाण से उत्पन्न होती है?
6. तरह तरह की दवाईयाँ लेने के बावजूद मेरा मधुमेह अनियंत्रित क्यों है?
7. आपकी दवाओं के कारण मेरी ब्लड शुगर सामान्य सीमा में है, लेकिन मैं क्यों ऊर्जावान महसूस नहीं करता?
8. आपने कितने मधुमेह के मरीजों को दवाई से निजात दिलायी है?

इन सवालों को कालीन के नीचे नहीं धकेला जा सकता है! जिन मरीजों ने ये सवाल पूछने की हिम्मत की, उन्हें ज्यादातर डॉक्टरों के शानदार केबिन से बाहर निकाल दिया गया था, जिसका कारण एकदम स्पष्ट है!! जहाँ तक मधुमेह के इलाज

का सवाल है, वर्तमान परिदृश्य से कोई भी आसानी से निष्कर्ष निकाल सकता है कि इस में कुछ बहुत गलत चल रहा है। मेरी राय में मधुमेह के निदान और उपचार में निम्नलिखित समस्याएँ हैं :

1) मधुमेह का जल्दी निदान नहीं किया जाता है :

खाली पेट और खाने के बाद ब्लड शुगर के इस्तेमाल के बजाय हमें स्क्रीनिंग टेस्ट के रूप में HbA1C जाँच करनी चाहिए। खाली पेट और भोजन के बाद ब्लड शुगर जाँच की तुलना में, पूर्व मधुमेह के निदान में यह लगभग 30% अधिक मदद करेगा। यदि पूर्व मधुमेह का शीघ्र निदान होता है तो हमारे डाएट प्लान से वह 3 से 6 महीनों में मधुमेह मुक्त स्थिति प्राप्त की जा सकती है। यह डाएट प्लान किसी भी दवाई और बिना खर्चे के संभव है। इसे ध्यान में रखते हुए पूर्व मधुमेह के निदान का निदान कोई बडी समस्या नहीं होगी।

2) डाक्टर मधुमेह रोगियों को वैज्ञानिक जानकारी प्रदान नहीं करते हैं :

इसके परिणामस्वरूप समाज के शिक्षित लोगों में भी कई भ्रांतियां फैल चुकी हैं। जिन पोस्ट्स को प्रसारित किया जाता है और जो सोशल मीडिया पर वायरल हो जाते हैं, वे लोगों में पैदा होनेवाली असुरक्षा से उत्पन्न होते हैं। आपके आसपास मधुमेह के सैकडो समाधान हो सकते हैं जिस में विशेष खाद्यपदार्थ खाने से लेकर करेले के रस में पैर डुबो कर रखने तक कई समाधान शामिल है! अंततः यह चालाक लोगों के माध्यम से भ्रमित मधुमेह के मरीजों का शोषण करता है।

3) मधुमेह का बहुत ज्यादा इलाज किया जाता है :

पर्याप्त सबूतों के बावजूद जो यह बताता है कि जीवनशैली में सुधार मेटफॉर्मिन जैसी दवा से अधिक प्रभावी है; जीवनशैली में बदलाव के लिए, लोगों को पर्याप्त समय दिये बिना ही उन पर दवाईयों की बमबारी की जाती है। यदि रोगियों को 'जीवनशैली में बदलाव' और 'जीवनभर के लिए दवाईयाँ' यह दो विकल्प दिये जाते हैं; तो मुझे यकीन है कि वे सभी विकल्प के रूप में जीवनशैली में बदलाव का चयन करेंगे! इलाज करनेवाले डॉक्टर मरीजों को जीवनशैली में उचित बदलाव का सुझाव दे और उन्हें आवश्यक सहायता प्रदान करें।

4) मधुमेह विशेषज्ञ नवीनतम शोधों द्वारा समर्थित नए इलाजों की कोशिश करने में रुचि नहीं रखते हैं :

कुछ अध्ययनों से पता चलता है कि जो दिन में केवल दो बार खाते हैं, ऐसे मधुमेह के मरीजों में ब्लड शुगर का स्तर उन लोगों की तुलना मे बेहतर नियंत्रित होता है जो बारबार खाते हैं। फिर भी डायबेटालॉजिस्ट अपने मरीजों को इसे आजमाने के लिए समर्थन देने को तैयार नहीं है। उनके लिए यह निश्चित ही सही होगा की वे अपने

ऐसे मरीजों को इस डाएट प्लान का पालन करने की सलाह दें, जो उपचार लेने के बावजूद अनियंत्रित मधुमेह से पीडित है।

5) **डॉक्टर और मरीज दोनों का मानना है कि मधुमेह के इलाज की बजाय इसे नियंत्रण में रखना और इसकी जटिलताओं को रोकना ही एकमात्र उद्देश्य है :**

इस नकारात्मक दृष्टिकोण को बदलने की आवश्यकता है। यह रवैया मरीजों को और शायद डॉक्टरों को भी निराश करता है। विशेष रूप से हमारे अभियान के आशाजनक परिणाम निश्चित ही जयकार करने का एक कारण है!

हम सभी जानते हैं कि मधुमेह जीवनशैली से जुडी एक बीमारी है। फिर क्या जीवनशैली में बदलाव के द्वारा इसका समाधान खोजना तर्कसंगत नहीं है? यह एक बेशकिमती सवाल है! देश और शायद दुनिया का भविष्य हमारे डॉक्टरों की क्षमता और साहस में बसा है, और साथ ही सही जवाब पाने के लिए सही सवाल पूछने के समाज की क्षमता और साहस में भी है!!

मुझे यकीन है, हमारे डाएट प्लान की बढती लोकप्रियता के साथ, जिन मरीजों को मधुमेह होने का अभीअभी पता चला है, वे अपना इलाज करनेवाले डॉक्टर को बताएंगे, 'दिन में दो बार खाने और 45 मिनट में रोजाना 4.5 किलोमीटर चलने का प्रयोग तीन महिनों तक करने की अनुमति दें। इस प्रयोग में मेरा समर्थन करें। यदि यह विफल होता हैं तभी मुझे दवाइयाँ दें!'

ऐसा घटित होने के लिए मेरी शुभकामनाएँ!!

12
'मोटापा और मधुमेह मुक्त विश्व': एक आंदोलन

मैं जून 2012 से इस डाएट प्लान पर अमल कर रहा हूँ। मेरा वजन तीन महीनों में 74.5 से 66.5 किलो हुआ है और कमर का घेरा 2 इंच से कम हो गया। सितंबर 2013 में मैंने आहार का जादुई फॉर्मूला बतानेवाली 'विनासायास वेटलॉस' और 'एफर्टलेस वेटलॉस' इन किताबों को क्रमशः मराठी और अंग्रेजी में प्रकाशित किया। मेरे और आंदोलन के सभी प्रबंधकों के लिए यह गर्व का पल है कि 15 अप्रैल 2018 को इन पुस्तकों के संशोधित संस्करण जारी हुए।

यह शुरू से ही स्पष्ट था कि आहार सूत्र वजन घटाने का कारण बनता है, लेकिन लगभग एक वर्ष के प्रयोग के बाद मधुमेह की रोकथाम या स्थगन पर इसका प्रभाव स्पष्ट हो गया। यह देखा गया कि यह डाएट प्लान HbA1C और फास्टींग इन्शुलीन के स्तर को कम करती है। इन अनुकूल नतीजों को प्राप्त करने के बाद, मैंने हाल ही में मधुमेह का निदान किए गए मरीज और पूर्व मधुमेह के मरीजों के साथ कुछ प्रयोग किए। मैंने विभिन्न राज्य और राष्ट्रीय सम्मेलनों मे शोधपत्रों के रूप में अपने निष्कर्ष प्रस्तुत किए।

इस डाएट प्लान ने सैंकडों लोगों को लाभान्वित किया। उनमें से कुछ ने इस डाएट प्लान का प्रचार करना शुरू कर दिया। कुछ ने खुद पर प्रयोग किए। उनमें से कुछ ने मेरे व्याख्यान आयोजित किए। उनमें से कई ने डाएट प्लान अपनाया, अच्छे परिणाम पाये और अपने समुदायों के लिए 'रोल मॉडल' बन गए! यह जरूरी था कि देश के सभी जरूरतमंद लोगों तक यह डाएट प्लान पहुँचे। कुछ करने की जरूरत थी। लोगों ने व्याख्यान को सुना और प्रभावित हुए। कुछ ने वादा किया कि वे आहार योजना का पालन करेंगे और कुछ ने मोबाइल पर इसके नतीजे नियमित रूप से भेजे। लेकिन अनुयायियों का पूरा ब्योरा रखना असंभव था। साथ ही उन्हें लगातार प्रेरित करते रहने की जरूरत थी और अगर उन्हें कोई कठिनाई आये तो उनकी मदद भी करने की जरूरत थी।

जुलाई 2015 में डॉ. शिल्पा तोताला, जो की डाएट प्लान कि प्रबल अनुयायी है, उन्हों ने इस आंदोलन को फैलाने के लिए व्हाट्सएप ग्रुप बनाने का विचार रखा। इस कल्पना के विकास में औरंगाबाद के प्रसिद्ध बालरोगविशेषज्ञ डॉ. गणेश कुलकर्णी का महत्त्वपूर्ण योगदान था। अब तक हमारे पास 116 व्हाट्सएप ग्रुप और एक फेसबुक ग्रुप है। हमारा फेसबुक ग्रुप बनाने का सारा श्रेय पुणे से केतकी राजवाडे को जाता है! अभिषेक छत्रबंद हमारे फेसबुक पेज की देखभाल करते हैं। हमने 2015 के अंत तक कम से कम 4 व्हाट्सएप समूह और 400 सदस्यों का लक्ष्य रखा था। 31 दिसंबर 2015 को हमारे पास 10 व्हाट्सएप समूह और 700 से अधिक सदस्य थे! अब आंदोलन तेजी से फैल रहा है। अब तक हमारे पास 287 व्हाट्सएप समूह, 1 फेसबुक पेज और 1 फेसबुक समूह के माध्यम से 1,00,000 से अधिक सदस्य हैं। हमारा उद्देश इस अभियान में 1 करोड या अधिक सदस्य बनाना है। मुझे विश्वास है कि आंदोलन के सभी प्रबंधकों के समर्पित प्रयासों के कारण हम निश्चित रूप से अपने लक्ष्य तक पहुँचेंगे। मुझे लगता है कि इस आंदोलन के प्रबंधकों के योगदान को कृतज्ञता के साथ स्वीकार करना मेरा कर्तव्य है।

इस आंदोलन का लक्ष्य 'मोटापा और मधुमेह मुक्त विश्व' है। हमारे डाएट प्लान के संदेश को फैलाने के लिए मैं और मेरे प्रबंधक व्याख्यान देते हैं और लोगों को शिक्षित करते हैं। फिर हम उनसे अपने व्हाट्सएप ग्रुप में शामिल होने का अनुरोध करते हैं। व्हाट्सएप ग्रुप पर वे अपने सवाल पूछ सकते हैं और हम उनकी समस्याओं का समाधान करते हैं। सदस्यों को हररोज प्रेरित रखने के लिए हम सफलता की कहानी या दिन की एक टीप साझा करते हैं। वे इन समूहों पर HbA1C और फास्टींग इन्शुलीन के अपने विवरण को भी ये सदस्य इस ग्रुप पर साझा कर सकते हैं और हमारी सलाह ले सकते हैं। मुझे यकीन है कि हमारे सभी प्रबंधकों के निरंतर प्रयासों के साथ आज नहीं तो कल हमें अपने लक्ष्य में सफलता प्राप्त होगी।

यदि आप इस डाएट प्लान के बारे में जानना चाहते हैं या हमारे आंदोलन का हिस्सा बनना चाहते हैं या किसी भी तरह से हमारी मदद करना चाहते हैं तो कृपया हमारी टीम के प्रबंधकों से उनके व्हाट्सएप नंबर पर संपर्क करें। मैं उनके नाम की सूची नीचे दे रहा हूँः

क्र.	**नाम**	**व्हाट्सअप नंबर**
1.	श्री. अरुण नावगे, मुंबई	8999406017
2.	डॉ. वेदा नलावडे, पुणे	9545529255
3.	डॉ. संतोष ढुमणे, पुणे	9890886727
4.	डॉ. संगीता पंडित, पुणे	9822022416

5.	श्री. संदीप सोनवणे, नासिक	9422256450
6.	श्री. अमोल भागवत, मुंबई	9757399529
7.	श्री. ए. जी. चौधरी, ठाणे	9821862424
8.	डॉ. अंजली दीक्षित, औरंगाबाद	9423779765
9.	श्री. बाळासाहेब कदम, फलटन	9422033382
10.	श्रीमती शर्मिला इनामदार, ठाणे	9769695940
11.	डॉ. विमल डोळे, लातूर	9850056648
12.	डॉ. नंदनवनकर, नांदेड	9823121986
13.	श्री. संतोष ममदापुर, बेलगाम	9449837145
14.	श्री. अतुल कुलकर्णी, सोलापूर	9423067399
15.	श्रीमती अनीता बाहेकर, औरंगाबाद	9422211854
16.	श्री. भरत बैलाप्पा, बेंगळुरु	9900311496
17.	डॉ. श्रीमती सीमा दहाड, औरंगाबाद	8888849809
18.	डॉ. राजेश दाते, दौंड	9422224298
19.	डॉ. निकोसे, अमरावती	9422912614
20.	श्री. दीपक कुलकर्णी, पुणे	9850217641
21.	श्रीमती मुक्ता गाडगीळ, पुणे	9822171517
22.	डॉ. श्रीराम गोसावी, पालघर	9028381578
23.	डॉ. गजानन जट्टी, सोलापूर	8237005707
24.	डॉ. सुभाष जोशी, बीड	8275387063
25.	डॉ. जयश्री कलानी, परभणी	9422925227
26.	डॉ. राजकुमार कलानी, परभणी	9422176227
27.	श्री. राजू अकोलकर, नागपूर	9096399222
28.	श्री. नितीन पेंढारकर, पुणे	8668963477
29.	डॉ. ए. एन. मस्के, सोलापूर	7030884546
30.	श्री. हेमंत कालीकर, नागपूर	9822579509
31.	श्रीमती शिल्पा उनकुले, पुणे	8975469006
32.	डॉ. सुधीर चौधरी, औरंगाबाद	9822874194
33.	दीपाली बेंद्रे, नागपूर	9822200816
34.	डॉ. शर्मिला सूर्यवंशी, नांदेड	9325565009
35.	श्री. शिवशंकर स्वामी, औरंगाबाद	9422210371
36.	माधवी जोशी, ठाणे	9819747980

37.	प्रो. प्रदीप पाटील, औराद शहजानी	7588876455
38.	श्रीमती रचना मालपानी, लातूर	9422110282
39.	श्री. उल्हास सावजी, औरंगाबाद	9049711106
40.	श्रीमती वैशाली तोष्णीवाल, नगर	9657607268
41.	श्री. रवि जगन्नाथन, ठाणे	9819576176
42.	मिलिंद भालेराव, नागपूर	9665281593
43.	डॉ. मनीषा चौरे, शिरूर	9270152610
44.	डॉ. संध्या दले, चेन्नई	9790799599

इस आंदोलन के कारण घटी सकारात्मक बातें :

सबसे महत्त्वपूर्ण बात यह है कि डॉक्टर और लोग एक-दूसरे से जुडे। वजन घटाने के शोषणकारी व्यापारिक रणनीति पर कुछ शिकंजा कसा। आम लोग समझ गए कि वजन घटाना संभव है और वह भी हर किसी के लिए संभव है। यह समझ लोगों में सकारात्मकता लाती है।

जो लोग एक किलोमीटर तक भी पैदल चलने की सोच नहीं सकते थे, वे अब 10 और 21 किलोमीटर के मैरेथॉन में भाग लेने के बारे में सोच रहे हैं! उनमे से कुछ ने वास्तव में इसे किया है। क्या खाना चाहिए और क्या नहीं इसके बारे में लोगों ने एक अनुशासन विकसित किया। उन्हों ने स्वस्थ खाद्यपदार्थ खाने की आदत विकसित की। दो भोजनों के बीच मे जंक फूड्स का अनावश्यक सेवन बंद कर दिया। चूँकि दो खानों में खाने के व्यंजनों के बारे मे कोई प्रतिबंध नहीं है, इसलिए पहले जो 'अपराध भावना' थी वो अब गायब हो गई है! खाद्यपदार्थों के प्रति उनकी संवेदनशीलता तेज होने की वजहस लोग उनके भोजन के हर एक निवाले का आनंद उठाने लगे।

मधुमेह के मरीजों में सकारात्मकता का पुरजोर विकास हुआ। उन्हों ने खुद को यह विश्वास करने के लिए मजबूर किया था कि मधुमेह जीवन भर के लिए उनका साथी होगा। अब उन में इससे छुटकारा पाने का आग्रह विकसित हो रहा है! पूर्व मधुमेह की स्थिति को कुछ ही महीनों मे मधुमेह मुक्त स्थिति में बदलने का एक निश्चित तरीका मिला। मधुमेह के कई मरीजों में इस डाएट प्लान की वजह से उनकी दवाईयों की संख्या और मात्रा कम हो गयी। जिसके नतीजतन मधुमेह के मरीजों को आशा की नयी किरण भी दिखाई दी।

कई डॉक्टर जो सामाजिक भलाई करना चाहते हैं, वे इस आंदोलन में शामिल हुए। उन्हों ने स्वयं इस डाएट प्लान को अपनाया और अपने दोस्तों, मरीजों और रिश्तेदारों को इसे अपनाने की सलाह दी। गौर करने जैसी बात यह है कि औरंगाबाद के प्रख्यात डायबेटोलॉजिस्ट डॉ. संजीव इंदुरकर और लातूर के डॉ. अष्टेकर ने इस डाएट प्लान का अध्ययन किया और हमारे शोध में भी सक्रिय योगदान दिया।

HbA1C और फास्टींग इन्शुलीन की जाँच महाराष्ट्र में लोकप्रिय हो गयी! इससे पहले जब भी हम मरीजों को फास्टींग इन्शुलीन की जाँच करने की सलाह देते थे, तो ज्यादातर लोग फास्टींग ब्लड शुगर की जाँच का विवरण लेकर आते थे! आजकल ऐसा नहीं होता। इन दोनों जाँचो की लागत में भी उल्लेखनीय कमी आयी है। पूरे महाराष्ट्र में 3 से 4 साल पहले, इन जाँचों के लिए लगभग 1200 से 1700 रुपये लग जाते थे। हमारे लगातार प्रयासों के कारण अब महाराष्ट्र के सभी प्रमुख प्रतिष्ठित लैब्स में 550 से 700 रुपये लगते हैं। यह केवल इस तथ्य के कारण संभव हो पाया क्योंकि हमारे आंदोलन को इन गतिविधियों में कोई निहित आर्थिक रूचि नहीं है।

यह आंदोलन अब सोशल मीडिया के माध्यम से 41 विभिन्न देशों से संबंधित 70,000 से अधिक सदस्योंतक पहुँच चुका है। यू ट्यूब पर मराठी, हिंदी और अंग्रेजी में मेरे व्याख्यान को अब तक देढ़ करोड से अधिक लोग देख चुके हैं। कई राज्यों और शहरों में नये व्हाट्सएप ग्रुप बनाये जा रहे हैं। यह आंदोलन पूरे जोर-शोर से आगे बढ रहा है।

मोटापा और मधुमेह वर्तमान युग की प्रमुख स्वास्थ्य समस्याएँ हैं। हम इन बीमारियों को रोकने के लिए एक सरल विधि चाहते हैं। यह विधिः

1) निःशुल्क होनी चाहिये
2) डॉक्टर या विशेषज्ञ की इसके लिए कोई आवश्यकता नहीं होनी चाहिए, और
3) कोई भी व्यक्ति इसका जीवन भर पालन करने में सक्षम होना चाहिए!

मेरा मानना है कि इस आंदोलन में सुझाया गया डाएट प्लान इन सभी मानदंडों को पूरा करता है। मेरा आप सभी से अनुरोध है कि, कृपया इस आहार योजना के बारे में जानकारी प्राप्त करें, इसे तीन महीनों के लिए ईमानदारी से अपनाएँ। खुद परिणाम देखे और यदि आप आश्वस्त हैं तो इस आंदोलन में हमारे साथ हाथ मिलायें। मुझे यकीन है कि आप सभी के योगदान से हम निश्चित रूप से अपने विश्व को मोटापे और मधुमेह से मुक्त करेंगे!

मैं आपको और हमें इस लक्ष्य को प्राप्त करने के लिए शुभकामनाएँ देता हूँ!!

प्रतिपुष्टी

डॉ. तुषार बंडगर

एम.डी. (जनरल मेडिसीन), डी.एम. (एन्डोक्रायनॉलॉजी)

कन्सल्टंट डायबेटॉलॉजिस्ट अँड एन्डोक्रायनॉलॉजिस्ट

प्रोफेसर, डिपार्टमेंट ऑफ एन्डोक्रायनॉलॉजी, के ई एम हॉस्पिटल, मुंबई

प्रिय डॉ. दीक्षित,

आपके द्वारा लिखी 'विनासायास वेटलॉस' इस किताब के लिए मैं आपका अभिनंदन करना चाहता हूँ।

यह एक बहुत ही अच्छे तरीके से लिखी हुई और वैद्यकशास्त्र से न जुडे हुए तथा आम लोग भी समझ सके ऐसी सहज भाषा में संकलित की हुई किताब है। विज्ञान के साथ ही प्रायोगिक सूचनाओं का सुंदर मिश्रण इस में है जिस पर आम आदमी अपने रोजमर्रा की जिंदगी में अमल कर सकता है। भारत में जीवनशैली पर आधारित विकारों के पॅथोजेनेसिस में इन्शुलीन के प्रतिरोध की भूमिका अच्छी तरह से ज्ञात है और इससे सहज, प्रायोगिक, कम महंगे तरीकों द्वारा निपटने की जरूरत है, जो कि इस किताब में स्पष्ट किया गया है।

आखिर में, कैलरी का हमारे शरीर में फॅट के रूप में संचयन न हो इस उद्देश से कैलरी पर नियंत्रण रखना यहीं स्वस्थ जीवन का असली मंत्र है।

अरुण लक्ष्मण नावगे, उम्र 57 साल

मेकॅनिकल इंजिनीयर

करिअर के शुरुआती दिनों में मल्टिनैशनल कंपनी के कॅन्टीन का समृद्ध खाना और बाद में जो भी मिले वह बिना किसी नियंत्रण के खाने की आदत की वजह से मेरा वजन जो 75 किलो था वह (मेरी ऊँचाई के अनुपात में एकदम ठीक) वह बिना किसी एहसास के 87 किलो पर पहुँच गया।

मेरे पूने में निवास के दौरान मैं मैदानों के खेल, व्यायाम, हाईकिंग/ट्रेकिंग इसमें बहुत सक्रिय था, इसीलिए वजन नियंत्रण में था। दिसंबर 2014 में एक अनूठे बाईक एक्सीडेंट की वजह से मुझे लिगामेंट के पुनर्निर्माण हेतु मुझे एक शल्यचिकित्सा करनी पडी। इससे मेरी सभी शारिरीक क्रियाओं पर पाबंदी आ गयी और वजन 93 किलो तक बढ गया। तोंद का घेरा 40 इंच तक फुल गया।

फरवरी 2017 की शुरुआत में, मेरी बीवी के द्वारा बारंबार जोर देने की वजह से मैं 'कर्दलीवन' की यात्रा पर निकल गया। मेरे खयाल से श्री. अमोल भागवत, जिनके

साथ मेरी इस यात्रा के दौरान दोस्ती हुई थी उन्हों ने इस यात्रा के तीन दिनों में मेरी पीडा को जरूर समझा होगा! उन्हों ने ही मुझे डॉ. दीक्षित के डाएट प्लान एक बार देखने का सुझाव दिया।

यात्रा से लौटने के बाद मैंने जरूरत के अनुसार HbA1C और फास्टींग इन्शुलीन की जाँच करायी और उसे डॉ. दीक्षित सर के पास भेज दिया। HbA1C 6.2 थी और फास्टींग इन्शुलीन 8.5 थी। इसका मतलब मैं पूर्व डायबेटीक स्थिति में था। मेरे जीवन का यह बहुत बडा झटका था!

'डाएट प्लान' की सभी सूचनाओं पर बारीकी से अमल करने का निर्णय मैने लिया। लिगामेंट सर्जरी के बाद मैं 45 मिनट में 4.5 कि.मी. चल सकूँगा या नहीं इसके बारे में मुझे विश्वास नहीं था। शुरुवात में 'दिन में दो बार खाना' इसमें बहुत हिचक थी लेकिन दो हफ्तों में वह ठीक हो गयी। इस दौरान मेरी तोंद का घेरा एक इंच से कम हो गया! इससे मुझे स्फूर्ति मिली! मैंने धीरे धीरे लेकिन विश्वास से मेरे चलने का अंतर बढा दिया। पहले माह के अंत तक मैं 70 मिनटों में 7 कि.मी. चलता था।

इसके नतीजे बहुत ही स्पष्ट थे! मेरी सफलता की कहानी तीन महिनों बाद छप गयी!

HbA1C : 5.7, वजन : 83 किलो, तोंद का घेरा : 38 इंच

हालाँकि, फास्टींग इन्शुलीन में बढोतरी होकर वह 14.5 पर पहुँच गयी थी। मैंने 'डाएट प्लान' नयी ताकत से शुरू किया। अगले दो महिनों के भीतर तोंद का घेरा - 36 इंच, HbA1C - 5.4, फास्टींग इन्शुलीन - 5.6. इसका मतलब मैं केवल मधुमेह से मुक्त ही नहीं हुआ बल्कि मैं मेरी ऊँचाई के अनुपात में जितना चाहिये ठीक उतना वजन भी मैंने पा लिया।

सितंबर 2017 में हमारे 50 से अधिक उम्र के लोगों के ग्रुप यंग टर्क्स द्वारा स्वर्गारोहिणी का ट्रेक और गिरनार की यात्रा जनवरी 2018 में सफलता से पूरी की। यह सारी खुशी मुझे केवल इस 'डाएट प्लान' की वजह से मिली। इस ग्रुप के सदस्यों के सौजन्य से उन्हों ने टू कॉलर में मेरे नाम से पहले डॉ. भी लगा दिया।

पिछले 9 महिनों से मैं डॉ. दीक्षित सर के आंदोलन के साथ बहुत करीब से जुडा हूँ। उन्हें जिस भी तरीके से संभव है मदद कर रहा हूँ जिसके द्वारा हम अधिकतम लोगों तक पहुँच सके!

पिछले पाँच महिनों से मेरा वजन 73 किलो पर स्थिर है। (वजन में कुल 20 किलो कटौती) और तोंद का घेरा 32 इंच (कुल आठ इंच की कटौती)। अब मेरे बचे जीवन के लिए मुझे 'टार्गेट' मिल चुका है!

डॉ. वंदना गांधी

गायनॅकोलॉजिस्ट, गांधी हॉस्पिटल, अकलुज

'इंडिया फ्री ऑफ ओबेसिटी अँड डायबेटीस' इस शानदार आंदोलन की शुरुआत के लिए डॉ. जे. व्ही. दीक्षित सर द्वारा दिया गया समर्पण तथा कठोर मेहनत की मैं बडी सराहना करती हूँ। उनके शिष्टाचार के अनुरूप सच्चे प्रयास से कई लोगों के जीवन में चमत्कार घटित हुए हैं। एक व्यस्त गायनोकॉलॉजिस्ट होने के नाते बढती हुई पॉलिस्टिक ओव्हरी के शिकार युवा और प्रौढ महिलाएँ मेरे पास आती है। पीसीओएस की बीमारी के आग में मोटापा एक इंधन की तरह काम करता है। जबसे मैंने उनका व्याख्यान सुना है और उनकी 'इफर्टलेस वेट लॉस' यह किताब पढी है, मैंने मेरे बांझपन के रुग्णों के लिए, विशेष कर मोटापे के शिकार 'पीसीओएस' इस श्रेणी में आनेवाले रुग्णों के लिए इस आहार प्लान का प्रयोग अगस्त 2016 से शुरू कर दिया है।

डॉ. जे. व्ही. दीक्षित सर के सम्मान में मैंने इसका नामकरण 'जेव्ही प्रोटोकॉल' कर दिया है। मेरे अभिलेख और निरीक्षण के अनुसार इस आहार प्लान को ईमानदारी से अमल में लानेवाले लोगों के वजन में करीब 8 से 12 किलो की कटौती दिखाई दी है। साथ ही, मैंने ऐसा निरीक्षण किया है तथा दस्तावेज लिखा है कि इनमें से कुछ लोगों में बिना किसी ओव्ह्युलेशन इंडक्शन दवाईयों के डिंबधारण की प्रक्रिया सुचारू रूप से चल रही है। जिन महिलाओं को चार-पाँच बार माहवारी होती थी, उनकी माहवारी सुचारू रूप से चलने लगी। पीसीओडी की शिकायत के लिए मेरे पास आनेवाली 30-40 महिलाओं में से दो महिलाओं में तो बिना किसी दवाईयों के केवल इस आहार प्लान को अपनाने से गर्भधारणा भी हो गयी।

मेरा विश्वास है कि, जेव्ही प्रोटोकॉल के विवेकवादी मार्ग ने केवल मोटापे से मुक्ति पाने में ही सहायता नहीं की है, बल्कि पीसीओएस की शिकार महिलाओं में उनकी शरीरक्रिया गत तथा हार्मोनल स्थिति को पहले जैसी सामान्य स्थिति में लाने में भी यह कारगर साबित हुआ है। इस संकल्पना के लिए ढेर सारे दस्तावेज और अनुसंधान की जरूरत है। इस आहार प्लान से मोटापे के शिकार लोगों में कई चमत्कार घटित हो सकते हैं। पीसीओडी के शिकार कई रुग्ण डॉ. दीक्षित सर के मार्गदर्शन के अनुसार केवल आसानी से वजन घटाने के आहार प्लान को अमल में लाने भर से मातृत्व का आनंद अनुभव कर सकते हैं! इस आंदोलन को भव्य सफलता मिलें यही शुभकामनाएँ!!

डॉ. मुकुंद करंबेळकर, उम्र 62 साल,

गायनॅकॉलॉजिस्ट, चालीसगाँव

डॉ. दीक्षित सर के आग्रह पर जब मैं अपनी सफलता की कहानी लिखने बैठा मेरी आँखों के सामने से मेरी पूरी जिंदगी किसी स्क्रीनप्ले की तरह गुजर गयी। जब मैं 20 साल का था तब मेरी ऊँचाई 162 सें.मी. थी और मेरा वजन 51-52 किलो के आसपास रहता था। अगले आठ से दस सालों में मेरे मेडिकल विश्वविद्यालय के सालों में यह वजन बिना जाने ही 55-56 पर पहुँच गया। मैंने डाक्टरी की प्रैक्टीस 29 की उम्र में शुरू की। और करीब उसी समय मेरी शादी भी हो गयी। उस समयकाल में मुझे सूखी खाँसी हो गयी थी। उससे छुटकारा पाने के लिए मैंने स्टेरॉईड्स लिए और मेरा वजन 65-66 किलोतक पहुँच गया। कभी कसरत तो कभी आहार, मूड स्विंग के अनुसार वह चल रहा था और मेरा वजन 65 से 68 किलो के बीच में झुल रहा था। पचास की उम्र तक पहुँचते पहुँचते वह धीरे धीरे 72-73 किलोतक पहुँच गया। फिर एक दिन मुझे सीने में दर्द होने लगा। सभी जाँचों के नतीजे सामान्य थे, लेकिन यह धक्का खुद को झंझोडकर जगाने के लिए काफी था। आहार संबंधी नियोजन और तैरने की सहायता से मैं यह वजन 62 किलो तक नीचे ले आया। वजन को अगले दो-तीन सालों तक मैं यही तक सीमित रख पाया। मेरी उम्र के 50 से 60 के दौरान जीवन के तनावों से जुझते-जुझते मैं धीरे धीरे खाने की लत सी लग गयी। कुछ बिस्कीट, सिंगदाने, मकई के दाने, कभी कभार पाव वडा, पिझ्झा, आईस्क्रीम, पनीर, बाहर का खाना... इस तरह से सबकुछ अनजाने में ही आपे से बाहर हो गया और मेरा वजन 76 किलो के भी पार निकल गया। मुझे नये पैंट सिलाने पडे, तोंद का घेरा 38.5 इंच!! (दर्जी ने घेरा बढाने के लिए रखा मार्जिन भी खत्म हो गया।) इसी समय के दौरान करीब छह महिने पहले, ठीक कहा जाये तो 22 जुलाई 2017 के दिन मुझे चालीसगाँव में डॉ. दीक्षित के व्याख्यान में शामिल होने का अवसर मिला। मैंने जिज्ञासावश HbA1C और फास्टिंग इन्शुलीन की जाँच करायी। उसके नतीजे क्रमानुसार 5.96 और 11.6 थे।

पूर्व मधुमेहावस्था!! यह मेरे जीवन का एक बडा झटका था। मैंने इस आहार प्लान को गंभीरता से अमल में लाना शुरू किया। वास्तव में, डॉ. जिचकार मुझ से केवल दो साल ज्येष्ठ थे। उस समय मुझे उनके सिद्धांत के बारे में जानकारी थी। इसके बारे में मैंने अन्य कई लोगों से भी सुना था। लेकिन डॉ. दीक्षित सर के मुँह से उनके अनुभव, उनका जुनून और उनके प्रयोग इनके बारे में सुनते समय वह सारी चीजें मेरे दिल को छू गयीं। और मुझे अंदर से ऐसा लगा कि 'मुझे इन्हें सुनना' चाहिए। उसके बाद के तीन महिनों मे मेरे जीवन में बडा बदलाव लाया।

मेरा वजन 76 किलो से 67 किलो हो गया, तोंद का घेरा 38.5 इंच से 35.5 इंच पर आ गया (मुझे मेरी पैन्ट फिर से अल्टर करनी पडी...!!) फास्टींग इन्शुलीन 11.6 से 8.67 पर आ गयी लेकिन HbA1C 6.1% तक बढ गयी। लेकिन किसी भी हिचकिचाहट के बिना मैंने डॉ. दीक्षित से सलाह ली। उन्हों ने मुझ से पूछा, 'क्या आप कसरत कर रहे हो?', मैने कहा, 'हाँ, मैं अपने टेरेस पर कभी कभार 45 मिनट तक चलता हूँ। उन्हों ने हँस दिया और बोले, यह काम नहीं करेगा। आपको 45 मिनट में 4.5 कि.मी. चलना पडेगा। तभी चलकर यह सही मायने में कसरत कही जायेगी।' फिर मैंने एक स्वास्थ्य ऐप डाऊनलोड कर ली, गंभीरतापूर्वक चलने लगा, और मुझे पता चला कि मैं 45 मिनट में मात्र 3.5 कि.मी. चल रहा हूँ। (अब तो मैं 45 मिनट में 5.5 कि.मी. चलता हूँ!!) उसके बाद बदलाव आ गया।

11 जनवरी 2018 - वजन 65.5 किलो, तोंद का घेरा 35 इंच, HbA1C 5.6% और फास्टींग इन्शुलीन 11.8 थी।

इससे आगे, मेरे शेष जीवनकाल के लिए इस आहार प्लान को गंभीरता से अमल में लाने का निर्णय मैंने कर लिया। मैंने मेरे पास आनेवाले पेशंट्स को भी इस आहार प्लान की सिफारिश करनी शुरू की। यह प्लान केवल मधुमेह से मुक्ति पाने के लिए ही कारगर नहीं है बल्कि थायरॉईड और माहवारी से संबंधित समस्याओं से भी इसे अपनाने से छुटकारा पाया जा सकता है। वास्तव में, इसे अपनाने से जीवन ना केवल स्वास्थ्यपूर्ण बनता है किंतु प्रसन्न, जवान और समृद्ध बन जाता है।

इस प्लान को गंभीरता से अमल में लानेवाले लोगों को भिन्न ग्रुप्स के माध्यम से तथा व्यक्तिगत रूप से डॉ. दीक्षित द्वारा दिया जानेवाला प्रोत्साहन भी एक बहुत महत्त्वपूर्ण चीज है।

इस आंदोलन से जुडने का मौका मुझे मिला, इसलिए मैं बहुत ही गर्वित महसूस करता हूँ।

मैं उनका तहेदिल से शुक्रगुजार हूँ।

श्रीमती सुनीता महादेव पालवे-बडे,

प्राथमिक शिक्षक, तहसील पाथर्डी, जिला अहमदनगर

डॉ. दीक्षित सर का व्याख्यान यु ट्यूब पर देखने के बाद मैंने यह आहार प्लान 4 नवंबर 2017 से शुरू किया। मैंने इस 'आहार प्लान' पर अमल के तीन महिने 3 फरवरी 2018 को पूरे किए। जब मैने शुरू किया था तब मेरा वजन 72 किलो था। पहिले महिने के खत्म होते होते यह 69 किलोतक घट गया। दूसरे महिने के आखिर में यह 66 पर आ गया और तिसरे महिने के खत्म होते होते यह 64 पर आ गया। इसका मतलब मैंने 10

किलो वजन घटाया था। कई तरीके अपनाने के बाद भी पिछले 17 सालों में मेरा वजन कभी भी इतना घटा नहीं था। इस प्लान ने मेरे जीवन में नयी ऊर्जा भर दी।

इस प्लान का अमल शुरू करने के बाद : • मेरी बदहजमी की समस्या गायब हो गयी! • घुटने के जोडों का दर्द पूरी तरह से दूर हुआ! • चलने की गति में सुधार आया! • ऊर्जा का स्तर और आत्मविश्वास में भी बढोतरी हुई! • हल्का और ताजा लगने लगा! • कुछ समय बाद कुछ ना कुछ खाने की बुरी आदत से निजात मिली! • चाय की आदत से करीब-करीब छुटकारा मिला!

मेरे अनुभवों को सुनने के बाद योगा क्लास से 20 महिलाएँ और मेरे कई रिश्तेदारों ने इस प्लान पर अमल करना शुरू किया है।

दो महिनों बाद मैंने जाँच करायी - HbA1C 5.7% थी और फास्टींग इन्शुलीन 2.56 थी।

मेरी ऊँचाई के अनुसार, मैं अपना वजन और 9 किलो से कम करना चाहती हूँ और मैं आपको पूरे विश्वास के साथ कह सकती हूँ कि जल्द ही मैं उसे हासिल कर लूंगी। सही मायने मे डॉ. दीक्षित सर और उनकी टीम की जितनी भी प्रशंसा करें उतनी कम है।

एक महान उद्देश के लिए वे जो निःस्वार्थ कार्य कर रहे हैं उसको मैं सलाम करती हूँ। मैं इस आहार प्लान को कभी भी नहीं छोडूँगी और अन्य लोग इसे अपनाये इसके उन्हें लिए प्रोत्साहित करूंगी।

ए. एन. रामचंद्र, उम्र - 46 साल
सेंट्रल गव्हर्नमेंट ऑर्गनायझेशन,
नॉन-डिस्क्रिप्ट कोस्टल टाऊन ऑफ कर्नाटक

मेरे लिए, यह सब ऑफिस में चक्कर आने के साथ शुरू हुआ (बाद में यह स्पष्ट हुआ कि वह चक्कर उच्च ऐसिडिटी के कारण आया था!) मेरे फैमिली डाक्टर द्वारा सिफारिश किए गयी सभी जाँच के अभिलेख सिर्फ एक खून में शुगर के स्तर के अपवाद को छोडकर, सामान्य थे। खून में शुगर का स्तर 300 मिलीग्राम था और मुझे डी आद्याक्षर से शुर होनेवाले खूँखार डायबेटीस का निदान किया गया। HbA1C 10.5% थी। जैसे कि मैं एक नॉन डिस्क्रिप्ट टाऊन में रहता हूँ, मैंने इसकी जाँच बेंगलोर के एक उच्च तकनीकी डायग्नोस्टीक सेंटर से भी करवाई। HbA1C 11.5 % (सच में, तालिका के परे) थी।

मेरे दोस्त, जो एमडी थे उन्हों ने शुगर का स्तर घटाने के लिए इन्शुलीन से शुरुआत करने की सलाह दी।

यह अप्रैल 2017 के दरम्यान हुआ। इससे ठीक पहले, मैने डॉ. दीक्षित के डाएट प्लान के बारे हम दोनों के एक दोस्त के माध्यम से जानकारी मिली थी। इसलिए मैंने डॉ. दीक्षित से संपर्क किया। जिन्होने बडी शांति से मेरी बात सुनी और मुझे डाएट प्लान के बारे में विस्तार से जानकारी दी। साथ ही यह भविष्यवाणी भी की, जैसे कि मेरे साथ मधुमेह का निदान हाल ही में किया गया है, यदि मैं इस डाएट प्लान पर डटा रहता हूँ तो दिवाली तक यानी अक्तूबर 2017 तक मैं इस जंगल से बाहर निकल जाऊंगा। इसलिए मैंने इस प्लान को 24 अप्रैल 2017 को अपना लिया। शुरुआती दिनों में मेरी स्थिति नीचे दिये अनुसार थीः

HbA1C - 11.5%, फास्टींग इन्शुलीन - 3.66, कमर का घेरा 40 इंच, वजन 77 किलो. कुछ शुरुवाती रूकावटों के बाद मैं आगे के प्लान पर डटा रहा। अ) सुबह 7 किलोमीटर चलना ब) सुबह 7.45 बजे नाश्ता क) दोपहर का भोजन 1.45 बजे। रात का खाना या बीच में कोई भी खाना नहीं। अगर ज्यादा भूख लगती तो मैं रात में थोडा नमक मिलाकर नींबू का रस पी लेता था।

हालाँकि इस रोजाना के क्रम पर मैं दृढता से डटा रहा मुझे जाँच कराने से डर लगता था। डॉ. दीक्षित द्वारा कई बार उकसाने के बाद मैंने चार महिने बाद जाँच कराई। मेरी फास्टींग ब्लड शुगर 125.5 मिलीग्राम थी (पहले की शुगर 289 मिलीग्राम) और HbA1C 5.05 थी (पहले की 11.5) वजन 74 था और फास्टींग इन्शुलीन 2.7 थी (पहले की 3.66) यह किसी चमत्कार से कम नहीं था। वास्तव में मैंने उस टेक्निशीयन से यह देखने को कहा कि कही उसने मेरे खून का सैम्पल किसी और के खून के सैम्पल के साथ तो नहीं मिला दिया! तब उसने यह मेरे ही जाँच के परिणाम होने की फिरसे पुष्टी की। कुछ ही महिनों में मैं इस मधुमेह के जंगल से बाहर निकल चुका था। डॉ. दीक्षित द्वारा बताये अनुसार मैंने नवंबर 2017 में फिरसे जाँच करायी। HbA1C 5.15 थी और फास्टींग इन्शुलीन 1 थी (पहले की 2.7) जो डॉ. दीक्षित के अनुसार एक बहुत ही बढिया संकेत था। डॉ. दीक्षित द्वारा की गयी भविष्यवाणी के अनुसार अब मैं डी आद्याक्षर से शुरू होनेवाले उस खूँखार चक्र से केवल 8 महिनों में बिना किसी दवाई के बाहर निकल चुका था।

मेरा वजन 72-73 (77 किलो से घटकर) किलो पर टिका है। कमर का घेरा 40 इंच से घटकर 36 इंच तक आ चुका है।

मुझे मार्ग दिखाने के लिए मैं डॉ. दीक्षित का शुक्रगुजार हूँ। मैं इस प्लान को मरते दम तक कायम रखूंगा।

नीलेश महाजन, युनियन बैंक ऑफ इंडिया में प्रबंधक, नाशिक

उम्र 33 साल, ऊँचाई - 172 सें.मी.

इस डाएट प्लान का मैं सबसे बडा लाभार्थी हूँ। 7 अगस्त 2017 को मुझे इसका एहसास हुआ कि मुझे डायबेटीस है। उस दिन मेरी फास्टींग शुगर 255 और पोस्ट लंच शुगर 368 थी।

श्री. विनायक टेंभुर्णे (मेरे आँचल प्रमुख) इन्होंने मुझे डॉ. दीक्षित के डाएट प्लान के बारे में बताया। मेरी HbA1C और फास्टींग इन्शुलीन की जाँच के नतीजे देखकर मुझे झटका लगा। HbA1C 11.80 थी, फास्टींग इन्शुलीन 8.00 थी, मेरी तोंद 42 इंच थी और वजन 81 किलो था।

फिर डॉ. दीक्षित सर के मार्गदर्शन के अनुसार मैंने बिना कोई दवाई लिए इस डाएट प्लान पर 11 अगस्त 2017 से अमल शुरू किया और अपनी शुगर की जाँच हर हफ्ते करता रहा।

ताज्जुब की बात यह है कि मेरी शुगर का स्तर एक हफ्ते भर में ही सामान्य श्रेणी में दिखाई देने लगा। मैं अपनी HbA1C और फास्टींग इन्शुलीन की जाँच हर महिने करता रहा।

11 सितंबर 2017 को मेरी जाँच के परिणाम इसप्रकार थे : HbA1C - 9.00, फास्टींग इन्शुलीन - 8.9, तोंद का घेरा 40 इंच, वजन 78 किलो।

11 अक्तूबर 2017 को मेरी जाँच के परिणाम इसप्रकार थे : HbA1C - 7.20, फास्टींग इन्शुलीन - 4.9, तोंद का घेरा 40 इंच, वजन 78 किलो।

11 नवंबर 2017 को मेरी जाँच के परिणाम : HbA1C - 5.60, फास्टींग इन्शुलीन - 1.56, तोंद का घेरा 40 इंच, वजन 77 किलो।

और इस तरह से, अब मैं मधुमेह से सिर्फ तीन महिनों मे ही मुक्त हो गया हूँ। यह करते समय मैं रोजाना एक घंटे मे साढे पाँच से छह कि.मी. चलता था और बडी सख्ति से डाएट प्लान पर डटा रहा।

मै डॉ. दीक्षित सर और उनकी टीम का बहुत बहुत आभारी हूँ।

राजीव खन्ना, थाने

एजी को मेरे तहेदिल से धन्यवाद, जिन्हों ने मुझे डॉ. दीक्षित के डाएट प्लान से अवगत कराया। एक सक्रीय समालोचक से एक नम्र अनुयायी तक का यह सफर बदलाव की यात्रा रहा।

कुछ आँकडे आपके समक्ष पेश करने में खुशी होती है। 31 जनवरी को वजन 91 किलो, 10 दिसंबर को वजन 75 किलो। सभी थुलथुला पन गायब हो गया। कमर का घेरा 4 इंच से कम हुआ।

इससे मुझे दौडनेवाले के नाते मेरे प्रदर्शन में सुधार लाने में सहायता मिली साथ ही जीवन के सभी क्षेत्रों में भी मेरे प्रदर्शन में सुधार आया।

हालाँकि शुरुआत में यह सब कठिन लग रहा था (भूख की यातनाएँ और स्वादिष्ट भोजन के विचार!) लेकिन फिर भी मैंने अपना दृढनिश्चय और आत्मविश्वास नहीं गँवाया। धीरे धीरे मेरे शरीर ने प्लान के साथ अनुकूलन कर लिया। सुबह का नाश्ता छोडना बहुत ज्यादा कठिन नहीं लगा।

धीरे धीरे दौडना आसान बन गया, ऊर्जा का स्तर बढता गया और निसंदेह दौडने के समय में भी सुधार दिखाई देने लगा।

परिणामः अर्धमॅरेथॉन को 2 घंटे 27 मिनट की बजाय 2 घंटे 1 मिनट में ही पूरा कर लिया। और पूरी मॅरेथॉन को 5 घंटे 51 मिनट की जगह 4 घंटे 51 मिनट में ही पूरा किया। यह समय में भारी बदलाव था।

किस वजह से मुझे हरदम प्रेरणा मिलती रही?

अन्य लोगों के अनुभवों की जानकारी हो इसलिए इस ग्रुप में रोजाना दी जानेवाली प्रेरणादायी कहानियाँ और शाश्वत डाएट प्लान।

मुझे पता है कि वजन घटाने के लिए लोग हजारो रूपये फूँक देते हैं लेकिन यहाँ एक ग्रुप है, जो कुछ भी पैसे नहीं लेता और अच्छी खाने की आदतों के लिए प्रोत्साहन देता है। हर किसी को इस डाएट प्लान को अपनाना चाहिये।

इस महान प्रयास के लिए आप सभी को सलाम। समाज के लिए इतना महान कार्य करने के लिए डॉ. दीक्षित को धन्यवाद!

सुहास वैराट

उम्र - 34 साल, ऊँचाई - 165 सें.मी.

मैं एक निजी फर्म के मार्केटींग विभाग में पुने में काम करता हूँ। इस डाएट प्लान के बारे में मुझे मेरे साथी श्री. पटेल, मालवे, प्रभाकर कुलकर्णी द्वारा पता चला। शुरू में मैंने मेरी HbA1C की जाँच करायी और आश्चर्यकारक रूप से मैंने उसे 8.14% जितना उँचे स्तर पर पाया।

13 मार्च 2017 को मेरे जाँच के नतीजे : वजन - 64 किलो, पेट का घेरा 32 इंच, HbA1C - 8.14%, फास्टींग इन्शुलीन - 2.02

21 मई 2017 को मेरे जाँच के नतीजे : वजन - 60 किलो, पेट का घेरा 30 इंच, HbA1C - 6.8%, फास्टींग इन्शुलीन - 4.74

इस दरम्यान मैं चलना, दौडना, योगा 45 मिनट से 1 घंटेतक करता था। खाने का समय - दोपहर 1 बजे और रात के 10 बजे, मीठे से परहेज रखता था।

कसरत की कमी के कारण आगे चलकर अगस्त 2017 में मेरी HbA1C 7.5% तक बढ चुकी थी। उसके बाद मैंने कुछ सख्त कदम उठाने का और आहार पर सख्ति से नियंत्रण रखने का निर्णय लिया।

10 अक्तूबर 2017 को मेरे जाँच के नतीजेः वजन - 57 किलो, HbA1C - 5.9%, फास्टींग इन्शुलीन - नहीं किया।

हाल में मैंने ग्लुकोज टॉलरन्स टेस्ट की - इस में चीनी के सीधे सेवन के बाद शुगर की जाँच की जाती है। इसके परिणाम अद्‌भुत थे।

1) फास्टींग ब्लड शुगर - 109
2) चीनी खाने के 30 मिनट बाद ब्लड शुगर - 195
3) चीनी खाने के 1 घंटे बाद ब्लड शुगर - 212
4) चीनी खाने के 2 घंटे बाद ब्लड शुगर - 119

मुझे नियमित रूप से मार्गदर्शन तथा सहायता करने के लिए मैं डॉ. दीक्षित का बहुत शुक्रगुजार हूँ। यह सब किसी दवाई के बिना ही संभव हो पाया।

इस आंदोलन को मैं बडी से बडी सफलता के लिए शुभकामनाएँ देता हूँ।

इंदू भाटीया

दिसंबर 2016 में मेरा वजन 126.6 किलो था, अभी मेरा वजन 98 किलो है। इससे पहले मैं किटो डाएट करती थी। दिसंबर से मैंने इफर्टलेस डाएट प्लान का दो वक्त खाने का प्लान शुरू किया। इस डाएट प्लान ने मुझे वजन घटाने में मदद की। इसकी सहायता से मैंने केवल 5 महिनों में 28 किलो वजन घटाया है।

डॉ. दीक्षित को ढेर सारा धन्यवाद!

डॉ. कासले गोविंद

बाल रोग चिकित्सक, झहीराबाद, उम्र 57 साल, ऊँचाई 163 सें.मी.

मैने डॉ. दीक्षित का डाएट प्लान 5 जनवरी 2017 से शुरू किया।

शुरुआती आँकडें - वजन 59 किलो, HbA1C - 7.6%, फास्टींग इन्शुलीन - 8.28, पेट का घेरा - 32 इंच

5 मई को जाँच के परिणाम - वजन 54.5 किलो (साढेचार किलो से घटा), HbA1C - 6.1% (1.5 से घटी), फास्टींग इन्शुलीन - 1.21 (7.7 से घटी), पेट का घेरा - 31 इंच (1 इंच से घटा) मैं रोजाना 55 मिनट में 5 कि.मी. चलता हूँ।

डॉ. दीक्षित सर, आपके मार्गदर्शन के लिए मैं आपका बहुत बहुत आभारी हूँ।

मेरे कई दोस्त और रिश्तेदारों को मैने एफर्टलेस वेट लॉस ग्रुप में शामिल किया है।

दीपक कालवीट, नासिक, उम्र 54 साल

जब दीक्षित सर नासिक में आये थे तब कुछ कारणवश मैं उनके कार्यक्रम में शामिल नहीं हो सका किंतु मेरे एक दोस्त श्री. सोनवणे से मुझे इस कार्यक्रम की सीडी हासिल हुई।

मेरा वजन 101 किलो था। मैं भाग्यशाली हूँ कि मुझे रक्तचाप या मधुमेह की बीमारी नहीं लगी है। लेकिन मैं हमेशा से मेरे बढते वजन के लिए चिंतीत रहता था। इससे निजात पाने के लिए मैंने कई प्रयोग किए लेकिन उनके नतीजे कुछ मर्यादित समय के लिए मिलते थे।

मैं एक रक्तदाता हूँ और हमेशा यह समझता था कि मै स्वस्थ हूँ और मुझे कोई भी समस्या नहीं है।

मैं हप्ते में एक बार शराब का सेवन करता था लेकिन जब मेरे वजन ने 100 का आँकडा पार कर लिया तब मैंने डॉ. दीक्षित सर के डाएट प्लान को 100 प्रतिशत अमल में लाने का फैसला कर लिया।

अब मेरा वजन 84 किलो है। पिछले 16-17 महिनों मे मैंने 17 किलो वजन घटाया है।

मैं चाय, कॉफी, दूध, शराब इन चीजों का बिल्कुल सेवन नहीं करता और दिन में केवल दो बार भोजन करता हूँ। दोपहर का भोजन 1 से 2 बजे के बीच और रात का भोजन 7 से 8 बजे के बीच लेता हूँ। मै रोजाना 5 से 7 कि.मी. चलता हूँ।

शरीर का ठीक वजन पाने के लिए मेरा और 12 किलो वजन घटाने का लक्ष्य है। और मुझे आशा है कि आनेवाले 8-9 महिनों में मैं अपने लक्ष्य को प्राप्त कर लूंगा।

डॉ. दीक्षित के आभार!

डॉ. शिवप्रसाद मुंदडा, बालरोगचिकित्सक, लातूर, महाराष्ट्र

उम्र 41 साल, उँचाई 170 सें.मी.

1 सितंबर 2017 को मैंने एफर्टलेस वेटलॉस डाएट और एक्सरसाईज कार्यक्रम के 100 दिन पूरे कर लिए।

मैंने करीब 8 किलो वजन घटाया है (76.8 से 68.5), तोंद का घेरा 10 सें.मी. से कम हुआ है (105 से 95) और मेरे कमर के नाप में भी 6 सें.मी. से कम हुआ है (95 से 89)।

हालाँकि मैंने यह प्लान 100 दिनों के लिए लिया था, आहार की दृष्टि से मैं इस पर केवल 70 दिन ही अमल कर पाया और कसरत तो मैं 50 दिनों से अधिक बार कर

नहीं पाया। फिर भी मुझे इतना अच्छा नतीजा मिला है। डॉ. दीक्षित सर, यह रास्ता दिखाने के लिए मैं आपका शुक्रगुजार हूँ।

अब मैं इस आंदोलन को जरुरतमंद लोगों तक पहुँचा रहा हूँ। मैं लातूर और आसपास के इलाके में व्याख्यान तथा समूह चर्चा के लिए भी उपलब्ध हूँ।

रूपेश भुरेवार, नांदेड

मैं 2009 से ग्राफिक डिझाईन और ऐनिमेशन उद्योग के साथ जुडा हूँ। हरदम बैठकर काम करने की संस्कृति की वजह से मेरा वजन काफी बढ गया था। अप्रैल 2017 में मेरा वजन 101 किलो था।

आदरणीय डॉ. दीक्षित सर के इस जादुई सूत्र और डाएट प्लान से मैं अप्रैल 2017 में अवगत हुआ। मैंने अप्रैल 2017 से ही डाएट प्लान को और तेज चलने के सूत्र को ईमानदारी से अपनाया।

आप सभी को यह जानकर ताज्जुब होगा कि 5 अगस्त 2017 को मेरा वजन 85 किलो हो गया। मैंने चार महिनों में ही 16 किलो वजन घटा लिया।

मेरे निरीक्षण के अनुसार इसके दो महत्त्वपूर्ण फायदे इस तरह हैं - 1) मुझे मेरा शरीर हल्का लगने लगा। 2) मेरी काम करने की क्षमता बढ गयी।

मोटापा और मधुमेह मुक्त विश्व की दिशा में जारी प्रयासों के लिए मैं डॉ. दीक्षित सर और उनकी टीम के प्रति आभार प्रकट करना चाहूँगा।

अनुराधा व्ही. के., लातूर

इस डाएट प्लान की मैं सबसे बडी लाभार्थी हूँ। जगह जगह का शाकाहारी और मांसाहारी खाना खाने की मैं आदि हूँ। हर दो घंटे में कुछ खाने की लोकप्रिय सलाह की वजह से मैं हमेशा खाती रहती थी, जिसके परिणाम स्वरूप मैं सुपर हेवीवेट बन गयी! मैंने इस प्लान पर जनवरी 2017 से शुरुवात की।

उस समय मेरे जाँच के नतीजे इस तरह थेः जनवरी 2017 के नतीजेः उम्र - 45 साल, ऊँचाई - 5 फीट 8 इंच, वजन - 87.5 किलो, तोंद का घेरा - 42 इंच, HbA1C - 10.1%, फास्टींग इन्शुलीन - 11.22.

मुझे एक महत्त्वपूर्ण चीज बतानी चाहिए। इन नतीजों के मिलने के बाद मैं एक डायबैटोलॉजिस्ट से मिली, जिसने मुझे तीन तरह की दवाईयाँ दिन में दो बार लेने की सलाह दी। जब मैंने इसके बारे में, मेरे एक सहयोगी, प्रोफेसर प्रदीप पाटील (जो खुद भी इस डाएट प्लान के लाभार्थी हैं) से बातचीत की, तब उन्हों ने कहा कि किसी भी दवाई को लेने से पहले मैं यह नतीजे डॉ. दीक्षित सर को दिखाऊँ।

डॉ. दीक्षित सर नें मुझसे पूछा, क्या आप मानसिक दृष्टि से मजबूत है?। जो मै बताऊँ क्या वह आप सख्ति से कर सकेंगी? मुझे दवाई शुरू करने में दिलचस्पी नहीं थी इसलिए मैंने उनके मार्गदर्शन अनुसार इस डाएट प्लान को शुरू किया। रोजाना दो बार खाना (सुबह 8.30 बजे और रात को 7.30 बजे) इसके दरम्यान इस प्लान में तय किए अनुसार एक गिलास छाँछ और चाय लेती थी। मैंने कार्बोहाईड्रेट्स का सेवन कम कर दिया और प्रोटीन्स का सेवन बढा दिया। हरदिन, मैं यह एकदम सख्ति से कर रही थी। किसी दिन मुझे किसी कारणवश इसे छोडना पडता था तो दूसरे दिन तुरंत ही मैं इस प्लान पर बने रहती। हर महिने में कमसे कम 26-27 दिन इस प्लान पर डटी रहूँ यह मैं सुनिश्चित करती थी। इसके साथ ही मैं 50 मिनटों में 5 कि.मी. चलती थी (अब कल सुबह और शाम को रोजाना कुलमिलाकर 11 कि.मी.)।

हर महिने के आखिर में मैं दोनों जाँच कराती थी और हर महिने नतीजों में सुधार दिखाई देता था। मैं अगस्त 2017 में (HbA1C - 5.3%) मधुमेह से मुक्त हो गयी।

अगर आप मेरे सितंबर 2017 के नतीजे देखे, तो आपको यह यकिन हो जायेगा कि यही एकमात्र प्लान है जिससे हम भारत को मोटापे और मधुमेह से मुक्त कर सकते हैं।

सितंबर 2017 के नतीजे - वजन - 70.5 किलो, तोंद का घेरा - 35 इंच, HbA1C - 4.73%, फास्टींग इन्शुलीन - 2.05।

केवल इस डाएट प्लान की वजह से, मैं अपना वजन 17 किलो से घटा पायी। मेरी तोंद का घेरा 7 इंच से घटा पायी और अब मेरे खून की जाँच के सभी नतीजे सामान्य है। सिर्फ डॉ. दीक्षित सर और उनके डाएट प्लान की वजह से मैं मोटापा और मधुमेह से मुक्त जीवन जी रही हूँ।

दीक्षित सर हमारे लिए निस्वार्थ बुद्धि से यह सेवा कर रहे हैं, आईये हम भी उनके साथ हाथ मिलायें और इसे हरतरफ फैला दें।

धन्यवाद सर।

नागेश दिनकर जहागीरदार, तळेगाव, पुणे

मैंने इस डाएट प्लान पर अमल करना 22 मार्च 2017 से शुरू किया।

इसके परिणाम अद्‌भुत हैः वजन 100 किलो से 90 किलो तक घट गया। तोंद का घेरा 5.2 इंच से घटा, HbA1C 9. 3% से 6.4% तक कम हुई। फास्टींग ब्लड शुगर 165 से 94 और खाने के बाद की शुगर 265 से 165 तक नीचे गिरी। मैं रोजाना 6 कि.मी. चलता हूँ।

मैं आपके और आपकी टीम के प्रति तहेदिल से आभार प्रकट करता हूँ। आपने 'एफर्टलेस' इस शब्द को सच्चाई में बदल दिया है।

मुझे पता है कि 'आभार' जैसा शब्द आपके प्रति मेरी कृतज्ञता को प्रकट करने में अधुरे हैं।

संजय इंगले, महाराष्ट्र सरकार में उप-सचिव

अब मैं डॉ. दीक्षित सर का उनके एफर्टलेस वेटलॉस और डायबेटीस प्रिव्हेन्शन के इस आंदोलन के लिए अभिनंदन करता हूँ।

इसकी वजह से पिछले छह महिनों में मेरा वजन 75 किलो से 69 किलो हो गया। इससे यह भी संभव हो गया कि मैंने बडोदरा के अर्धमैरेथॉन दौड को 1 घंटों 57 मिनट में पूरा कर दिया। अर्धमैरेथॉन दौड को दो घंटे के अंदर पूरा करने का मेरा सपना इससे साकार हो गया।

सर आपका शुक्रिया। इसीतरह प्रोत्साहन देते रहें।

श्रद्धा डिंगणकर, पुणे, उम्र - 46 साल, ऊँचाई - 5 फीट 7 इंच,

छह महिने पहले, मेरा वजन 98 किलो था और मेरी ब्लड शुगर 189 होने से मैं मधुमेह का मरीज बनने के कगार पर थी।

जून 2017 मैंने डॉ. दीक्षित के डाएट प्लान पर अमल करना शुरू किया। चीनी मिले खाद्यपदार्थों को खाना मैंने बंद कर दिया। रोजाना 12 कि.मी. चलना शुरू किया और दिन में सिर्फ दो बार खाना शुरू किया। चाय और कॉफी को पूरी तरह से बंद कर दिया और जब मैं चलने के लिए जाते समय भरपूर छाँछ और नींबूपानी लेना शुरू किया। मैंने तले हुए पदार्थ और मैदे से बने हुए पदार्थों को खाना बंद कर दिया।

तीन महिनों में : मेरा वजन 86 किलो तक घट गया (कुल 12 किलो की कटौती), HbA1C - 5.7%. फास्टींग शुगर - 103

मैं मधुमेह से मुक्त हो गयी।

मुझे बहुत प्रसन्न और ऊर्जावान महसूस होता है। मेरे जाँच के नतीजे देख कर मेरे कई दोस्तों ने इस डाएट प्लान को अपनाया है। पुणे और आसपास के इलाकों में डॉ. पंडित जब एफर्टलेस वेटलॉस इस विषय पर व्याख्यान देने जाती है, तब मैं उनके साथ जाती हूँ। अब मेरा वजन 72 किलो है। (कुल 16 किलो की कटौती)

अब भी मैं रोजाना कुल 12 कि.मी. चलता हूँ (सुबह-शाम को मिलाकर) और दिन में सिर्फ दो बार खाना खाता हूँ।

सर, आपका धन्यवाद!

अशोक कालबांडे, पुणे शहर

हाल ही में 23 दिसंबर 2017 में मैंने एफर्टलेस वेटलॉस डाएट प्लान का एक साल पूरा किया। नीचे दिये गए जाँच के नतीजे इस डाएट प्लान की सफलता को दर्शाते हैं।

HbA1C - 23 दिसंबर 2016 को 6.62, 23 मार्च 2017 को 6.05, 23 जून 2017 को 5.17, 23 सितंबर 20147 को 4.8 और 23 दिसंबर 2017 को 5.39

फास्टींग इन्शुलीन - 23 दिसंबर 2016 को 12.8, 23 मार्च 2017 को 8.01, 23 जून 2017 को 10.73, 23 सितंबर 20147 को 11.66 और 23 दिसंबर 2017 को 5.07

पेट का घेरा और नाभी - 45 इंच से 38 इंच तक घटा (कुल 7 इंच की कटौती)
वजन - 94 किलो से 81 किलो तक घटा (कुल 13 किलो की कटौती)

डॉ. दीक्षित सर द्वारा सलाह दिये अनुसार मैंने सख्ति से डाएट प्लान पर अमल किया। आखिरी तिमाही में वायरल फिवर होने से अस्पताल में दाखिल होने की वजह से मैं करीब एक महिने से ज्यादा समय इस डाएट प्लान पर अमल नहीं कर पायी।

पिछले आठ दिनों से मैंने फिर से डाएट प्लान पर अमल शुरू कर दिया है। (समय पर खाना, दो खानों के बीच कुछ भी न खाना और एक घंटेतक तेज चलना)

भविष्य में मुझे जाँच के और अच्छे नतीजे मिलेंगे ऐसी आशा है।

फिर एक बार मै डॉ. दीक्षित सर, डॉ. वेदा नलावडे मैडम और इफर्टलेस वेटलॉस के सभी सदस्यों को दिल से शुक्रिया अदा करता हूँ।

डॉ. मनीषा दावलभक्त, उम्र - 4 साल

गायनॅकोलॉजिस्ट, भुसावल

कहाँ से शुरू करना चाहिये ये मेरी समझ में नहीं आ रहा है।

पिछले 24 सालों से मैं मिशन वेटलॉस पर हूँ और मधुमेह की शिकार भी हूँ। वजन घटाने के लिए इस पृथ्वी पर उपलब्ध सभी तरीके मैंने अपना कर देखे। मेरा वजन कुछ समय के लिए घट जाता था और फिर से अपने मूल स्थान पर आ जाता था। फिर मैंने डॉ. दीक्षित सर और स्वर्गीय डॉ. जिचकार सर के प्लान का अध्ययन किया। मेरे जहन में इसके बारे में कई सवाल थे...

फिर 15 नवंबर 2017 से मैंने इसे शुरू किया। मैं पिछले दस सालों से मधुमेह से बीमार हूँ। मेरा रक्तचाप और कोलेस्टेरॉल भी उँचे स्तर पर था तथा मेरा यकृत भी फैटी था। और अब मुझे इसका पता है कि, इन सभी पर मात पाने का नुस्खा इस डाएट प्लान और तेजी से चलने में छिपा है।

मेरी HbA1C 7.9 थी जो की अब 6.9 है। 2. वजन 85 किलो था जो अब 82 किलो है। 3. एसजीओटी और एसजीपीटी क्रमवारी से 63 और 84 से जो अब 41 और 44 है। 4. कोलेस्टेरॉल 225 था जो अब 165 है। अब मुझे बडा प्रसन्न महसूस होता है।

गठिया से पीडित होने के कारण शुरू मे मै ज्यादा चल नहीं पाती थी, या जल्दी थक जाती थी। अब मै 2 कि.मी. तक चल पाती हूँ और मैने अपने लिए यह लक्ष्य निर्धारीत किया है की 12 फरवरी 2018 तक मै रोजाना 5 कि.मी. चलना शुरू करूंगी।

यह उद्दिष्ट निर्धारित करने में मुझे इस डाएट के सफलता की कहानियाँ काफी मददगार साबित हुई, वे मुझे हरदम स्फूर्ति देती रहती है। मैं प्लान करके खा सकती हूँ, कई तरह के भिन्न खाद्यपदार्थों को मैं खा सकती हूँ... मधुमेह की बीमारी की वजह से सिर्फ मीठे से परहेज जरूरी है। मेरा मन अब शांत है, बैरीएट्रीक शल्यक्रिया के विचार हमेशा के लिए खारिज हो गए हैं, यह बात जहन के अंदर सुनिश्चित हो गयी है।

किसी दिन मैंने डॉ. दीक्षित से पूछा, क्या मैं बीच बीच में उपवास शुरू कर दूँ?। और खाने की जगह पावडर लेना शुरू कर दूँ?।

उस पर डॉ. दीक्षित ने कहा, अगर आप ये जीवनभर कर सकती है, तो फिर करो।

संक्षेप में कहा जाये तो जो मैं जीवन भर आसानी ने कर सकती हूँ वही मैं अभी कर रही हूँ। दिन में दो बार संतुलित आहार और 2-3 बार बिना चीनी की, कम दूधवाली चाय। और बेशक तेजी से चलना।

डॉ. दीक्षित सर आपका बहुत बहुत आभार।

संगीता पंडित, पुणे

खुद नैचरोपैथी की डाक्टर हूँ और वजन ज्यादा होने की वजह से मैं कई डाएट प्लान्स का करीब से निरीक्षण कर रही थी। मैंने कई डाएट अजमायें भी है। मैं कमर-पेट का घेरा घटानेवाले, मोटापा कम करनेवाले और सौंदर्य चिकित्सा संबंधी हायटेक उपकरण, लेजर मशीन्स आदि के व्यवसाय में थी। आखिर में मुझे इसका एहसास हुआ कि सभी चीजें आखिरकार जीवनशैली में बदलाव से टकराती है। जिस क्षण आप डाएट या मशीन द्वारा इलाज रोक देते हैं, आप फिरसे वहीं पहुँच जाते हैं, जहाँ से आपने शुरू किया था। मैंने डॉ. दीक्षित के बारे में इंटरनेट पर बहुत कुछ पढा था, मैंने उनके रिसर्च पेपर डाउनलोड किए, उनका और उनसे जुडी काफी जानकारी का अध्ययन किया। मैंने अपना मन बना लिया और अप्रैल 2017 में इस डाएट प्लान को अपना लिया। जब मैंने इसे शुरू किया तब इस ग्रुप में रोजाना

जिनकी सफलता की कहानी आती थी, उस व्यक्ति को फोन कर मैं तरह तरह के सवाल करती थी।

आखिरकार मै इस सिद्धांन्त के बारे में आश्वस्त हो गयी और यह मुझे अमल करने योग्य और कारगर लगने लगा। इस में कोई भी अतिरिक्त प्रयास जरूरी नही थे, कोई सप्लिमेंट्स की भी जरूरत नहीं थी। इसके सिवा मैं डॉ. दीक्षित और डॉ. जिचकार के सभी को एक भी पैसा लिए बिना मदद करने के रवैये बहुत प्रभावित हुई।

अप्रैल 2017 में मैंने इस डाएट प्लान की शुरुआत की उस समय मेरा वजन 83.5 किलो था। मेरी ऊँचाई 154 सें.मी. थी, HbA1C 5.40 और फास्टींग इन्शुलीन 13.5 थी। शुरू के कुछ हप्तों में इस सबसे रूबरू होना थोडा मुश्किल था।

7 फरवरी 2018 को मेरे जाँच के नतीजे कुछ यूँ थेः HbA1C - 5.00, फास्टींग इन्शुलीन -12 थी। यानी पिछले नौ महिनों में मैंने 12.5 किलो वजन घटाया। अब मेरा वजन 71 किलो है। मुझे ऐसा लगता है कि मैं कोई नया इन्सान ही बन चुकी हूँ।

इस डाएट प्लान को शुरू करने से पहले मैं चिकुनगुनिया की बीमारी से ठीक हो रही थी, जिसकी वजह से करीब छह महिने मुझे अपने घर में ही रहना पडा था। इस डाएट प्लान को शुरू करने के बाद पहले तीन महिने मैं बिलकुल चल नहीं पायी थी। मेरे लिए रोजाना के काम करने के लिए अपने घर के आसपास चलना भी मुश्किल हो रहा था लेकिन तीन महिनों के बाद मैंने चलने के लिए और ज्यादा मेहनत की जिसने किसी जादू की तरह काम किया। मैंने धीरे धीरे चलने का समय बढाया और फिर मुझे एहसास हुआ कि चलने से मेरा शरीर कितना हल्का लग रहा है।

इसका वर्णन 'बटरफ्लाय इफेक्ट' इन शब्दों में किया जा सकता है। शरीर काफी सक्रीय और ताजा लगने लगा। अब मैं एक ही बार में बडे आराम से 7-8 कि.मी. चल पाती हूँ। मैं अब डॉ. दीक्षित के साथ इस महान आंदोलन से जुड चुकी हूँ।

इस समय के दौरान मेरे पति और बच्चों ने भी इस डाएट प्लान पर अमल शुरू कर दिया है और उन्हें इसके अद्‌भुत परिणाम मिल रहे हैं। मेरे कई दोस्त भी इस पर अमल कर बढिया नतीजे पा रहे हैं।

डॉ. दीक्षित को बहुत बहुत आभार!

पी. टी. अरासू, पुणे

मैंने इस डाएट प्लान को अप्रैल 2017 से अपनाया है। मैं हप्ते में न्यूनतम पाँच दिन रोजाना 4.5 कि.मी. चलता हूँ। मेरी प्रगति के बारे में बताने में मुझे बहुत खुशी हो रही है। मेरे शुरुआती जाँच के नतीजे ऐसे थेः वजन 81 किलो, HbA1C 6.5, फास्टींग इन्शुलीन - 10.1

ढाई महिने बाद - वजन 77.5 किलो, HbA1C 6.0, फास्टींग इन्शुलीन 10.2

कुलमिलाकर मैने 6 किलो वजन घटाया है। मधुमेह से अब मैं पूर्व मधुमेह की स्थिति में पहुँचा हूँ और जल्द ही मधुमेह मुक्त स्थिति में पहुँच जाऊंगा।

डॉ. दीक्षित और इफर्टलेस वेटलॉस की टीम को बहुत बहुत धन्यवाद!

रवी भावे, हायस्कूल शिक्षक, फोंडा-गोवा

मैं रोजाना 45 मिनट चलता हूँ। शिक्षक होने के नाते मुझे घर से सुबह 7.30 बजे ही निकलना पडता है। रोजाना सुबह 7 बजे भरपूर नाश्ता कर मैं दवाई लेता हूँ।

घर लौटने के बाद दोपहर 3 बजे मैं दोपहर का खाना खाता हूँ। फिर मैं मधुमेह की दूसरी गोली लेता हूँ। जरूरत हो तो मैं इस दौरान गुनगुना पानी लेता हूँ। शाम या रात को मैं कुछ भी नहीं खाता। मेरी उम्र 55 साल है और मैं इस डाएट प्लान पर पिछले दो महिनों से अमल कर रहा हूँ।

मेरी HbA1C 11.4 थी जो अब 9.1 है, वजन पहले 69 किलो था जो अब 65 किलो है, तोंद का घेरा 92 सें.मी. था जो अब 84 सें.मी. हो गया है।

पहले, मै मेट्स्माल 500 (दिन में तीन बार) और ऑक्स्रा 5 एमजी (दिन में दो बार) यह गोलियाँ लेता था। 27 मे 2017 को मेरी नासूर की शल्यक्रिया की गयी। तबसे मैं बासिलॉग इन्शुलीन ले रहा था। अब मैंने इन्शुलीन लेना पूरी तरह से बंद कर दिया है साथ ही मधुमेह की दवाईयों की मात्रा भी कम हो गयी है।

पहले मैं 36 साईझ की पैंट पहनता था अब 34 साईझ की पैंट पहनता हूँ। मुझे पहनने के लिए 40 साईझ के शर्ट लगते थे अब 38 साईझ के लगते हैं।

यह डाएट प्लान चमत्कार है। डॉ. दीक्षित सर के व्याख्यान का यू ट्यूब व्हिडिओ मैं देखते रहता हूँ, जिससे मुझे और भी प्रोत्साहन मिलता है।

मैंने डॉ. दीक्षित सर के मार्गदर्शन में इस 'डाएट प्लान' को आगे भी शुरू रखने का और जल्द ही मधुमेह से भी मुक्त होने का निर्णय लिया है।

मैं डॉ. दीक्षित का तहे दिल से शुक्रिया अदा करता हूँ।

जीवन विनायक बाबटीवाले,

सरकारी नौकरी से स्वैच्छिक सेवामुक्त

उम्र 56 साल

मैंने इस डाएट प्लान को शुरू किए एक महिना पूरा हुआ। और इस महिने के आखिर में किए जाँच के नतीजे मुझे मिल चुके हैं।

तुलनात्मक निष्कर्ष नीचे दिये अनुसार हैः

4 जनवरी 2018 को

फास्टींग इन्शुलीन 12.98, HbA1C 7.5, खून में ग्लुकोज का औसत - 169, वजन - 85 किलो, तोंद का घेरा - 95 सें.मी.

5 फरवरी 2018 को

फास्टींग इन्शुलीन 9.16, HbA1C 6.7, खून मे ग्लुकोज का औसत - 146, वजन - 77 किलो, तोंद का घेरा - 93 सें.मी.

इस एक महिने में 3 पारिवारिक समारोह थे, जिसकी वजह से उन दिनों में डाएट प्लान पर 100% अमल नहीं हो पाया।

इससे आगे मै इस प्लान को सख्ति से अमल में लाऊंगा।

मैं डॉ. दीक्षित का शुक्रगुजार हूँ।

प्रसाद बारजे, उम्र 45 साल

मैं 2011 से मधुमेह का शिकार हूँ। मैंने और मेरी पत्नी वर्षा, जिसकी उम्र 50 साल है, हम दोनों ने ही इस डाएट प्लान को अक्तूबर 2016 से शुरू किया। मैं मधुमेह के लिए ग्लायकोमेट जी पी 1 गोली दिन मे दो बार लेता था। डॉ. दीक्षित सर के मार्गदर्शन में मैंने यह गोली लेना बंद कर दिया है। हम हमारे अनुभव दोस्तों को बताना चाहते थे लेकिन हमे एक गंभीर प्रतिपुष्टी मिलती थी, जो यह थी कि फिटनेस के नाम पर हमारा वजन बहुत घट गया है। मैंने हमारे फिटनेस की जाँच करने का निर्णय लिया। सौभाग्य से मुझे साईकील यात्रा पर जाने का अवसर मिला। इस में सबसे बडी चुनौती रोजाना 100 कि.मी. से भी ज्यादा अंतर साईकिल चलाना, वह भी हमारे डाएट प्लान पर डटे रहकर, यह थी।

हमें यह बताने में बडी खुशी होती है कि हमने कोनार्क - हैद्राबाद - पूने यह साईकिल यात्रा अन्य आठ साथियों के साथ सफलतापूर्वक पूरी की। इसमे महत्त्वपूर्ण बात यह है कि हम दोनों, पती-पत्नी को साईकिल यात्रा से पूर्व, उसके दरम्यान या उसके पश्चात किसी दवाई की जरूरत महसूस नहीं हुई। हमने 2017 में गिरनार और अमरनाथ की यात्रा भी पैदल पूरी की।

हमने यह महसूस किया कि हमारी शारिरीक शक्ति और फिटनेस इस डाएट प्लान की वजह से बिलकुल भी कम नहीं हुई है।

डॉ. दीक्षित और इफर्टलेस वेटलॉस टीम के आभार!

डॉ. मेधा मालोसे, चांदवड, जिला नासिक

मेरी उम्र 57 साल है और ऊँचाई 152 सें.मी. है। पिछले दस सालों में मेरा वजन 54 किलो से बढकर 61 किलो हो गया।

2017 की दीवाली में हम छुट्टियों की यात्रा के दौरान डॉ. जगन्नाथ दीक्षित के साथ रूबरू हुए। यात्रा के दौरान खाली समय में सौभाग्य से मुझे डॉ. दीक्षित की तरफ से निजी सलाह मशवरे का अवसर मिला। उन्हों ने मुझसे मेटफॉर्मिन 500 एमजी (जो मैं दिन मे एक बार लेती थी) उसे बंद करने और यह डाएट प्रोग्राम 1 नवंबर 2017 से शुरू करने को कहा। लेकिन मैं बिलकुल भी रूक नहीं पायी। मैंने इस प्रोग्राम को यात्रा से लौटने के दूसरे दिन से ही यानी 24 अक्तूबर 2017 से शुरू कर दिया।

शुरू मे मै हायपोग्लायसेमिक (खून में शुगर की कमी) संकेतों के बारे में चिंतित थी। लेकिन हप्तेभर मे ही मुझे इसका एहसास हुआ की मुझे दो गिलास छाँछ और एक या दो कप ब्लैक टी या कॉफी के अलावा दो खानों के बीच में किसी चीज की जरूरत नहीं पड रही। इसके द्वारा मै दिन मे 16-17 घंटे पूरी कार्यक्षमता के साथ और ऊर्जादायी रूप से काम कर सकी।

मैंने 24 अक्तूबर 2017 से दवाई लेना बंद कर दिया। मैंने पूरी कठोरता के साथ इस डाएट प्लान पर अमल किया। एक-दो बार उसमे चूक हुई होगी जिसके लिए मैं ना नहीं कह सकती।

मैं रोजाना सुबह एक घंटे में 5.5 से 6 कि.मी. अंतर तेजी से चलती हूँ। मैं पिछले 90 दिनों में केवल 45 दिन ही कसरत का यह कार्यक्रम ठीक से दोहरा पायी।

मेरी जाँच के नतीजे इस प्रकार है :

24 अक्तूबर 2017 कोः वजन 61 किलो, कमर का घेरा 34 इंच, HbA1C 5.70, फास्टींग इन्शुलीन 10.31

3 फरवरी 2018 कोः वजन 56 किलो, कमर का घेरा 33 इंच, HbA1C 5.5, फास्टींग इन्शुलीन 5.18.

इसका मतलब है कि कुलमिला कर 5 किलो वजन घटा। कमर का घेरा 1 इंच से कम हुआ। किसी भी दवाई के बिना पूर्व मधुमेह स्थिति से मधुमेह मुक्त स्थिति हासिल की।

अब मुझे 10 सालों से जवान हो जाने का एहसास होता है।

डॉ. जगन्नाथ दीक्षित और इस महान कार्य में जुटी टीम का शुक्रिया।

गौरव भट, पुणे, उम्र 26 साल

मुझे यह समाचार आप सभी तक पहुँचाने में बेहद खुशी हो रही है की मैंने पिछले चार महिनों में 9 किलो वजन घटाया है। 20 फरवरी 2017 को मेरा वजन 76.8 किलो था जो की आज 67.4 किलो है। साथही अब मुझे ऐसिडीटी से संबंधित कोई भी शिकायत नहीं है।

पहले तीन महिने मैं 60 मिनट जॉगिंग करता था और चौथे महिने में और अच्छे परिणामों के लिए मैंने जिम शुरू कर दिया। लेकिन इसमे जिम के साथ तुलना करे तो जॉगिंग का ज्यादा महत्त्वपूर्ण हिस्सा है।

पहले तो मैं इस डाएट प्लान से बिलकुल ही आश्वस्त नहीं था। लेकिन मेरी माँ वंदना भट और डॉ. सीमा दहाड मैडम की सलाह पर मैंने यह प्लान शुरू कर दिया।

इस शानदार संशोधन के लिए फिर एक बार धन्यवाद!

धनंजय पाटील, नासिक

मैंने इस डाएट प्लान को 1 सितंबर 2017 को शुरू किया उस समय मेरा वजन 80.8 किलो था। युरिक ऐसिड - 7.7, कोलेस्टेरॉल - 210, ट्रायग्लिसराईड्स - 188, एचडीएल - 41, एलडीएल - 131, कोलेस्टेरॉल/एचडीएल अनुपात - 5.1, HbA1C - 5.8, फास्टींग इन्शुलीन - 5.02

सिर्फ 24 दिनों के बादः युरिक ऐसिड - 3.0, कोलेस्टेरॉल - 140, ट्रायग्लिसराईड्स - 133, एचडीएल - 38.5, एलडीएल - 75, कोलेस्टेरॉल/एचडीएल अनुपात - 3.65, HbA1C - जाँच नहीं की।

इस डाएट प्लान के साथ मैं बहुत संतुष्ट हूँ क्योंकि यह मधुमेह के मरीजों के लिए तो काम करता ही है साथ ही जिन्हें कोलेस्टेरॉल से संबंधित समस्याएँ हैं उनके लिए भी यह मददगार है।

इफर्टलेस वेट लॉस टीम को बहुत धन्यवाद!

डॉ. सुजित फडके, बालरोगचिकित्सक, नासिक

मैने यह प्लान 21 जून 2017 से शुरू किया।

मुझे मधुमेह की बीमारी नहीं है, मेरी उम्र 45 है, ऊँचाई 175 सें.मी., वजन 79 किलो, तोंद का घेरा 105 सें.मी., कमर का घेरा 38 इंच, HbA1C - 4.7, फास्टींग इन्शुलीन - 5.9

45 मिनट में साढेचार कि.मी. चलने से शुरू किया, दो बार खाना... सुबह 10 बजे और शाम को 6 बजे। शुरू शुरू में यह कठिन लगा, मैं 2 बजे छाँछ पीता था लेकिन वह भी शुरू के तीन महिने।

तीन महिने बाद 21 सितंबर कोः वजन - 72 किलो, तोंद का घेरा - 96 सें.मी., कमर - 35 इंच, HbA1C - 4.7, फास्टींग इन्शुलीन - 2.91 मुझे बहुत प्रसन्न और उत्साहित महसूस हो रहा है।

इससे पहले मैंने कई डाएट प्लान आजमायें लेकिन किसी भी प्लान के द्वारा ऐसे जादुई परिणाम मुझे नहीं मिले।

छह महिने बाद 21 दिसंबर कोः वजन - 70 किलो, तोंद का घेरा - 90 सें.मी., कमर - 35 इंच, HbA1C - 5, फास्टींग इन्शुलीन - 4.45

छह महिनों में कुल 9 किलो वजन घटा... यह एक चमत्कार है। ताज़ा और सेहतमंद महसूस हो रहा है।

अब मेरा रोजाना नियम इस तरह हैः रोजाना 5.5 कि.मी. 50 मिनट में चलना और 55 मिनटों के समयावकाश को ध्यान में रखकर केवल दो वक्त खाना। मैं सब कुछ खाता हूँ। मैं फलों से खाना शुरू करता हूँ, फिर चपाती, सब्जी, चावल और मिठाई भी।

मैं यह प्लान जीवन भर जारी रखूंगा... और इस में जादुई चीज यह है कि मैं 55 मिनट के समयावकाश में कुछ भी खा सकता हूँ!!

मुझे मार्गदर्शन देने के लिए डॉ. दीक्षित का धन्यवाद!

डॉ. निकम, सर्जन, पनवेल

मै पिछले चार महिनों से इस डाएट प्लान पर अमल कर रहा हूँ। शुरू में मेरी HbA1C 7 थी और फास्टींग इन्शुलीन 5.4 थी। दो महिने बाद मेरा वजन 59 से 57 तक कम हुआ। HbA1C घटकर 6.4 हो गयी और फास्टींग इन्शुलीन 5.1 तक कम हुई।

29 जनवरी 2018 को जाँच के नतीजेः HbA1C 5.9 और फास्टींग इन्शुलीन 5.1

मैंने एक महिने से इन्शुलीन लेना बंद कर दिया है और जानुमेट यह गोली एक से आधी की मात्रा में तबदिल हो गयी है। मैं डॉ. दीक्षित और उनकी टीम को भारत की जनता के प्रति अच्छा कार्य करने के लिए धन्यवाद देता हूँ।

भगवान आपको हरदम खुश रखें।

अभिजित गांधी, नगर

मैंने सितंबर 2016 में डॉ. दीक्षित का व्याख्यान सुना और इस डाएट प्लान को शुरू किया। मेरी प्रगति निम्नानुसार हैः

तारीख	**23-9-16**	**23-12-16**	**31-1-17**	**9-3-17**	**2-6-17**
HbA1C	8.8	8.6	7.7	7.7	6.3
वजन	80	78	75	74	70

मेरा वजन 10 किलो से घट गया और HbA1C 2.5 से कम हो गयी।

मधुमेह के मरीज की स्थिति से मैं मधुमेह पूर्व स्थिति तक पहुँच गया।

डॉ. दीक्षित की सलाह के अनुसार, मैने मधुमेह से निजात पाने के लिए कोई भी दवाई शुरू नहीं की है। और मुझे उसकी कभी भी जरूरत नहीं पडेगी, ऐसी मुझे आशा है।

डॉ. दीक्षित सर और उनकी टीम को मेरे तहे दिल से धन्यवाद!

श्रीमती ज्योत्स्ना बोधे, सातारा

मैने यह डाएट प्लान 2 जून 2017 से शुरू किया है। उस समय मेरा वजन 68 किलो था, लंबे समय के लिए वजन इतना ही था।

मेरी HbA1C 6.10 थी जिसका मतलब था कि मैं पूर्व मधुमेह की स्थिति में हूँ। मेरी कमर का घेरा 39.5 इंच था।

मैंने बडी ईमानदारी से इस डाएट प्लान पर अमल किया। अब तीन महिने बाद मेरी HbA1C 5.10 है जिसका मतलब है कि मैं मधुमेह मुक्त हो गयी हूँ।

मेरा वजन 63 किलो है और कमर का घेरा 35.5 इंच है। तीन महिनों में मैंने पाँच किलो वजन घटाया है और कमर का घेरा 4 इंच से कम हुआ है। मेरी फास्टींग इन्शुलीन 13.1 से 11.4 कर कम हो गयी है, मेरा सोते समय खर्राटे लेना भी बंद हो चुका है।

मैं डॉ. दीक्षित की सही मायने मे आभारी हूँ। मैं इस डाएट प्लान को जीवनभर कायम रखूंगी।

डॉ. सुजित कोंडकर, उम्र 44 साल,

ऑबस्ट्रेटीशियन अँड गायनॅकॉलॉजिस्ट, औरंगाबाद

मैने इस डाएट प्लान को पिछले तीन महिनों से अपनाया है। (हालाँकि इस बात पर गौर करे कि मैं इसे 70% ही पूरी तरह से निभा पाया हूँ।)

पिछले तीन महिनों में जाँच के नतीजे में आये बदलावः

1) वजन 85 किलो से 82 किलो
2) तोंद का घेरा 102 सें.मी. से 99 सें.मी.
3) HbA1C 5.6 से 4.95
4) फास्टींग इन्शुलीन 18.35 से 2.34

पूर्व मधुमेह की स्थिति से मैं मधुमेह मुक्त स्थिति में पहुँच गया हूँ।

डॉ. दीक्षित और इफर्टलेस वेटलॉस टीम को बहुत धन्यवाद!

संजय चौधरी, एक आयटी कंपनी में प्रबंधक

पुना, उम्र 46 साल

कुछ साल पहले मैं टेनिस का खिलाडी हुआ करता था, साथही एक तैराक हुआ करता था जो एक ही बार में दो किलोमीटरतक तैर जाता था।

हालाँकि मैं कई सालों से नियमित रूप से जिम में जाकर कसरत करता था और युरोप में रहते समय ऑफिस के लिए (जाते और आते समय) रोजाना 30 कि.मी. साईकिल भी चलाता था फिर भी मेरा वजन बढने लगा।

मैं पूना में डॉ. दीक्षित के व्याख्यान में शामिल हुआ और इस डाएट प्लान पर 27 अक्तूबर 2017 से अमल शुरू किया।

हालाँकि मैं भारत और विदेशों में भी बारबार यात्रा करता था, फिर भी डॉ. दीक्षित की सलाहनुसार मैं बडी कठोरता से डाएट प्लान पर डटा रहता था। साथ ही मैंने 45 मिनट में 4.5 कि.मी. चलना भी शुरू किया।

हफ्ते भर में ही मैने औसतन हफ्ते में पाँच दिन एक घंटे के अंदर 6 कि.मी. चलना शुरू किया।

31 जनवरी 2018 को मैंने दोबारा अपनी जाँच करायी और मुझे इस प्रोग्राम से क्या लाभ हुआ ये आपके सामने हैं: वजन 100.5 किलो से घटकर 90.1 किलो हो गया। HbA1C 5.7 से घटकर 5.4 हो गयी। फास्टींग इन्शुलीन 25.75 से गिरकर 11.60 हो गयी। इसका मतलब यह था कि मैं पूर्व मधुमेह की स्थिति से मधुमेह मुक्त स्थिति में लौट आया था।

सिर्फ तीन महिने पहले मैं 38 साईझ के पैन्ट पहनता था। एक महिने पहले ही मुझे 36 साईझ के नये पैन्ट खरीदने पडे। अब यह पैन्ट भी मुझे ढीले लग रहे हैं और जल्द ही इनकी जगह 34 साईझ के पैन्ट मुझे खरीदने पडेंगे। मुझे और 22 किलो से वजन घटाना है इसलिए अब भी यह बहुत लंबा सफर है।

डॉ. दीक्षित और उनकी निःस्वार्थ टीम का धन्यवाद। साथ ही हमें यह मार्ग दर्शनिवाले डॉ. श्रीकांत जिचकार को भी धन्यवाद। मुझे पूरा विश्वास है कि इस मार्गपर केवल चलने भर से ही मैं अपने उद्दिष्ट को हासिल करने में सफल हो जाऊंगा।

लेखक का परिचय

डॉ. जगन्नाथ दीक्षित
ई-मेल : drjvdixit@gmail.com

- डॉ. जगन्नाथ दीक्षित फिलहाल औरंगाबाद के राजकीय चिकित्सा महाविद्यालय में असोसिएट प्रोफेसर के तौर पर कार्य कर रहे है। कई जगहों के चिकित्सा महाविद्यालयों में पढाने का 28 साल से अधिक तजुर्बा आपके व्यक्तित्त्व की विशेषता है।
- स्वास्थ्य शिक्षा के क्षेत्र में सराहनीय योगदान के लिये आपको अब तक 3 राष्ट्रीय स्तर के और 4 राज्यस्तरीय पुरस्कारों से सम्मानित किया गया है।
- महाराष्ट्र युनिवर्सिटी ऑफ हेल्थ सायन्सेस द्वारा 2015-16 मे आपको सर्वश्रेष्ठ अध्यापक सम्मान (चिकित्सा शिक्षक) और सर्वश्रेष्ठों में सर्वश्रेष्ठ अध्यापक सम्मान से नवाजा गया है।
- आपकी हुनरबाज कलम से चिकित्सा के छात्रों के लिए अब तक 2 पाठ्यपुस्तक, नर्सिंग के छात्रों के लिये 1 पाठ्यपुस्तक, और आम लोगों के लिये स्वास्थ शिक्षा से संबंधिक 20 किताबों ने जन्म लिया है।
- स्वेच्छा रक्तदान के आंदोलन में वे सक्रीय है और आपने खुद 50 बार रक्तदान किया है।
- स्वर्गीय डॉ. श्रीकांत जिचकार जी से प्रेरणा लेकर पिछले चार सालों से आप 'मोटापा और मधुमेह मुक्त विश्व' अभियान चला रहे है।

www.ingramcontent.com/pod-product-compliance
Lightning Source LLC
LaVergne TN
LVHW060115051026
849517LV00007B/2310
* 9 7 8 9 3 8 9 8 3 4 1 1 6 *